HEYNE <

ELLA DÄLKEN

TOT IM WINKEL

Kriminalroman

WILHELM HEYNE VERLAG
MÜNCHEN

MIX
Papier aus verantwortungsvollen Quellen
FSC® C014496
FSC www.fsc.org

Verlagsgruppe Random House FSC® N001967

Originalausgabe 08/2018

Printed in Germany
Redaktion: Susann Rehlein
Umschlaggestaltung: Eisele Grafik Design, München,
unter Verwendung von Shutterstock (John D. Sirlin,
Mariya Velieva, Evannovostro, Chansom Pantip);
Bigstock (iko, Sergey Vasutin)
Satz: Vornehm Mediengestaltung GmbH, München
Druck und Bindung: GGP Media GmbH, Pößneck
ISBN 978-3-453-42165-3

www.heyne.de

COSMA

AUF ZUM GALGENVENN

Stellen Sie sich doch nur vor: Wir entdecken eine Moorleiche!« Ich schüttle mich mit freudigem Grausen und sehe es direkt vor mir: In meinen hübschen rot gepunkteten Gummistiefeln wate ich durch das modrige Wasser, auf einmal blubbert es, und ein halb vermoderter Kopf taucht neben mir auf. Ein perfektes Wochenende. Und dass die nächsten Tage genau das werden, steht außer Frage. Denn ich bin mit meinen Mitbewohnern – allesamt Kriminalschriftsteller – auf dem Weg zu einem Schreiburlaub am Galgenvenn, einem der schaurigsten Moore am Niederrhein. »Natürlich würden wir den Fall sofort übernehmen«, lege ich fest.

Mein Mitbewohner Herr von Itzenplitz streicht nachdenklich über sein Bärtchen. Er sitzt neben mir auf der Rückbank des Wagens, sein grauer Anzug hebt sich kaum von den Polstern ab. »Frau Cosma, der Tod der aufzufindenden Person dürfte bereits vor Hunderten von Jahren erfolgt sein. Glauben Sie, wir können nach so langer Zeit den Tathergang rekonstruieren?«

Hm, da hat er recht. »Vielleicht passiert ja etwas anderes. Immerhin findet im Hotel gleichzeitig der Workshop der Mordkommission statt. Was wirkt anziehender auf Verbrecher als die Polizei?«

Ich sehe an Herrn von Itzenplitz' Gesichtsausdruck, dass er meiner Argumentation nicht folgt. Dabei ist er wie ich eng mit der Materie verbunden, er schreibt nämlich Arbeiterkrimis. Gerade hat er ein Manuskript beendet mit dem Titel *Glückauf in den Tod. Mord an einem kapitalistischen Ausbeuter im Umfeld der proletarischen Genossenschaft.* Ich bin nicht sicher, ob der Titel glücklich gewählt ist.

»Sie haben die Information erhalten, dass ein echter Profiler vor Ort sein wird, Frau Cosma?«, unterbricht Herr von Itzenplitz meine Gedanken.

»Absolut, mein Lieber. Und zwar kein Geringerer als Ralf Maria Kleinert. Er ist eine absolute Koryphäe, hat den Düssel-Würger dingfest gemacht und die Kölner Giftmischer überführt. Ich bin wirklich gespannt, ihn kennenzulernen.« Wie gut, dass ich aus zuverlässiger Quelle weiß, dass er in diesem Landhotel in der Nähe des Galgenvenn einen Vortrag halten wird. Sofort haben wir für unsere WG ein Autorenwochenende in dem Hotel arrangiert, und jetzt sind wir auf dem Weg dorthin. Unsere Mitbewohnerin Gerda hat heute Morgen ihr silberfarbenes Mercedes Cabrio aus der Garage geholt, und inzwischen liegt Düsseldorf ein gutes Stück hinter uns.

»Vielleicht hat der Profiler Anregungen, wie ich mein Opfer möglichst lange leben lassen kann, während ich es zerstückele.« Gerda lächelt entrückt und überholt schnittig auf der rechten Seite einen Porschefahrer. Ihre grauen Löckchen wirbeln im Fahrtwind, und sie winkt ihm freundlich zu.

»Es war wirklisch Jlück, dat Sie von dem Polizeiseminar jehört haben«, unterbricht Ewald Meier-Zuhorst meine Gedanken. Er wendet seinen kleinen runden Körper zu uns, sodass wir endlich mehr von ihm sehen als nur sein Resthaar, das wie ein Lorbeerkranz um seinen Kopf liegt. Offenbar hat er beschlossen, sein eingeschnapptes Schweigen zu unterbrechen. Den ganzen Morgen hat er nämlich keinen Ton gesagt, und das nur, weil er den Mercedes nicht aus der Garage fahren durfte. Ewald Meier-Zuhorst fährt unheimlich gerne. Egal womit. Genau wie *Eddi Mei-Zu,* der Held seiner Agententhriller, der mit müheloser Eleganz jedes noch so abwegige Gefährt lenkt. Ob Rennwagen, Panzer oder Zeppelin, am Ende hat der Agent immer den Bösewicht vertrieben und das niederrheinische Weeze vor dem Untergang gerettet. Der echte Eddi verfügt dagegen nicht über ganz so viel Talent. Bei seinem letzten Ausflug mit einem Bagger zerstörte er einen kompletten Schrebergarten. Seitdem halten wir alle fahrbaren Geräte von ihm fern.

»Lieber Eddi, es war kein Glück, dass ich von dem Seminar im Moorhotel erfahren habe. Das war knallharte Ermittlungsarbeit«, stelle ich klar.

Eddi nickt anerkennend. »Dat hab isch mir schon jedacht.«

Eigentlich könnte es ganz einfach sein, an solche Informationen zu kommen. Meine Tochter arbeitet nämlich bei der Mordkommission der Düsseldorfer Polizei. Aber Paula will mit mir nicht über ihre Arbeit reden, sie leidet geradezu unter Verfolgungswahn. Ihren Arbeitsschreibtisch hat sie mit einem dreifachen Schloss gesichert. Völlig paranoid, meiner Meinung nach. Und zudem nutzlos. Ihr Kollege Walter Körbchen ist nämlich viel sorgloser im Umgang mit sensiblen Daten. Er verwendet gedankenlos den Papierkorb. Und genau darin habe ich die Einladung zu dem Polizeiworkshop gefunden.

»Glauben Sie wirklich, dass wir mit dem Profiler werden sprechen können?«, reißt mich Herr von Itzenplitz aus meinen Gedanken.

Nun ja. Das ist so eine Sache. Meine Tochter will partout nicht einsehen, wie wunderbar wir die Polizei als externe Berater unterstützen könnten, und ich fürchte, sie wird alles versuchen, den Profiler von uns fernzuhalten. »Wir werden einen Weg finden«, antworte ich nachdenklich. »Wie groß kann so ein Hotel schon sein? Irgendwann muss uns der Mann über den Weg laufen. Ob er will oder nicht.«

Eddi dreht sich wieder zu uns um: »Wenn allet nicht hilft: Isch habe die Abhöranlage einjepackt.« Vor einigen Wochen hat Eddi bei der Recherche für sein Buch einen Fernsehbericht gesehen, in dem ein Reporter mit vorwurfsvoller Stimme berichtete, dass Spionagegeräte mittlerweile für jedermann frei im Internet erhältlich seien. Nur einen Tag später richtete ein pickliger Junge in Eddis Zimmer einen hyperschnellen Internetzugang ein, und Eddi tätigte erste Einkäufe. In den nächsten Tagen kamen Pakete über Pakete. Einen Großteil davon hat Eddi heute Morgen in den Kofferraum gepackt, womit kein Platz mehr für unsere Koffer war. Da wir nicht den Eindruck hatten, dass Eddi Argumenten zugänglich ist, habe ich ihn abgelenkt, indem ich mir von ihm die Vorteile von Pistolen gegenüber Revolvern erläutern ließ. Während er mir einen durchaus interessanten Vortrag hielt, haben Herr von Itzenplitz und Gerda zwei seiner fünf Seesäcke aus dem Wagen herausgeräumt und unsere Koffer hinein.

»Gerda, wie wäre es mit ein wenig Musik?«, frage ich, um vom Thema abzulenken. Gerda nickt begeistert, schiebt eine Kassette in den Rekorder, und kurz darauf beginnen die ersten Takte von *Siebzehn Jahr, blondes Haar,* Gerdas Lieblingslied. Eddi hat unser Ablenkungsmanöver nicht durchschaut, sein Fuß wippt entspannt zur Musik.

Eine Stunde später biegen wir von der Autobahn ab. Unser Wagen bebt vom voll aufgedrehten *Aber bitte mit Sahne.* Gerda und ich ahmen absolut naturgetreu Udo Jürgens' Stimme nach, Eddi und Herr von Itzenplitz singen den Backgroundchor. Es ist herrlich.

Die Dörfer, die wir durchfahren, werden immer kleiner, bis sich schließlich kilometerlang kein Haus mehr zeigt. Nur noch Landschaft. Birken, kahle Büsche und Wiesen, über denen bedauernswerterweise nicht ein Hauch von Nebel liegt. Ich ziehe mein Diktiergerät hervor, um die Impressionen für einen späteren Roman festzuhalten. Ich drücke die Taste, und quietschend setzen sich die Räder in Bewegung. »Es ist stockduster, als wir uns unserem Ziel nähern. Kein Vogel ist am Himmel zu sehen, schwarze Ödnis umgibt uns. Mein untrügliches Gespür sagt mir: Es wird ein Mord geschehen.«

»Liebe Frau Cosma, hier ist keine schwarze Ödnis. Wir haben hellen Sonnenschein, perfektes Herbstwetter«, wirft Herr von Itzenplitz ein. »Es ist alles völlig unverdächtig.«

»Realismus mag gut und schön sein, ist aber langweilig«, antworte ich. Bevor wir diesen Dialog weiter vertiefen können, wird unser Auto langsamer, Gerda biegt von der Hauptstraße ab. Wir überqueren eine winzige Brücke über einen Bachlauf. Ein Holzschild weist den Weg: Landhotel *Zum toten Winkel*. Ein seltsamer Name für ein Hotel. Zumal für eines, das am Galgenvenn liegt.

»Sollte diese Brücke einstürzen, sind wir vom Rest der Welt abgeschnitten«, überlege ich, denn als erfahrene Krimiautorin weiß ich, was alles passieren kann. »Ausgeliefert den Gefahren dieses Urwaldes. Tödliche Sumpflöcher, gnadenlose Schlingpflanzen, bissige Rehe.«

»Bissige Rehe?«, fragt Gerda von vorne.

Warum muss eigentlich jeder meine Worte mit diesem Unterton wiederholen? »Rehe sind heimtückische Geschöpfe«, erkläre ich mit Nachdruck.

Eddi Mei-Zu schaut aus dem Seitenfenster in den Wald. »Isch finde, dat sieht hübsch aus«, sagt Eddi Mei-Zu. »Die bunten Blätter in der Sonne, dat jrüne Moos. Schön.«

»Sie haben vollkommen recht, mein lieber Eddi«, pflichtet Gerda ihm bei. Sie hält an und sieht sich mit entrücktem Blick um. Plötzlich deutet sie aufgeregt zu einer Lichtung. »Bambi!« Sie ist völlig aus dem Häuschen. Ich folge ihrem ausgestreckten Finger. Tatsächlich grasen dort einige Rehe. Als sie unseren Wagen bemerken, betrachten sie uns mit großen Augen.

»Alfred … schau mal!« Gerda hält die Tasche hoch, in der unser rot getigerter WG-Kater sitzt, den wir natürlich nicht allein in unserer WG in Düsseldorf zurücklassen konnten. Alfred scheint jedoch von den anderen Tieren wenig angetan: Er faucht. Gerda hat heute Morgen einiges an Körperkraft aufbieten müssen, um ihn in die Tasche zu bekommen. Denn so sehr Alfred Ausflüge liebt, so sehr verabscheut er es, in die Tasche gesperrt zu werden. Blutige Kratzer auf Gerdas Handrücken zeugen von dieser Antipathie. Gerda setzt ihn samt Tasche auf ihren Schoß, kontrolliert den Reißverschluss. Dann schiebt sie ihm ein Fischstückchen durch eine Öffnung. Alfred zögert, kann dann jedoch dem Duft nicht widerstehen. Während er die Leckerei hinunterschlingt, faucht er noch einmal, es klingt aber schon ein wenig versöhnlicher.

Gerda schiebt Alfred und die Tasche wieder zu Eddi hinüber und fährt weiter. Wir biegen um eine Kurve, und das Landhotel taucht vor uns auf. Gerda lässt den Wagen ausrollen, und wir starren allesamt aus dem Fenster. Wie in Trance hole ich mein Diktiergerät heraus: »Vor uns liegt ein düsteres Gemäuer. Efeu rankt über die blutroten Steine, die Fensterläden haben den gräulichen Schimmer einer halb verwesten Leiche. Die Tür zum Innenbereich steht offen wie ein zahnloser Mund.«

Diesmal kommt von Herrn von Itzenplitz kein Protest. Mit gerunzelter Stirn blickt auch er auf das Hotel. »Unsere Unterkunft scheint mir ein wenig … beklemmend zu sein.«

»Beklemmend? Es ist unheimlich. Als wollte es uns verschlingen«, flüstert Gerda, und ich muss ihr zustimmen. Ich hatte es mir anders vorgestellt. Eher imposant, wie das Schloss am Wörthersee. Aber vor uns liegt ein massiges Backsteingebäude mit Ecktürmchen, wie aus einem Edgar-Wallace-Film. Unter den fast kahlen Eichen, die zu beiden Seiten das Gebäude einrahmen, hat jemand einen ausgehöhlten Kürbiskopf mit brennender Kerze gestellt. Die flackernden Augen starren zu uns herüber. Obwohl die Sonne scheint, liegt der Hof im Schatten und wirkt wie der Vorbote einer langen, langen Finsternis. Vielleicht war es doch keine so gute Idee, das Wochenende hier zu verbringen. Denn mit einem Mal wird mir klar, dass heute der letzte Tag im Oktober ist. Der Tag der Toten. Fast gleichzeitig mit dieser Erkenntnis spüre ich ein Kribbeln in meinem kleinen Finger. Dieses Kribbeln hat mich noch nie getäuscht: Ein Verbrechen steht bevor.

COSMA

KAMPF DER KATZEN

Zögerlich steigen wir aus dem Wagen. Der Kürbiskopf am Eingang beobachtet jeden unserer Schritte. Lauernd flackern seine Augen auf dem düsteren Hof. Ich fasse mir ein Herz, gehe auf die mit eisernen Beschlägen versehene angegraute Holztür zu. Mit einem lauten Quietschen schwingt sie auf. Mein Blick fällt auf eine Schiefertafel an der Wand. *Raum Wollgras: Mordkommission Düsseldorf.* Wir sind richtig.

Dunkle Eichenbalken durchziehen den vor uns liegenden Raum, die weißen Wände sind grob gespachtelt und mit Ölgemälden bestückt. Direkt neben mir an der Wand hängt ein grimmig dreinblickender Mann, dessen stechende blaue Augen uns zu verfolgen scheinen, als wir eintreten und die Lobby durchqueren.

Eine Stimme lässt mich zusammenzucken. »Das auf dem Porträt ist Sigbert Hieronymus Winkel. Er war der Begründer dieses Hotels, hat es 1872 erbauen lassen, nachdem er aus dem Krieg heimkam. Allerdings war ihm nicht lange Freude an dem Gebäude vergönnt. Kurz nach der Errichtung kam er auf tragische Weise bei einem nächtlichen Rundgang ums Leben. Er blieb im Moor stecken und wurde erst Wochen später gefunden. Doch sein Vermächtnis lebt in diesem Hotel weiter.« Womit sich der Name erklärt. *Zum toten Winkel.* Der Mann, zu dem die Stimme gehört, blickt uns freundlich von dem Tresen entgegen. Er ist um die vierzig, trägt ein rosa Poloshirt mit dunkelblauer Jacke und hat einen Blick, hinter dem ich eine traurige Seele auszumachen glaube. Wir kommen näher, und ich kann das kleine Schild vor ihm lesen: *Es begrüßt Sie: Heino Ullmann, Hotelier.*

»Willkommen in unserem Hotel!« Er streckt mir die Hand entgegen. Doch bevor ich sie ergreifen kann, springt eine dreifarbige Katze auf den Tresen und stolziert mit hocherhobenem Schwanz darauf entlang. Er niest. »Loretta, nicht jetzt.« Er hebt das Tier vorsichtig hinunter und setzt es neben sich auf den Boden. Doch Katzen lassen sich von derlei Gesten wenig beeindrucken. Eine Sekunde später ist die Dreifarbige wieder oben und mustert uns aus smaragdgrünen Augen.

»Wie hübsch sie ist!«, sagt Gerda und streichelt sie. Doch die Katze beachtet Gerda nicht. Stattdessen fixiert sie die Tasche mit Alfred, die Gerda am Rand des Tresens abgestellt hat. Alfred blickt zurück. Die beiden Katzen liefern sich einen Anstarrwettbewerb.

Gerda bemerkt die unterschwellige Aggressivität allerdings nicht. »Sieh mal, Alfred, eine Glückskatze!«

Die Miene unseres Katers verändert sich kein bisschen. Grummelig starrt er Loretta an.

»Unser Kater hat sich so auf das Wochenende gefreut. Er mag Ausflüge«, versichert Gerda dem Hotelier. Tatsächlich verfügt Alfred im Gegensatz zu anderen seiner Art über eine ausgesprochene Entdeckernatur. Allerdings ist er nach Autofahrten immer leicht gereizt, was sich jetzt deutlich zeigt. Der Hotelier schaut freundlich in die Tasche, doch Alfred faucht und zieht die ausgefahrenen Krallen über das Netz.

Heino Ullmann weicht zurück. »Das Tier ist doch wohl friedlich?«

Gerda winkt ab. »Aber natürlich. Er liebt andere Katzen, nicht wahr, Alfilein?« Sie öffnet den Reißverschluss. »Schau mal, da ist eine neue Spielgefährtin für dich.« Kaum streckt Alfred seinen Kopf aus der Tasche, haut ihm die Hotelkatze ihre Krallen über die Nase. Das kann sich unser Kater natürlich nicht gefallen lassen. Er schlägt zurück. Und schon haben wir auf dem Tresen die schönste Katzenbalgerei.

Wir brauchen fast zehn Minuten, um die beiden zu trennen. »Ihre hat angefangen!«, empört sich Gerda. Sie hat einen blutigen Kratzer an der Augenbraue, Alfred einen auf der Nase, der Hotelier hat mehrere rote Streifen auf der Hand. Nur die Dreifarbige ist unverletzt davongekommen. Sie thront mitten auf dem Tresen und putzt sich. Sie wirkt ausgesprochen zufrieden.

Gerda drückt Alfred fest an sich. »Was für eine unfreundliche Katze!«

Der Hotelier nimmt sein Tier in Schutz. »Es ist nun mal Lorettas Revier. Sie muss es verteidigen.« Er streichelt ihr über den Rücken, dann nimmt er sie sanft hoch und bringt sie nach nebenan in sein Büro, setzt sie auf den Boden und zieht schnell die Tür zu. »Ich denke, wir sollten die beiden für die Dauer Ihres Aufenthaltes trennen. Vielleicht lassen Sie Ihren Kater auf dem Zimmer.«

Gerda blickt ihn empört an. »Ich kann Alfred doch

nicht einsperren. Er will schließlich auch etwas von unserem Wochenende haben!«

»Apropos Zimmer«, melde ich mich zu Wort. »Wir haben reserviert.«

Der Hotelbesitzer wirkt plötzlich sehr professionell. »Selbstverständlich, die Dame. Ihren Ausweis bitte.«

Er nimmt das Dokument entgegen. Während seine Lippen lautlos »Renate Pongs« formen, tippt er etwas in seinen Computer ein. Stirnrunzelnd sagt er: »Ich habe hier nur eine Reservierung für eine Frau Cosma Pongs.«

»Das ist mein Künstlername.«

»Ein sehr schöner Name, wenn ich das bemerken darf«, sagt Ullmann, und sofort ist mir der Mann sympathisch, denn nicht jeder weiß Kreativität bei der Namensgebung zu schätzen, wie ich bei meinem letzten Besuch einer städtischen Behörde feststellen musste.

Der Hotelier wendet sich wieder seinem Computer zu. »Ich habe für Sie und die anderen Autoren Zimmer in der ersten Etage reserviert. Alles andere war leider schon belegt. Wir sind an diesem Wochenende nämlich ausgebucht.« Ein glückliches Lächeln huscht über sein Gesicht.

Ich beschließe, die gute Stimmung zu nutzen. »Richtig, der Kripoworkshop. Sagen Sie, wo wird der stattfinden?«

Leider scheint der Hotelier Diskretion großzuschreiben. »Es ist eine geschlossene Veranstaltung, ich bedauere.«

Ich lächele ihn an. »Selbstverständlich. Aber meine Tochter Paula Pongs nimmt an dem Seminar teil. Sie muss auf der Teilnehmerliste stehen. Ich dachte, ich schaue vor dem Beginn des Seminars bei ihr vorbei.«

»Eine Namensliste liegt mir leider nicht vor. Aber ich kann Ihre Tochter gerne auf Ihre Etage buchen, wenn sie eincheckt. Vielleicht in das Zimmer neben Ihrem?«

»Das wäre wunderbar. Ach, und wenn Sie Doktor Fischer gleich neben meine Tochter buchen, das wäre äußerst zuvorkommend.« Ich bin mir sicher, Paula wird sich freuen, zwischen mir und dem Doktor zu residieren. »Wo war der Kripoworkshop jetzt gleich noch mal?«

Meine Taktik geht auf. Ullmann deutet auf einen Flur. »Im Westflügel des Hauses. Da vorne den Gang entlang, der Raum *Wollgras* findet sich linker Hand. Ihr Autorenworkshop findet direkt daneben statt. Raum *Sumpfveilchen.* Ich hoffe, das ist in Ordnung?«

Ich strahle ihn an. »Das ist perfekt.«

PAULA

DIE RUHE VOR DEM STURM

Da stimmt was nicht.« Paula wirft einen kurzen Blick auf ihr Handy. Keine Nachricht. Widerstrebend lenkt sie ihren Blick wieder auf die Fahrbahn.

»Ich weiß nicht, warum du dich beschwerst.« Ihr Kollege Walter Körbchen sitzt entspannt neben ihr in ihrem Fiat 500, seine Nase steckt in einer Backzeitschrift, auf deren Titelblatt eine rosa-hellblaue dreistöckige Torte abgebildet ist. Er blättert um.

»Ich wette, sie heckt wieder was aus. Irgendwas Verrücktes. Und wir müssen es ausbaden.« Zwei Tage hat Paula nun schon nichts von ihrer Mutter gehört. Das letzte Mal, als so lange Funkstille herrschte, verursachte Cosma ein Großaufgebot des SEK. Anwohner in der Nähe einer Bankfiliale hatten linke Aktivisten der Occupy-Bewegung vermutet. Aber es waren nur Cosma und ihre WG-Bewohner. Aufgrund einer für den gesunden Menschenverstand nicht nachzuvollziehenden Wahrscheinlichkeitsrechnung war Cosma davon überzeugt, dass die Bank in Kürze überfallen werden würde. Nur durch Androhung von Waffengewalt konnte das SEK sie vertreiben. Die Bank wurde tatsächlich einige Tage später überfallen. Paula runzelt bei dem Gedanken die Stirn, bis Walter ihr unvermittelt seine Zeitschrift hinhält. »Jetzt schau dir das an: Otger Hohusens neueste Kreation.«

»Walter, nimm die Zeitschrift aus meinem Sichtfeld! Ich fahre!«

»Aber aufs Handy kannst du schauen«, schmollt er. Dann deutet er erneut auf das Foto, behält aber die Zeitschrift auf seiner Seite. »Das ist eine Fondanttorte mit der Fußballweltmeisterschaft von 1954 als Motiv.«

Paula schielt hinüber und erkennt eine knallgrüne Torte mit Mini-Fußballern drauf. »Sieht gut aus.«

Offensichtlich ist es nicht die Antwort, die Walter erwartet. Er schüttelt den Kopf. »Fondant ist etwas für Laien. Aber mehr kann Hohusen ja nicht. Tut so, als wäre er ein Meister in seinem Fach. Dabei weiß jeder, dass wahre Könner Marzipan benutzen. Für meine letzte Torte habe ich dreiundzwanzig Stunden gebraucht. Dreiundzwanzig Stunden! Mit Fondant kann jeder Anfänger arbeiten, aber Marzipan braucht echte Fingerfertigkeit.«

Paula seufzt innerlich. Seit Wochen kennt ihr Kollege kein anderes Thema als die anstehende Verteidigung seines Titels als NRW-Meister im Motivtortenbacken. »Hast du eigentlich schon eine Idee für deine Torte für den Wettbewerb?«, fragt sie dennoch.

Oh, offenbar das falsche Thema. Sofort verdunkelt sich Walters Blick. »Ich komme nicht dazu, etwas auszuarbeiten. Wir müssen ja auf dieses bescheuerte Seminar.«

Was Paula wieder zurück zu ihren eigenen Überlegungen bringt. »Ich habe das Seminarprogramm im Schreibtisch eingeschlossen. Das kann sie nicht gefunden haben.« Paula schielt zu Walter. »Cosma hat nicht zufällig etwas aus dir rausgequetscht? Du kannst es mir ruhig sagen, ich würde es dir nicht übel nehmen, schließlich wissen wir alle, wie geschickt sie in diesen Dingen ist.«

Walter schiebt genervt seine Metallbrille auf der Nase hoch. »Paula, ich kenne deine Mutter, seitdem du und ich in der vierten Klasse nebeneinandergesetzt wurden. Von mir hat sie bestimmt nichts.« Er schlägt seine Zeitschrift zu. »Es ist so ungerecht, dass wir unser Wochenende mit Arbeit verbringen müssen. Ich sollte mich stattdessen mit den Jungs vom Männer-Backforum treffen. Es ist nicht mehr lang bis zur Meisterschaft, und ich habe noch keine Idee, welches Motiv ich wähle. Es muss was Tolles sein, was Besonderes.« Doch plötzlich fängt er an zu kichern. »Stell dir mal vor, was für ein Gesicht unser Chef machen würde, wenn er deine Mutter im Hotel treffen würde. Das wäre zu komisch.«

»Gott bewahre!«

Walter gähnt und streckt sich, sein rot-weißes Hawaiihemd spannt über dem Bauch. »Was machen wir eigentlich auf dem Seminar?«

»Teambildung. Stand doch im Programm.«

»Habe ich nicht bekommen.«

Paula runzelt die Stirn. »Das hat der Chef schon vor Wochen verteilt. Weißt du nicht mehr?«

Walter schaut sie irritiert an. »Vor Wochen? Meinst du, das habe ich noch?« Er deutet auf eine kleine Brücke am Wegesrand, die über einen Graben führt. »Ich glaube, wir müssen da abbiegen. Gott, was für eine Einöde. Wer kam denn auf die Idee, in einem Moor im Nettetal einen Workshop zu halten? Das war doch mit Sicherheit der Chef. Ich wette, während wir im Seminarraum unseren Namen tanzen, geht der angeln.«

»Meinst du, dass es hier Fische gibt?«, fragt Paula. Sie lässt den Blick über die Landschaft gleiten. Einige Bäume leuchten noch in herbstlichen Farben, nach einem Moor sieht das nicht unbedingt aus.

»Keine Ahnung. Aber warum sollten wir sonst hier sein? Der will angeln, hundertpro. Sonst hätten wir uns doch auch in Düsseldorf treffen können. Tagsüber Workshop und abends schön in die Altstadt. Was braucht man mehr fürs Teambilden?«

Paula zuckt mit den Schultern. »Angeblich war es der ausdrückliche Wunsch der Kriminaldirektorin. Die ungewohnte Umgebung soll uns inspirieren und näher zusammenrücken lassen. Ich freue mich jedenfalls auf das Wochenende, das wird doch bestimmt interessant.«

Walter schüttelt den Kopf. »Paula, du bist echt nicht normal.« Er kramt seine hellblaue Thermoskanne aus seiner abgewetzten Ledertasche und schenkt sich vorsichtig einen Kaffee ein. »Du auch?«

Paula wirft einen kurzen Blick auf das durchscheinende Gebräu. Im Präsidium hat Walter Kaffeemaschinenverbot, weil er eine Vorliebe für dünnen Blümchenkaffee hat.

»Danke, ich trinke nachher im Hotel einen.« Sie hofft inständig, dass es dort eine Espressomaschine gibt.

»Du verpasst was. Ich habe ihn extra stark gemacht.« Er nimmt einen vorsichtigen Schluck. »Uih, kräftig.« Sein Blick geht nach draußen. »Teambuilding. Ich hoffe, wir müssen nicht so ein Überlebenstraining im Moor machen. Ich sage dir, da streike ich.«

Paula lacht. »Du glaubst doch nicht im Ernst, dass unsere Kriminaldirektorin uns so etwas Schönes machen ließe. Es ist das Übliche: Vorträge und anschließend Diskussion, moderiert von Frau Dr. KD Riedel höchstpersönlich. Den Anfang machen Kleinert und Spusen-Ali: *Mehr Erfolg durch Zusammenarbeit. Wenn Spurenermittlung und -auswertung perfekt ineinandergreifen.*«

»Die beiden? Als Team?« Walter verschluckt sich am Kaffee und hustet.

Paula nickt, kann sich ein Grinsen aber nicht verkneifen.

Entsetzt schüttelt Walter den Kopf. »Ralf Maria Kleinert und Dr. Ali Nazik. Die beiden größten Egomanen des Planeten. Na danke schön! Kleinert allein ist ja schon nervig – aber mit Spusen-Ali im Doppelpack?«

»Jetzt hab dich doch nicht immer so mit ihm. Dr. Nazik ist einer der besten Spurenermittler bundesweit, und das weißt du genau. Denk nur an unseren letzten Fall.«

»Du meinst, als er keine Gelegenheit ausgelassen hat, uns unsere Unfähigkeit vor Augen zu führen?«

»Ich meine, als er auf dem Spaten den entscheidenden Hinweis gefunden hat. Walter, du kannst nicht bestreiten, dass Spusen-Ali geniale Züge hat.«

Walter verschränkt seine Arme. »Die hat deine Mutter auch. Und trotzdem würdest du kein Wochenende in einem Landhotel mit ihr verbringen.«

Paulas Finger umklammern ungewollt heftig das Lenkrad, sodass sich die Knöchel weiß hervorheben. »Das ist was ganz anderes. Ich sage dir: Seitdem sie diesen toten Schrebergärtner entdeckt hat, ist sie nicht mehr zu halten. Deswegen wundert es mich ja auch so, dass sie sich nicht meldet.«

Eine schmale, von Eichen gesäumte Allee führt sie auf einen von einer Ziegelmauer umgebenen Platz. Sie haben das Hotel erreicht.

»Ach du Schande! Und da sollen wir das Wochenende verbringen?«, sagt Walter und schiebt seine Brille zurecht. »Das sieht aus, als hätten die eine Landhausküche mit Feuerherd. Ich wette, es gibt Fertigmenüs, die in der Mikrowelle warm gemacht werden.« Seine Stimme zittert. Wenn es ums Essen geht, versteht er keinen Spaß. »Zwei Tage am Stück in dem alten Kasten. Und dann auch noch Spusen-Ali. Das grenzt an Folter.«

Paula greift sich ihre Sporttasche vom Rücksitz und steigt aus. »Ach, Unsinn. Du wirst sehen, das macht Spaß. Teamarbeit ist schließlich das A und O des Erfolgs.«

Walter sieht sie mit großen Augen an. »Spaß? Falls du ein Alien bist, der gegen sie ausgetauscht wurde – ich möchte meine Paula zurück.«

Paula lacht und geht mit großen Schritten zur Haustür. Tatsächlich freut sie sich schon lange auf das Seminar. Eine gute Gelegenheit, um neue Ansätze und Methoden kennenzulernen und zu diskutieren.

Beschwingt betritt sie die Lobby. Auf einer Bank an

der Seite sitzt eine Gestalt unter einem düsteren Porträt und lässt die Beine baumeln. Rot gepunktete Gummistiefel schwingen hin und her.

Paula lässt ihre Tasche fallen.

»Mutter!«

COSMA

MEINE TOCHTER HAT DEFINITIV EIN AGGRESSIONSPROBLEM

Paula schaut mich mit großen Augen an. Sie sieht nicht ganz so erfreut aus, wie ich gehofft hatte.

Ich erhebe mich und trete ihr lächelnd entgegen. »Paula, dich habe ich hier gar nicht erwartet.« Gut, das stimmt nicht ganz. Aber etwas sagt mir, dass dies nicht der richtige Zeitpunkt für die Wahrheit ist.

Ihre Augen verengen sich zu Schlitzen. »Woher wusstest du es?«

Mein Blick fällt auf ihr Sweatshirt, das sie zur Jeans trägt. Langweiliges Graublau wie immer. »Warum hast du nicht den hübschen Pullover mit den Strass-Steinen an, den ich dir geschenkt habe? Die Regenbogentöne würden deine blauen Augen wunderbar hervorheben.«

Ich meine, eine gewisse Aggressivität zu spüren, als sie fragt: »Was machst du hier?«

Ich betrachte ausführlich meine Finger, denn ich habe gehört, dass man Blickkontakt mit streitsüchtigen Menschen vermeiden sollte. Irgendwie habe ich das Gefühl, ich sollte die Situation deeskalieren. »Wir veranstalten ein Schreibwochenende, meine WG und ich. Autoren machen das. Sie fahren an einen inspirierenden Ort und lassen sich von der Muse küssen.« Ich blicke auf. »Ich freue mich jedenfalls sehr, dich zu sehen. Wo wir doch bei unserem letzten Fall so gut zusammengearbeitet haben. Wir beide ... ein echtes Team.«

Walter kommt hinter Paula hervor, wirft mir ein »Hallo, Frau Pongs« zu und grinst meine Tochter breit an. »Paula findet auch, dass Teamarbeit das A und O ist. Nicht wahr, Paula?« Er schlüpft an ihr vorbei.

Sie sieht ihm wütend hinterher. Ich sage ja, sie hat ein Aggressionsproblem. Doch dann dreht sie ihren Kopf ruckartig zu mir, als sei ihr gerade ein Gedanke gekommen. »Walters Programm! Du hast es geklaut. Von seinem Schreibtisch im Präsidium.« Anklagend zeigt sie mit dem Finger auf mich.

Ich schüttele bedauernd den Kopf. »Manchmal bist du vergesslich, mein Kind. Du weißt doch, dass der Pförtner mich nicht reinlässt. Auf *deine* Anweisung hin übrigens.« Ich betone Letzteres ein wenig vorwurfsvoll. Hausverbot hätte wirklich nicht sein müssen.

Sie macht einen Schritt vor, steht nun direkt vor mir. »Ich wette, du bist durch die Geheimgänge unter dem Präsidium gekrochen, dir ist doch jedes Mittel recht.«

Tatsächlich haben die Nazis beim Bau des Präsidiums den einen oder anderen Fluchttunnel gebaut. Dennoch winke ich ab. »Ach, Kind, ich krieche doch nicht durch irgendwelche Geheimtunnel.« Als ob ich das nötig hätte. Die kann man nämlich ganz bequem aufrecht durchwandern.

Paula zieht die Augenbrauen so weit hoch, dass sie fast bis zu ihrem Haaransatz reichen. »Dann bist du also genau an diesem Wochenende, an dem unsere Abteilung eine interne Weiterbildung durchführt, rein *zufällig* hier?« Sie klingt extrem sarkastisch. Manchmal mache ich mir Sorgen um ihre innere Ausgeglichenheit. Sie sollte es mit Yoga versuchen.

»Eine Weiterbildung habt ihr? Nun ja, es wird schwierig, aber ich denke, wir werden etwas Zeit finden, euch zu unterstützen. Wir sind immerhin externe Berater der Polizei, da ist ein Austausch sicherlich von Vorteil.«

Meine Tochter explodiert sofort. »Berater? Ihr seid Hobbyermittler, die sich ständig ungefragt einmischen. Mach, was du willst. Schreibe. Fühl dich inspiriert. Aber halte dich von unserem Seminar fern!« Gott sei Dank hat sie jetzt etwas Farbe im Gesicht, das Rot hebt ihre süßen Sommersprossen hervor. Sie ist wirklich hübsch, meine Tochter.

Was mich an etwas erinnert. »Kommt dieser nette Gerichtsmediziner auch? Ist es nicht ein Wink des Schicksals ... du und er an einem gemeinsamen Wochenende in einem Hotel am Moor?« Ich zwinkere ihr zu.

»Doktor Fischer ist ein Kollege. Mehr nicht.«

Niedlich, wie sie sich aufregt. Dabei weiß ich ganz genau, dass sie ihn anziehend findet, sie will es sich nur nicht eingestehen. »Er hat so ein verwegenes Aussehen«, sage ich. »Der ist bestimmt kein FDP-Wähler wie dein letzter Freund. Wie hieß der noch mal? Karl-Günther?« Ein Steuerberater. Mir war von Anfang an klar, dass das nicht gut gehen konnte.

»Er hieß Alexander-Philipp, wie du sehr genau weißt.« Sie atmet tief durch, und ich sehe, wie sie leise etwas vor sich hinsagt. Irgendwas mit *Ruhe bewahren.* Sie atmet tief durch und blickt auf. »Ich wünsche dir viel Spaß auf deinem Autorenwochenende, Mutter.« Sie presst die Worte zwischen ihren Lippen hindurch.

Kopfschüttelnd sage ich: »Das klingt nicht, als ob du es ernst meinst.«

Abrupt macht sie einen Schritt auf mich zu, sodass ihre Nase fast meine berührt. »Wage nicht, in meine Nähe zu kommen. Geschweige denn, dich auf unserem Seminar blicken zu lassen. Es wird hier nichts passieren. Rein gar nichts.«

Sie hat dieses seltsame Zucken am rechten Auge. Ich trete vorsichtshalber einen Schritt zurück. Trotzdem lasse ich mich nicht einschüchtern. »Auf dem Weg haben wir so viele Wanderer in scheußlicher Funktionskleidung gesehen, da ist es nur eine Frage der Zeit, bis jemand ermordet wird.«

Mit einem Mal mischt sich der Hotelier ein, der uns die ganze Zeit von der Rezeption aus zugeschaut hat. »Auf dieser Teilstrecke sind leider kaum Wanderer. Unser Hotel liegt abseits der beliebten Route, dabei habe ich extra einen sicheren Weg in das Moor hinein anlegen lassen.« Er seufzt kummervoll. »Ich hatte so gehofft, dass dadurch mehr Gäste kommen.«

Paula schenkt mir ein triumphierendes Lächeln. »Du hörst es. Keine Menschen. Kein Mord. Kein Fall. Nur du und das Schreiben.«

Ich verschränke die Arme vor der Brust. »Es wird

einen Mord geben. Und dann wirst du froh sein, dass ich dir helfe.«

Oh, oh, jetzt zuckt ihr Auge aber wirklich sehr stark.

PAULA

VÖLLIG RATIONAL UND SACHORIENTIERT

Wenn sie auch nur einen Fuß in unseren Seminarraum setzt, werde ich sie verhaften.« Paula spürt das Blut in ihren Schläfen pochen.

»Jetzt entspann dich. Was soll schon passieren?« Walter steht am Buffet und betrachtet die Metallschalen, in denen es blubbert. Der Duft von Essen vermischt sich mit dem Geruch des brennenden Gases, mit dem die Platten beheizt werden. Der Speisesaal ist im Erdgeschoss des Hotels untergebracht und offenbar das ehemalige Herrenzimmer. Die hohe Zimmerdecke besteht aus düsterem Holz, schwere Vorhänge liegen vor den Fenstern, und neben dem Buffet steht eine Ritterrüstung mit einem Speer in der Hand.

Walter schenkt dem Interieur jedoch keinerlei Aufmerksamkeit, sondern begutachtet die Essensauslage. Entsetzt quietscht er auf. »Oh Gott!«

»Was ist?«

»Der Nachtisch! Siehst du das? Der Zitronenkuchen ist mit einer Backmischung gemacht.« Er beugt sich darüber. »Außerdem ist er mindestens zehn Minuten zu lange im Ofen gewesen. Der Zuckerguss wurde auch nicht ordentlich verteilt. Schau: Dort ist er viel dicker.«

»Dafür sieht der Rest offenbar ganz gut aus«, sagt Paula mit Blick auf Walters Teller. Dort stapeln sich Rinderbratenscheiben neben einer Alibi-Kartoffel. Die braune Soße schwappt bedrohlich an den Rand.

Walter ruckelt seine Brille zurecht. »Ich habe halt Hunger nach der Anreise.« Er bringt noch einen Löffel Speckbohnen auf dem überladenen Teller unter und jongliert ihn zu einem Tisch am Fenster. Dort sitzt bereits Dr. Ole Fischer. Der Gerichtsmediziner ist erst vor einigen Monaten aus Hamburg zu ihnen gestoßen. Nur zu gut erinnert sich Paula an ihr erstes Treffen. Walter hatte ihr den Arzt als Doc Fischgrät angekündigt, aber vergessen zu erwähnen, dass das nur ein Spitzname war. Sie fühlt, wie sie bei der Erinnerung an diese erste Begegnung rot wird. Sie nimmt sich das Stück Zitronenkuchen, das Walter als das mit der dicksten Glasur gebrandmarkt hat, und folgt ihrem Kollegen.

»Sieht gut aus«, sagt der Doc mit Blick auf den Kuchen, als sie sich ihm gegenübersetzt. Paula schaut in hellbraune Augen, die den Schimmer von Bernstein haben. Augenblicklich setzt ihr Herzschlag für eine Sekunde aus. Verdammt. Warum hat Ole nur diese Wirkung auf sie? Klar, mit dem verstrubbelten Haar, den Grübchen und dem Bernstein-Blick ist er *ganz süß*. Aber *ganz süß* ist keine Kategorie, die in ihrem Denken vorkommen sollte. Sie ist eine erwachsene Frau und keine von Hormonen gesteuerte Sechzehnjährige. Beziehungen sind schließlich mehr als nur Schmetterlinge im Bauch, sie beruhen auf Vertrauen und gegenseitiger Anerkennung. Alex, ihr letzter Freund, ist dafür das beste Beispiel. Er hat ihr auf völlig rationale Art gefallen. Er war gebildet, politisch interessiert und jemand, von dem keine Überraschungen zu erwarten waren. Paula hat sich in seiner Gegenwart entspannt gefühlt. Gut, auch gelangweilt. Aber besser das als zu viel Aufregung. Davon gibt es schließlich in ihrem Leben genug. Paula spürt, wie sich ihr Kiefer verspannt, als sie an ihre Mutter denkt, das Ziehen weitet sich bis in den Nacken aus.

»Stimmt was nicht?« Der Doc legt den Kopf schief und betrachtet sie.

Paula atmet tief durch und spießt einen großen Brocken Kuchen auf die Gabel. »Alles okay«, murmelt sie mit vollem Mund. Nein wirklich, noch mehr Aufregung ist nicht nötig.

Walter zieht ein Stück Braten durch die Soße und betrachtet, wie die Soße sich darauf verteilt. »Ist wegen ihrer Mutter. Die hat sich mit ihrer Schriftsteller-WG hier im Hotel eingemietet.«

»Deine Mutter ist hier? Ich fand sie sehr nett, als ich sie beim Schrebergartenfall kennengelernt habe. Eine interessante Persönlichkeit.«

Paula würgt einen Bissen des trockenen Kuchens hinunter und hustet. »Interessant? Wahnsinnig trifft es eher. Sie will unbedingt einen neuen Fall, und ich sage euch, sie wird nicht aufgeben, bis sie einen hat.«

Ein Grinsen breitet sich auf Doc Fischgräts Gesicht aus. »Ich finde, ihr seid euch ziemlich ähnlich.«

Paula sieht ihn entgeistert an. »Ganz bestimmt nicht!«

»Oh doch. Du bist genauso hartnäckig wie sie. Außerdem bist du bereit, die eine oder andere Regel zu brechen. Und du bist, was Verbrechen angeht, mindestens so besessen wie deine Mutter. Ich habe dein Wohnzimmer gesehen – du hast Fahndungsfotos an den Wänden.«

Walter gluckst. »Du solltest mal ihr Schlafzimmer anschauen. Da hängt ein Bild von Peter Kürten, dem Serienkiller von Düsseldorf.«

»Das würde ich sehr gerne sehen …« Doc Fischgrät bekommt einen Ausdruck, der Paulas Herz gleich noch mal eine Sekunde aussetzen lässt. Verdammt. Rational soll sie sein. Völlig rational. Sie schiebt den Kuchenteller von sich weg. »Ich bin nur daran interessiert, den jeweiligen Fall, an dem ich arbeite, aufzuklären. Völlig sachorientiert. Mehr nicht.« Obwohl sie versucht, gelassen zu bleiben, spürt sie, wie sie den Doc wütend anfunkelt.

Der hebt entschuldigend die Hände. »Sind ja nur subjektive Beobachtungen. Wahrscheinlich irre ich mich.«

Paula will etwas entgegnen, aber laute Stimmen am Eingang lenken sie ab.

PAULA

DIE TÜCKEN DER TEAMARBEIT

Spurenermittler Dr. Ali Nazik und der Chef der operativen Fallanalyse, Ralf Maria Kleinert, stehen sich am Eingang zum Speisesaal gegenüber wie im Ring. Kleinerts Bariton dröhnt durch den Raum: »Motiv, Mittel und Gelegenheit – das ist die Basis jeder Überlegung und bildet die Grundlage für eine detaillierte Fallanalyse.« Der Profiler streicht mit großer Geste über sein D'Artagnan-Bärtchen. Er trägt ein weißes Hemd mit offenem Kragen und Goldkette auf der behaarten Brust. Bislang hat Paula wenig mit Kleinert zu tun gehabt, aber sein Ruf eilt ihm voraus. Er gilt als guter Redner und als absoluter Machtmensch. Womit er bei Dr. Ali Nazik allerdings an den Falschen geraten ist. Zwar wirkt er neben Kleinert angenehm unauffällig in Jeans und weißem Poloshirt, aber er ist deutlich athletischer gebaut als der Profiler. Paula mag Ali Nazik, er ist einer der besten Ermittler im Erkennungsdienst in der ganzen Bundesrepublik. Wenn auch nicht ohne Eitelkeiten.

»Ohne eine akribische Spurensicherung am Tatort keine operative Fallanalyse. Deswegen ist ja wohl klar, was hier wichtiger ist.« Spusen-Ali spricht betont langsam, als hätte er einen Grundschüler vor sich.

»Akribische Spurensicherung ...« Kleinert lacht auf, und sein ganzer Körper bebt. »Sie betreiben Ihre Arbeit mit der kleinkarierten Besessenheit eines Setzkastenbesitzers.«

Walter schüttelt den Kopf und murmelt: »Das sind wirklich zwei Irre. Und die sollen einen Vortrag über Teamarbeit halten? Was für eine Idee!«

Spusen-Ali hebt einen Finger. »Was ist beispielsweise mit dem Jauchegrubenfall? Hätten wir nicht die gesamte Grube leer gepumpt, wären Sie niemals auf den Täter gekommen.«

»Was haben Sie schon gefunden? Ein angekautes Bonbon und mächtig viel Gülle.«

»Wir haben das Handy entdeckt. Das Handy, auf dem Ihre gesamte Theorie bezüglich des Täters fußt.« Spusen-Alis Stimme ist schneidend.

Kleinert winkt ab. »Es war *ein* Indiz unter vielen. Man muss doch die Gesamtzusammenhänge sehen. Eine erdrosselte Frau in der Jauchegrube einer Hühnerfabrik. Ein Blick auf den Tatort, und mir war klar, dass es nur eine Beziehungstat sein konnte. Meine Ermittlungen haben dann ja auch sehr schnell gezeigt, dass der Täter ein Arbeiter aus der Fabrik war, der mit der Frau ein heimliches Verhältnis hatte. Ich werde den Fall übrigens ausführlich in dem von mir geplanten Buch skizzieren, zeigt er doch hervorragend, wie unerlässlich meine Arbeit ist. Ich habe mir ein ausführliches Bild gemacht, eine Analyse entwickelt und den Täter überführt. Dazu braucht es geistige Größe, nicht den pedantischen Fleiß einer Ameise.«

Spusen-Ali läuft vor Wut rot an und schreit: »Es war das Smartphone, das den entscheidenden Hinweis gebracht hat. Das Smartphone, welches ich aus der Jauchegrube gefischt habe und auf dem ich Nachrichten des Arbeiters an die Tote entdeckt habe.«

Kleinert lächelt überlegen. »Er hat der Frau pikante SMS geschrieben, anrüchige Bilder von sich geschickt. Und? Gezielte Befragungen im Umfeld der Hühnerfarm hätten zum gleichen Ergebnis geführt.« Kleinert blickt in die Runde, offenbar sehr zufrieden über die Aufmerksamkeit, die ihm gewidmet wird. »Es war *mein* Erfolg, dass er gestanden hat. Ich habe ihn lange genug bearbeitet. Meine Kollegin wollte aufgeben, Doris ist zu weich für eine konstante Befragung. Aber mir war klar, dass er schuldig ist und irgendwann sein Gewissen erleichtern wird. *Ich* bin hartnäckig geblieben. Und das Ergebnis: Wir haben sein Geständnis.« Er lächelt gönnerhaft. »Für mein Buch habe ich den gesamten Fall noch einmal detailliert aufgearbeitet und zusätzliche Befragungen durchgeführt. Sie hätten nicht in die Jauchegrube steigen müssen. Und dann noch die Zahnabdruckanalyse für das Kaubonbon – was für eine Verschwendung von Steuergeldern.«

»Sie sind ein bornierter Idiot. Sie reden von einem Täterprofil. Ich nenne Wahrsagerei, was Sie da machen, denn zu mehr reicht Ihr Können nicht!«

Ein Auge des Profilers zuckt. Offenbar hat Ali Nazik einen wunden Punkt getroffen.

In dem Moment kommt Paulas Chef herein. Kriminalrat Siegfried Lorenz trägt wie so häufig ein dunkelgrünes Jackett mit Lederbesätzen an den Ellenbogen.

Auf seinem Kopf sitzt ein Anglerhut. Als er Spusen-Ali und Kleinert erblickt, geht er auf die beiden zu und klopft Ali auf die Schulter. »Dr. Nazik, ich freue mich, dass Sie und Kollege Kleinert morgen gemeinsam den Vortrag halten. Frau Kriminaldirektorin Dr. Riedel legt viel Wert darauf. Sie hat mich extra gebeten, Sie beide zu einem Team zusammenzustellen.«

»Na herzlichen Dank!«, faucht Spusen-Ali. Ohne ein weiteres Wort dreht er sich um und lässt die beiden stehen.

Lorenz schaut ihm verwundert nach. »Es geht doch alles in Ordnung mit dem Vortrag morgen, oder?«, fragt er mit einer gewissen Unruhe.

»Von meiner Seite ja«, knurrt Kleinert. »Nazik kann nur schlecht jemanden neben sich ertragen, der etwas von seiner Arbeit versteht. Aber ich werde schon dafür sorgen, dass der Vortrag ein Erfolg wird. Im Zweifelsfall halte ich ihn allein.«

KR Lorenz wirkt unschlüssig. »Ich bin mir nicht sicher, ob das die Direktorin wollen würde.« Er klopft Kleinert auf den Rücken. »Wir wollen Frau Dr. Riedel doch zeigen, was für eine gute Truppe wir sind. Ich erwarte, dass die nächsten Tage ohne Störung ablaufen. Ruhe und gute Zusammenarbeit, das ist alles, was ich will.« Im gleichen Moment erstarrt er. »Oh Gott!«

Walter schiebt sich den letzten Bissen Fleisch in den Mund. »Oh, schau mal, Paula, ich glaube, jetzt hat er deine Mutter entdeckt.«

COSMA

MANCHE MENSCHEN HABEN WIRKLICH EIN BRÜCHIGES NERVENKOSTÜM

Was für eine glückliche Fügung. Kriminalrat Lorenz. Mit Ihnen wollte ich reden.« Ich strecke Paulas Chef meine Hand entgegen. Er starrt mich an, als wäre ich eine Erscheinung. Ich kenne ihn seit dieser Sache vor zwei Jahren. Damals habe ich recherchiert, wie es in einem Leichenschauhaus zugeht. Doch der diensthabende Pathologe wollte mir partout keine Leichen zeigen. Deshalb habe ich, in einem Schrank versteckt, gewartet, bis er weg war, und bin dann in den Aufbewahrungsraum gegangen. Ich wollte unbedingt wissen, wie es sich wohl als Leiche anfühlt auf diesem kalten Seziertisch, mit einem Tuch auf dem Körper. Also habe ich es ausprobiert. Es war merkwürdig ruhig, fast friedlich. Bis ich dieses Geräusch hörte. Schlurfende Schritte. Ich dachte, es sei ein Mörder, der sich ein letztes Mal am Anblick seines Opfers ergötzen will. Todesmutig setzte ich mich auf. Aber es war kein Mörder, sondern Paulas Chef. Als er mich sah, schrie er grell auf und ist dann mit erhobenen Armen hinausgestürmt. Seitdem hat Herr Lorenz immer diesen seltsamen Ausdruck im Gesicht, wenn er mich sieht. Dabei ist es in meinen Augen eine Stärke, wenn Männer Angst eingestehen können. Das sollte ich ihm bei Gelegenheit mal sagen, vielleicht entspannt er sich dann.

An diesem Punkt meiner Überlegungen angekommen, halte ich eine vertrauenserweckende Geste für angebracht. Ich lege meinen Arm um seine Schulter. »Lieber Kriminalrat Lorenz, wo wir schon so gemütlich beisammenstehen … Wäre es nicht das Beste, wenn meine Kriminalschriftsteller-Kollegen und ich an dem Workshop teilnehmen würden? Immerhin haben wir erheblich dazu beigetragen, den Schrebergartenfall zu lösen. Wir könnten solche Fälle in Zukunft verstärkt übernehmen.«

Paulas Chef versteift sich und bekommt eine ungesunde Hautfarbe. Sicher der Stress in seiner Position. Umso wichtiger, dass Fachleute wie wir ihn unterstützen. »Also, wann startet der Workshop morgen? Neun Uhr? Wir werden pünktlich sein.«

»Mutter, ihr nehmt nicht daran teil.« Meine Tochter baut sich vor mir auf und stemmt die Hände in die Hüften. Die ganze Körpersprache deutet schon wieder auf Aggressivität. Hoffentlich fängt sie bald was mit diesem netten Doc Fischgrät an und entspannt sich mal.

Vorsichtig löst sich Kriminalrat Lorenz aus meiner Umarmung, stellt sich neben meine Tochter. »Genau. Sie halten sich fern. Sehr fern.« Er atmet tief durch, als ob er gerade den Mount Everest bestiegen hätte. »Frau Pongs, ich verlasse mich auf Sie. Keine Störungen.«

Ich nicke vertrauensbildend. »Natürlich, wir sind es gewohnt, in völligem Einklang mit unserer Umgebung zu agieren. Die Verdächtigen werden uns kaum bemerken. Und dann werden wir den Fall lösen.«

»Welcher Fall? Welche Verdächtigen?« Lorenz sieht sich hektisch um, seine Stimme zittert. Ich weiß nicht, wie es jemand mit einem derart brüchigen Nervenkostüm in eine solche Position geschafft hat.

»Es gibt keinen Fall. Es gibt keine Verdächtigen. Mutter … ihr arbeitet an euren Romanen. Leise. Und weit weg von uns.« Paula sieht ihren Chef aufmunternd an. Er ist zwar einen Kopf größer als sie, aber durch seine geduckte Haltung wirkt es, als suche er bei ihr Schutz.

»Ich verlasse mich auf Sie«, sagt er und geht mit großen Schritten aus dem Speisesaal.

»Ich wollte ihm noch meine Idee näherbringen«, beschwere ich mich. »Wir müssen bei Gelegenheit besprechen, wie wir als externe Berater in die Ermittlungsarbeit eingebunden werden.«

»Mutter, es gibt keine externen Berater bei der Polizei.«

»Gibt es doch.«

»Sag mir *ein* Beispiel.«

Ich sage nur ein Wort: »Sherlock.«

Meine Tochter bleibt eiskalt. »Das ist eine Romanfigur.«

»Kind, du solltest wirklich nicht so engstirnig sein. Das Erscheinen der Geschichten von Sherlock Holmes hat damals die Kriminalistik auf ganz neue Pfade geführt. Das zeigt, wie fruchtbar der Austausch zwischen der Polizei und Schriftstellern sein kann. Vielleicht wäre es am besten, wenn ich mich direkt an Kriminaldirektorin Dr. Riedel wende.« Suchend blicke ich mich um.

»Untersteh dich«, knurrt Paula, und ihre angespannte Haltung signalisiert mir, dass ich das Treffen mit der Direktorin lieber auf den Abend verschiebe.

COSMA

ALTBIERBOWLE UND TAUBENNESTER

Nach dem Abendessen ziehen wir uns in die Hotelbar im Ostflügel zurück. Nun ja. *Bar* ist etwas übertrieben. Das steht nur draußen an der Tür. Es ist eine Gaststätte mit rustikalen Eichentischen, lederbezogenen Stühlen und Lampen aus durchscheinender Schweinehaut. Über unserem Tisch hängt ein Bild von hungernden Bauern bei der Kartoffelernte.

»Die Umgebung ist ungemein inspirierend«, sagt Herr von Itzenplitz. »Wissen Sie, dass Hotelpersonal häufig ausgebeutet wird? Scheinselbstständig, Überstunden und nur geringe Bezahlung. In einer Broschüre der Gewerkschaft habe ich gelesen, dass Zimmermädchen für ihre Reinigungsarbeiten einen Hungerlohn beziehen. Fünfzig Cent pro Raum! Ich denke, ich werde mich diesem Sujet widmen.« Zufrieden streicht er sich über sein Bärtchen.

»Ich finde das Schreibwochenende bisher auch hammermäßig«, wirft Gerda ein. An unserer Haustür gehen morgens immer Schüler vorbei, und Gerda schnappt hin und wieder Begriffe von ihnen auf, die sie bei jeder Gelegenheit verwendet. »Wissen Sie, wie man den Erbauer des Hotels genannt hat? Sigbert, den Blutrünstigen. Habe ich vorhin im Internet gelesen. Er ist während des Französischen Krieges ein ganz gemeiner Schuft gewesen und hat das Hotel durch Brandschatzen und Morden finanziert. Angeblich ist es verflucht. Das glaube ich sofort. Haben Sie bemerkt, wie die Holzdielen bei jedem Schritt quietschen und die Porzellanleuchten auf dem Flur zitternde Schatten an die Wand werfen? Dieses Hotel ist gruseliger als alles, was ich jemals erlebt habe.« Schauer der Begeisterung durchfahren sie. »Ich werde die ganze Nacht nicht schlafen können. Was, wenn plötzlich der Geist von Sigbert, dem Blutrünstigen, vor meinem Bett steht, in der Hand einen Dolch?« Gerda bekommt diesen entrückten Blick, den sie immer hat, wenn sie ans Schreiben denkt. Im Mittelpunkt ihrer Krimis steht eine zweiundsechzigjährige Grundschullehrerin, die von einem Heiratsschwindler betrogen wurde und nur ein klein wenig an Gerda erinnert. Jedenfalls versinkt die Lehrerin wegen des Betrugs nicht etwa in Schwermut, sondern nimmt die Sache selbst in die Hand. Und zwar in Form eines sehr scharfen Messers. Sie lockt ihren Ex-Liebhaber in eine Falle, dann gibt es ziemlich viele Szenen, die ich übersprungen habe. Jedenfalls liegt am Schluss das warme Herz ihres Ex-Liebhabers in ihrer Hand. Im gleichen Moment stürmt das SEK das Haus, doch die Lehrerin kann sich der Festnahme entziehen und flieht. In der letzten Szene liegt sie am Strand von Mallorca und denkt an all die Männer, die sie in ihrem Leben betrogen haben. Liebevoll streicht sie dabei mit den Fingern über die Klinge. Womit Gerda den Auftakt für eine ganze Reihe gelegt hat.

Gerda streichelt gottlob keine Klinge, sondern unseren Kater, der neben ihr auf der Bank sitzt und unsere Getränke fixiert. Er streckt seine Pfote aus und titscht gegen Gerdas langstieliges Bowleglas, sodass es leicht schwankt. Gerda schreckt aus ihren Träumen auf. »Alfred, nein! Keinen Alkohol. Das hat der Tierarzt ausdrücklich gesagt. Du kannst Wasser haben.«

Alfred sieht nicht so aus, als ob Wasser eine Alternative wäre. Sein Schwanz zuckt wild hin und her. Ich bewundere Gerda ein wenig, als sie ihn trotzdem weiterstreichelt. Kurz darauf stellen wir fest, dass nicht jeder Mut belohnt wird.

»Das war böse, Alfred!«, sagt Gerda und steckt sich den blutenden Finger in den Mund.

»Eine Gaststätte ist vielleicht nicht der richtige Ort für jemanden mit Alfreds Alkoholproblem«, sagt Herr von Itzenplitz vorsichtig. Offenbar ist unser Kater der gleichen Meinung, denn er springt aufs Fensterbrett und starrt ins Moor.

Gerda öffnet kurz entschlossen das Fenster, Alfred schlüpft hinaus. »Sei brav!«, ruft sie, bevor er in der Dunkelheit verschwindet. Ein eisiger Windstoß fegt ins Zimmer. Gerda schließt schnell das Fenster. »Ich hoffe, Alfred wird es nicht ungemütlich draußen, es soll Sturm geben. Aber vielleicht trifft er auch auf die Hotelkatze, die beiden könnten sich anfreunden und einen romantischen Abend verbringen.« Kurz darauf hören wir ein lautes Fauchen. Gerda sieht ein wenig besorgt aus, aber die Ankunft von Eddi Mei-Zu lenkt sie ab. Als wir uns auf den Weg in die Hotelbar gemacht haben, wollte der unbedingt noch ein oder zwei Dinge im Internet nachsehen. »Dat is unglaublisch, wat dat alles so jibt. Wussten Sie, dat man im Internet Videos ansehen kann?« Er zieht sein Tablet heraus, streicht über den Bildschirm und deutet anschließend darauf. »Dat sind alle James-Bond-Filme. Isch kann gucken, wat immer isch will!« Er strahlt uns an.

»Eddi, Sie wissen, was wir besprochen hatten. Kein Computer am Küchentisch.« Herr von Itzenplitz sieht ihn streng an.

Eddi verzieht den Mund. »Aber wir sitzen jar nischt am Küchentisch.«

»Dieser Tisch gilt während unseres Aufenthalts hier als Küchentisch«, beende ich jede aufkommende Diskussion.

»Genau!« Gerda schnappt sich kurzerhand das Tablet und legt es neben sich auf die Bank. Ich habe allerdings den Verdacht, dass es ihr nicht ums Prinzip geht. Sie hofft, das Gerät nachher unbemerkt auf ihr Zimmer schmuggeln zu können. Gerda hat nämlich schon viel eher als Eddi herausgefunden, dass es Millionen Videos im Internet gibt. Ich fürchte, sie wird die Nacht im Udo-Jürgens-Rausch verbringen.

Eddi schmollt, dann nimmt er sich die Getränkekarte. »Wat jibt et zu trinken?« Seine Kieselstein-Augen begutachten das Angebot. »Isch spüre schon wieder meine Winter-Jrippe im Anflug. Da muss ich vorbeujen.« Diese Wintergrippe schiebt er jedes Jahr vor, um seiner Leidenschaft für Kräuterschnaps zu frönen.

Die Kellnerin taucht an unserem Tisch auf. Das Mädchen trägt ein schwarzes Kleid mit Spitzenschürze, und in ihren blonden Rastalocken steckt ein adrettes weißes Häubchen, das wie eine Taube im Nest aussieht. Irgendwie süß.

»Hat das nicht wehgetan?« Gerda deutet auf einen silbernen Ring mit Perle, den das Mädchen in der Nase trägt.

Sie winkt ab. »Aber nein. Das ist so ähnlich wie bei einem Ohrring. Ein Piks, und schon ist es vorbei.«

Gerda, die sich seit Jahren Ohrlöcher wünscht, sich aber vor den Schmerzen fürchtet, sieht unsere Kellnerin bewundernd an. »Das ist wirklich sehr mutig. Und hübsch.« Sie deutet auf den Unterarm des Mädchens, auf den eine leuchtende Pfauenfeder tätowiert ist. »Und das? War das schmerzhaft?«

Das Mädchen, das ein kleines Metallschild mit dem Namen *Hanna* am Revers trägt, scheint sich über das Interesse an ihrem Körperschmuck zu freuen. »Gefällt Ihnen meine Tätowierung?«

Gerda nickt. »Wunderschön.« Sehnsucht schwingt in ihren Worten mit. Offensichtlich wird der Ohrloch-Wunsch gerade von einem Tattoo-Wunsch abgelöst.

Hanna hebt den Fuß und deutet auf ihre schmale Fessel: »Sehen Sie, hier habe ich einen Kolibri.«

»Oh, allerliebst!« Gerda schlägt die Hände zusammen. »Ich wusste gar nicht, dass man in so bunten Farben tätowieren kann.«

»Dat sieht aus wie dat Tattoo einer Jeheimtriade«, grummelt dagegen Eddi Mei-Zu und taxiert unsere Kellnerin, als sei sie die Hauptverdächtige in einem Mafiaprozess. »Auftragsmörder tragen so was.«

Hanna sieht ihn mit großen Augen an. Dann zieht sie einen kleinen Block aus ihrer Schürze und fragt ganz professionell: »Was darf ich bringen?«

Eddi fixiert noch immer ihre Tätowierung. »Ein Alt.«

»Wir haben leider nur Pils. Oder Altbierbowle, die ist mit Pfirsichen.« Sie deutet auf unsere Gläser. Gerda und ich sind nämlich todesmutige Entdecker, wir haben das seltsame Getränk sofort bestellt. Eddi benimmt sich dagegen kleinbürgerlich. Nach nochmaligem Blick in die Karte bestellt er einen Kräuterschnaps.

Drei Minuten später steht das Getränk vor ihm, das Mädchen ist echt flott. Während sie geschickt das Glas absetzt und einen Strich auf den Bierdeckel macht, plappert sie mit entwaffnender Offenheit: »Ich habe gerade erst hier angefangen. Ein Ferienjob, eigentlich studiere ich Sachunterricht in Osnabrück. Aber ich muss sagen, die Arbeit im Hotel gefällt mir wirklich gut.« Sie sieht uns an mit der Begeisterung der Jugend. »Gehören Sie auch zur Polizeikonferenz?«

»Quasi«, kläre ich sie auf. »Wir sind Kriminalschriftsteller.«

»Oh!«, sagt sie bewundernd. Sie will mehr über unsere Werke erfahren, und es stellt sich heraus, dass sie fast alle Bücher von Gerda kennt. »Besonders gut hat mir *Kopf unter Wasser* gefallen. Was für eine Idee! Das Opfer zu fesseln, bis zum Hals am Strand einzugraben und dann auf die Flut zu warten. Das war so plastisch, wie das Wasser immer wieder in den Mund des Mannes schwappt, er gurgelnd ertrinkt und Rebecca eiskalt danebensteht … mega!« Sie strahlt Gerda an. Für einen winzigen Moment wirkt das Mädchen ein wenig irre, und ich überlege, ob an Eddis Auftragskiller-Idee nicht doch etwas dran ist.

Gerda läuft dagegen vor Freude rot an. »Kennen Sie schon mein Neuestes?« Sie kramt in ihrer Tasche und zieht es heraus.

Ehrfürchtig nimmt Hanna das Buch in die Hand, streicht liebevoll über das in Blutrot gehaltene Cover und überfliegt den Klappentext. »Wow ... Hammer!« Sie schüttelt sich wohlig. Dann fragt sie geradezu schüchtern: »Darf ich es lesen?«

Gerda zückt ihren silbernen Kugelschreiber. »Ich schreibe Ihnen eine Widmung hinein.« Damit ist für den Rest des Abends die Versorgung mit kostenlosen Knabbereien gesichert. Hanna bringt uns eine große Schale voll mit Erdnüssen.

Auf diese Weise ist auch Eddi versöhnt, er schnappt sich eine Handvoll und stürzt anschließend seinen Kräuterschnaps hinunter. »Der is nicht schlecht. Jar nicht schlecht«, stellt er fest.

»Den hat der Chef selbst gebrannt. *Galgenvenner Moorbrand.* Er ist mächtig stolz drauf.« Hanna deutet mit dem Kopf zum Hotelier, der hinter der Bar steht. Der scheint ein Fan schwermütiger Musik zu sein. Zum dritten Mal hören wir das gleiche traurige Lied, Alexandras *Sehnsucht.* Er singt leise mit, den Blick in die Ferne gerichtet. Doch dann wird die Tür aufgerissen, und eine Person kommt lautstark hereingepoltert und schreckt Ullmann aus seinen trübsinnigen Träumen auf. Es ist der Profiler Kleinert, den ich von Bildern in Fachzeitschriften kenne. Er blickt in die Runde und sagt: »Was für eine Bruchbude.«

Für einen winzigen Moment entgleitet der Gesichtsausdruck des Hoteliers, er wirkt hasserfüllt. Wie interessant! Verbirgt sich etwa eine mordlüsterne Seele hinter dem melancholischen Auftreten des Hoteliers? Ich werde ihn auf jeden Fall im Blick behalten.

COSMA

MAN SOLLTE SICH NICHT MIT KRIMIAUTOREN ANLEGEN

Ein Laptop und mehrere Akten unter den Arm geklemmt, geht Kleinert mit gewichtigen Schritten auf den größten Tisch zu und wirft seinen breitkrempigen Hut darauf wie andere ihr Handtuch auf die Strandliege. »Nessi-Mausi, den nehmen wir.«

Eine junge Frau in einem hübschen schwarz gepunkteten Kleid ist ihm mit trippelnden Schritten gefolgt. »Du sollst mich nicht immer so nennen. Ich heiße Janine. Wer soll mich denn so ernst nehmen?« Sie ist Ende zwanzig, hat lange blonde Haare und sanfte braune Augen. Sie setzt sich neben den Profiler, nimmt ihre Haare zusammen und streicht sie über eine Schulter nach vorne auf ihre üppige Brust.

»Ich nehme dich immer ernst, Nessi-Maus.« Kleinert legt ihre Haare ein wenig zur Seite, sodass der Blick auf ihre Brust frei bleibt, und stupst ihr anschließend auf die Nase, was sie zum Lächeln bringt. Doch als er seine Unterlagen auf dem Tisch ausbreitet, wird ihr Gesichtsausdruck starr. »Du willst doch nicht arbeiten, Bärchen? Das hast du doch schon den ganzen Tag gemacht. Du sollst dich erholen. Wie wäre es, wenn du dich um mich kümmerst?« Sie fährt mit ihren rot lackierten Fingernägeln über seinen Arm und macht ziemlich deutlich, was genau sie mit *Kümmern* meint.

»Aber, Nessi-Maus, ich muss noch arbeiten. Du weißt doch, das Buch.«

Sie nimmt ihre Hand weg. »Das Buch, immer dieses blöde Buch.« Sie zieht einen Schmollmund.

Kleinert nimmt einen goldenen Montblanc-Kugelschreiber aus seinem Hemd und macht sich eine kurze Notiz an einer der Akten. Mir fällt auf, dass er Linkshänder ist, wie so viele Größen der Weltgeschichte. »Ich kümmere mich nachher um dich, hm? Dann komme ich rüber in dein Zimmer.«

Janine ist keineswegs versöhnt. »Damit ich die ganze Nacht nicht schlafen kann, weil du schnarchst. Nein, ich habe extra ein eigenes Zimmer genommen. Und da schlafe ich allein.«

Das trifft offensichtlich nicht auf Gegenliebe bei Kleinert. Er blickt sie grimmig an und will etwas sagen. Doch da kommt eine Frau Anfang vierzig herein, sieht sich um und geht zielstrebig auf Kleinert und Janine zu. Doris Seifert, Kleinerts Kollegin, wenn mich nicht alles täuscht. Gut, dass Walter nicht nur das Programm, sondern auch die Teilnehmerliste in den Papierkorb geworfen hat, so habe ich einen genauen Überblick. »Darf ich kurz stören?« Doris Seifert hat eine sanfte Stimme, die zu ihrem unauffälligen Äußeren passt. Durch ihre dunklen Haare ziehen sich erste graue Strähnen. Sie trägt eine randlose Brille, die ihren flackernden Blick noch ängstlicher erscheinen lässt.

»Du hast uns bereits gestört, Doris.« Kleinert breitet ungerührt seine Unterlagen auf dem Tisch aus.

Seine Kollegin dreht die Hände vor ihrem Körper zusammen wie ein Kleinkind vor dem übermächtigen Vater. »Ich muss mit dir reden, Ralf. Dringend.«

Nun schaut er doch auf, den Mund höhnisch verzogen. Ich muss sagen, in den letzten Minuten hat sich meine Meinung über den Profiler ein wenig geändert. Er ist vielleicht doch nicht so großartig, wie ich dachte. An seinen Umgangsformen sollte er jedenfalls mächtig arbeiten.

Er lehnt sich zurück, streckt die Arme auf der Rückenlehne der Bank aus. »Die eifrige Doris, immer im Dienst. Selbst nach einem so langen Tag.« Er zwinkert seiner Frau zu. »Nessi und ich hatten gerade überlegt, dass heute nicht mehr gearbeitet wird und wir uns einen schönen Abend machen. Du wirst also bis morgen warten müssen.«

»Es ist aber wichtig.« Verzweiflung schwingt in Doris' Stimme mit.

»Bei dir ist immer alles wichtig. Du solltest mal entspannen, das Leben genießen, es ist ohnehin zu kurz. Wer weiß schon, ob wir den Morgen erleben.«

Doris Seifert bleibt unbeirrt vor Kleinert stehen. So unsicher, geradezu jämmerlich, sie wirkt, verfügt sie doch über die Hartnäckigkeit einer guten Ermittlerin.

Kleinert übersieht sie jedoch geflissentlich und winkt Hanna herbei. »Mädchen – eine Flasche Chianti.«

»Du willst Wein trinken?« Jetzt sieht Janine Kleinert wirklich wütend aus. Vorhin war es nur ein kleines Geplänkel, aber jetzt verengen sich ihre Augen. »Du weißt, was der Arzt gesagt hat!« Ihre Stimme ist schneidend. Doch Kleinert reagiert nicht auf ihre Worte. Stattdessen winkt er Hanna nochmals ungeduldig zu. Die hatte die Ankunft des Profilers ebenso gespannt verfolgt wie wir und war bei seinem ersten Winken sofort aufgesprungen. Doch dann hatte der Hotelier sie zurückgehalten, ihr etwas gesagt und war dann selbst durch eine Hintertür an der Theke verschwunden.

»Was ist denn nun, Mädchen? Wird das heute noch was?« Hanna eilt mit zwei Gläsern zum Tisch. Während sie die vor Kleinert und seiner Frau abstellt, beäugt sie mit unverhohlener Neugier die ausgebreiteten Unterlagen. »Herr Ullmann holt gerade den Wein aus dem Keller. Er meint, er hat einen ganz besonderen Tropfen für Sie.«

Doris lässt sich wie ein Geist auf die Bank gleiten. Ich sage ja, sie ist hartnäckig. »Ich brauche nur fünf Minuten, Ralf.« Sie wendet sich Hanna zu. »Ein stilles Wasser für mich, bitte.«

Kleinert grunzt abfällig. »Wasser … das ist ja wieder typisch.«

»Wir nehmen auch eine große Flasche«, sagt seine Frau. »Wenn du schon Wein trinkst, dann wenigstens mit Wasser.«

Kleinerts Gesichtsausdruck erinnert mich an unseren Kater Alfred vorhin, und ich bin mir sicher, dass er das Wasser nicht anrühren wird. Er packt die Akten neben sich auf die Bank, klappt sein Laptop auf und beginnt, wie wild auf der Tastatur herumzudrücken. Doris Seifert bleibt mit starrem Gesichtsausdruck neben ihm sitzen.

Der Hotelier kommt gehetzt wieder herein, in der Hand eine staubige Flasche, die er abwischt, ehe er damit an Kleinerts Tisch eilt. »Ein Chianti Classico von 2007. Für unsere besonderen Gäste.«

Kleinert nickt anerkennend. Mir fällt auf, dass die Hand des Hoteliers leicht zittert, als er die Flasche entkorkt. Vorsichtig gießt er den Rotwein in das Glas. Kleinert probiert, nickt dann: »Hervorragend.«

Der Hotelier sieht erleichtert aus. Janine schenkt ihrem Mann ein Glas Wasser ein und schiebt es hinüber. Wütend verfolgt sie, wie er das Weinglas zum Mund führt. Ich bin so von dem Schauspiel eingenommen, dass ich zuerst gar nicht bemerke, dass noch jemand anderes angekommen ist. Jemand sehr Wichtiges: Kriminaldirektorin Dr. Frauke Riedel. Sie sieht genauso aus wie auf dem Foto in der Zeitung letztens. Sie trägt einen Hosenanzug aus blauer Seide und eine lange cremefarbene Stola. Die braunen Haare hat sie hochgesteckt. Sie ist eine elegante Erscheinung. Allerdings wirkt sie eher hager als schlank, und der Blick ihrer echsenartigen Augen ist so kalt, dass er mich beinahe bibbern lässt.

»Kleinert – Sie sind fleißig?« In der kratzigen Stimme der Kriminaldirektorin schwingt irgendein Unterton mit, den ich nicht deuten kann.

Kleinert lehnt sich zurück. »Jemand wie ich ist immer im Dienst. Ich arbeite an meinem Buch, die Zeit drängt.«

»Ich hörte davon. Glückwunsch zum Vertrag.« Kriminaldirektorin Riedel lächelt ihn an wie eine Eidechse die Fliege. »Da werden wir wohl demnächst auf

Sie verzichten müssen, wenn Sie auf der Bestsellerliste stehen und von den Tantiemen leben.«

»So einfach werden Sie mich nicht los.« Es klingt wie eine Drohung.

Doris Seifert, seine Kollegin, ist dem Gespräch mit großen Augen gefolgt. »Ein Verlagsvertrag? Davon weiß ich ja noch gar nichts.«

Der Profiler wendet sich zu ihr. »Das hätte ich dir noch früh genug erzählt, Doris. Es hat sich erst vor zwei Wochen ergeben.« Als er den Gesichtsausdruck seiner Kollegin bemerkt, seufzt er. »Nun schau nicht so sauertöpfisch.«

Die Kriminaldirektorin bemerkt die Rotweinflasche und nimmt sie hoch. »Chianti Classico von 2007. Nicht schlecht. Sie wissen zu leben.« Ihre Miene ist unergründlich.

Ein junger Polizist, der vor einiger Zeit hereingekommen ist und an einem der hinteren Tische saß und ein Bier getrunken hat, lässt sich von der Bank gleiten. Er hat den leichten Gang eines Sportlers, sein Hemd spannt um die Oberarme. Als er an Kleinerts Tisch ankommt, tippt er sich an die Schläfe. »Guten Abend allerseits.« Sein Blick liegt zunächst auf Kleinert, den er mit unverkennbarer Abneigung betrachtet, wandert kurz zu Janine und ruht dann auf Doris Seifert.

Die Kriminaldirektorin nickt ihm zu. »Kriminalkommissar Kowacz«, begrüßt sie ihn. Ihr Blick liegt auf dem adretten Hintern des Jungen, als der weitergeht und durch die Tür verschwindet.

Doris Seifert steht abrupt auf. »Ich muss gehen.« Sie wendet sich hektisch um und fegt dabei versehentlich ihr Wasserglas vom Tisch. Sie will sich schon bücken, um die Scherben aufzuheben, aber Hanna kommt und sagt, sie wird sich darum kümmern. Mit hochrotem Kopf eilt Doris Seifert hinaus.

Kleinert schaut ihr nach. »Gott, die treibt mich in den Wahnsinn. Die ganze Zeit drängt sie darauf, dass sie mehr Verantwortung übernehmen will. Und was passiert? Morgen soll sie im Seminar einen einfachen Fall vorstellen und dreht fast durch. Ich wette, die setzt sich auf ihr Zimmer und heult.«

Der Miene der Kriminaldirektorin ist nicht zu entnehmen, ob sie Kleinerts Bemerkung über seine Kollegin missbilligt. Sie schaut noch immer zur Tür, die nach dem Abgang von Doris Seifert langsam zufällt. »Ich werde mich auch verabschieden, ich habe noch zu tun.«

»Die kann auch nie entspannen«, lästert Kleinert, kaum dass die Direktorin verschwunden ist. »Trocken wie 'ne Backpflaume. Die sollte mal so richtig ...«

Seine Frau legt ihm die Hand auf den Arm, und er verstummt.

»Was für ein ungehobelter Mensch«, sagt Gerda fassungslos. Im nächsten Moment nimmt sie ihre Kladde heraus und schreibt ein paar Zeilen hinein. Ich wette, in ihrem nächsten Buch wird jemand sterben, der an den Profiler erinnert. So, wie es aussieht, eines qualvollen Todes. Sie murmelt etwas von Streckbank und glühenden Feuerhaken. Ich gönne es ihm. Man sollte sich eben nicht mit Krimiautoren anlegen.

PAULA

BEWÄHRTE VERHÖRMETHODEN

Magst du noch?« Doc Fischgrät deutet auf die Weinflasche.

Paula und er sind die letzten Gäste in der Hotelbar. Walter hat schon vor Stunden etwas von *dringendes Problem im Backforum* gemurmelt und ist verschwunden. Paula vermutet, dass er in der Hotelküche eine neue Kreation entwickelt. Cosma war die Nächste, die sich verabschiedete. Vor gut einer Dreiviertelstunde ist sie mit Herrn von Itzenplitz zu einem Abendspaziergang aufgebrochen, um »das stille Erlebnis eines Moores bei Nacht« zu genießen. Ihnen folgten Gerda und Eddi, die noch Videos im Internet ansehen wollten. Kurz darauf ist der Profiler rausgewankt. Er hat den ganzen Abend getrunken und wurde immer ausfallender. Schließlich drängte seine Frau Janine zum Aufbruch, zerrte ihn regelrecht hoch. Kleinert schnappte sich noch sein Laptop, und schon wurde er von ihr hinausgeschoben. Vom Flur dröhnte dann sein lautstarker Gesang. *Für mich soll's rote Rosen regnen.*

»Ich denke, ich sollte gehen, ist schon spät«, beantwortet sie die Frage des Doc. Der Abend ist wie im Flug vergangen. Es ist seltsam. Sie hat sich Stunden mit Doc Fischgrät unterhalten. Über Maden gefachsimpelt,

Methoden zur Bestimmung der Liegezeit einer Leiche diskutiert. Ob es am Wein liegt oder an Oles Anwesenheit – sie hat sich selten so wohlgefühlt. Dabei hat sie sich an diesem Abend ein Wortgefecht nach dem anderen mit ihm geliefert. Aber genau das hat sie genossen. Nun schiebt sie ihr Glas beiseite. »Morgen wird ein langer Tag. Spusen-Ali hat uns was Interessantes zusammengestellt. Allerdings soll KD Riedel eine siebenundsiebzig Seiten umfassende Analyse der aktuellen Kriminalitätsstatistik vorbereitet haben.«

»Ich wüsste was Besseres als die Analyse der Kriminalstatistik.« Ole nippt an seinem Wein, und in seinen Augen glitzert es unergründlich.

»Ach ja?« Paula hört, wie ihre Stimme bei der Antwort zittert. Für einen kurzen Moment hat sie sich mit dem Doc auf dem Hotelbett gesehen, eng umschlungen. Nicht gut, gar nicht gut. Rational. Unbedingt. Das hier ist ein Arbeitsverhältnis. Doc Fischgrät ist ein Kollege. Ein netter Kollege. Aber mehr nicht. Themenwechsel. Sofort. »Warum bist du eigentlich nach Düsseldorf gewechselt?«

Innerhalb einer Sekunde ändert sich der Ausdruck in Oles Augen. Er wirkt enttäuscht, gleichzeitig auf der Hut, als hätte Paula vermintes Gelände betreten. Doch dann verzieht er sein Gesicht zu einem schiefen Grinsen. »Gefällt es dir nicht, dass ich in eurem Team bin?« Unter seinen langen Wimpern blitzt es herausfordernd.

Paula lehnt sich zurück und lächelt. »Ich habe schon bessere Ablenkungsmanöver gehört. Also? Warum bist du nicht in Hamburg geblieben? Nichts, was dich dort hält?«

Er taxiert sie, ein Lächeln umspielt seine Lippen. »Paula, fragst du mich, ob ich eine Freundin in Hamburg habe?«

Sie wird schlagartig rot. »Nein!« Die Antwort kommt heftiger heraus, als ihr lieb ist. Eine Freundin in Hamburg? Daran hat sie gar nicht gedacht. Jedenfalls nicht in erster Linie. Es ist nur so, dass ihr in seiner Personalakte einige Merkwürdigkeiten aufgefallen sind. Bei *Versetzungsgrund* steht: *aus eigenem Wunsch.* Normalerweise ist eine seitenweise Begründung notwendig. Irgendetwas stimmt da nicht. Und sie will wissen, was es ist. Mehr nicht. Eine Freundin. Als würde sie das interessieren.

Er beugt sich vor. »Was ist mit *dir*? Dein letzter Freund war Steuerberater, nicht wahr? War er wirklich so ein Langweiler, wie ich gehört habe?«

Sie sieht ihn mit großen Augen an. »Du hast mit meiner Mutter gesprochen!« Paula kann es nicht fassen. Cosma lässt aber auch nichts unversucht, sie beide zu verkuppeln.

Er zuckt mit den Schultern, kein bisschen schuldbewusst. »Sie hat mich heute Nachmittag abgefangen und einige interessante Dinge über dich erzählt.« Ein Lächeln umspielt seine Mundwinkel.

»Sie hat eine blühende Fantasie.«

»Dann stimmt es nicht, dass du als junges Mädchen heimlich in das Polizeipräsidium eingedrungen bist und dich in die Asservatenkammer geschlichen hast?«

Paula atmet scharf ein. »Wir hatten eine Schulführung im Präsidium. Ich hatte den Anschluss verloren und stand plötzlich allein in dem Raum. Mehr war nicht!« Sie fixiert ihn. Zeit für einen Gegenangriff. »Glaubst du, ich merke nicht, dass du meiner Frage ausweichst? Also: Was war in Hamburg?«

»Du bist verdammt hartnäckig. Ich sage ja, du bist wie deine Mutter. Du kannst kein Rätsel ungelöst lassen.«

Paula hat den Verdacht, dass es Ole Spaß macht, ihre Frage nicht zu beantworten. Sie schweigt und wartet. Eine bewährte Verhörmethode, das hat bisher bei fast jedem Verdächtigen gewirkt. Doc Fischgrät soll bloß nicht glauben, dass er so davonkommt. Ihre Gedanken stocken für einen winzigen Augenblick. *Eine bewährte Verhörmethode*? Oh Gott, er hat recht. Sie ist genau wie ihre Mutter. Hat heimlich seine Personalakte durchgesehen, eine unklare Stelle gefunden und sich festgehakt. Sie sollte jetzt etwas sagen, die Situation auflösen. Aber Paula kann nicht. Sie wartet einfach nur weiter ab.

Ole Fischer gehört allerdings offenbar zu den Menschen, die Pausen aushalten können. Fast fünf Minuten vergehen in Schweigen. Dann grinst er sie unverhohlen an. »Paula Pongs, verhörst du mich?«

Mist. Paula spürt augenblicklich das Brennen in ihren Wangen. »Ich verhöre niemanden. Ich unterhalte mich.«

»Wenn ich es nicht besser wüsste, könnte ich denken, du hast in meiner Personalakte gestöbert.«

Verdammt. Verdammt. Verdammt. Aber Paula ist nicht bereit, klein beizugeben. Sie beugt sich vor, betrachtet seine bernsteinfarbenen Augen. »Und ich wette, du hast dich nicht zufällig mit meiner Mutter getroffen.«

Die Augen unter seinen dichten Wimpern sind unergründlich. »Touché.« Dann schüttelt er sanft den Kopf. »Penelope Aurora Undine Ludowika Agatha Pongs … du bist wirklich einmalig.«

Sie funkelt ihn böse an. »Nenn mich nicht so.«

»Du heißt aber so.«

»Ich heiße Paula.«

»Das sind nur deine Initialen.«

»Und du? Ole Friedrich Fischer. Willst du ernsthaft, dass ich dich in Zukunft so anspreche?«

Er legt den Kopf schief. »Vielleicht. Kommt drauf an, in welcher Situation.«

Wieder dieser Blick, der ihr Herz aussetzen lässt. Allmählich wird das lebensgefährlich. Sie steht abrupt auf. »Ich muss los.« Ohne eine Antwort abzuwarten, steht sie auf und verlässt den Raum. Was bildet sich dieser Gerichtsmediziner ein? Dass er mit ihr ein wenig über Maden redet, und dann liegt sie ihm zu Füßen? Ganz bestimmt nicht! Grübchen und bernsteinfarbene Augen hin oder her.

Hastig geht sie weiter. Und doch freut sich ein winziger Teil in ihr, als sie seine Schritte hinter sich hört und er neben ihr auftaucht. »Hab den gleichen Weg. Erster Stock. Ich habe zufällig das Zimmer neben dir.«

Der samtweiche Ton seiner Stimme jagt ihr Schauer über den Leib. Oh nein. Kollegen. Rationalität. Mehr nicht. Sie atmet tief durch. Sie wird sich jetzt ganz ruhig verabschieden. Völlig neutral und zielorientiert.

An ihrer Zimmertür wendet Paula sich zu ihm um. Hoppla. Sie hat gar nicht gemerkt, dass er so dicht war. Sein Blick ruht auf ihrem Gesicht. »Du bist verdammt süß, wenn du dich ärgerst.« Seine Stimme ist rau. Dann spürt sie seine Fingerkuppe über ihre Wangen streichen. Sie hinterlässt ein elektrisches Prickeln auf ihrer Haut.

Sie blickt zu ihm auf. Oh, oh, das geht nicht. Das geht gar nicht. Sie riecht sein herbes Aftershave mit einer irritierenden Spur Orange, spürt die Wärme seiner Haut. Seine Lippen sind nur noch Millimeter von ihren entfernt. Zu ihrer eigenen Überraschung beugt sie sich vor. Kommt ihm entgegen.

Erst das Klingeln ihres Handys reißt sie zurück.

COSMA

ENDLICH!

Ich gähne und lasse meinen Blick ein letztes Mal über das dunkle Wasser gleiten. Fast eine Stunde war ich mit Herrn von Itzenplitz im Moor spazieren, und nicht mal den kleinen Zeh einer Moorleiche haben wir gefunden. Hier ist nichts. Einfach überhaupt nichts. Das ist so was von enttäuschend.

Vor mir liegt ein Kieselstein auf dem Weg. Ich kicke ihn mit meinem Gummistiefel weg, und er fällt mit leisem Platschen ins Wasser. Eine schwarze Fläche liegt vor mir, an einigen Stellen ragen Gräser heraus, über denen ein einsames Glühwürmchen wie ein Irrlicht tanzt. Im Wasser gurgelt es, doch leider ist es keine mumifizierte Hand, sondern nur eine Messstation. Dieses Moor könnte problemlos bei *Schöner Wohnen* vorgestellt werden. Nicht einmal meine Gummistiefel brauche ich. Ich stehe auf einem gut ausgebauten Holzsteg, der mitten durch den Sumpf führt und von Halogenlichtern beschienen wird, damit niemand aus Versehen ins Leere tritt. Was aber sowieso nicht passieren kann, denn die Seiten des Steges schützt ein stabiles Holzgeländer. Die Anlage würde dem Sicherheitsbeauftragten vom TÜV Rheinland Tränen der Freude ins Auge treiben. Ich seufze laut. »Das ist die langweiligste Gegend auf der ganzen Welt!«

Herr von Itzenplitz ist stehen geblieben. »Sie sind ungerecht, meine Liebe.« Sein schwarzer Schal weht im Wind. Von Minute zu Minute scheint es stürmischer zu werden. Eigentlich wollte Herr von Itzenplitz schon vor einer halben Stunde zurück, aber irgendwie habe ich immer noch gehofft, dass wir auf eine Leiche stoßen. Schließlich kribbelt mein kleiner Finger seit Stunden. »Ich will meinen nächsten Mord!«, schreie ich in die dunkle Nacht hinaus. Eine Eule fliegt von einer der Krüppelbirken auf, stemmt sich gegen den Wind und verdeckt mit ihren Schwingen die Sichel des Mondes.

»Bestimmt wird sich in den nächsten Monaten was ergeben«, versucht Herr von Itzenplitz, mich zu trösten, und zieht seinen Schal enger um den Hals.

»In den nächsten Monaten?« Jetzt bin ich endgültig niedergeschlagen.

Schweigend gehen wir zum Hotel zurück, den hellen Lichtern am Boden folgend, bis sich das Gebäude vor uns aus der Dunkelheit erhebt. Die Fenster leuchten wie ein halb geöffneter Adventskalender. Die Äste der fast kahlen Eichen schlagen im Wind hin und her.

Missmutig gehe ich weiter. Den Abend hatte ich mir wahrlich anders vorgestellt. Immerhin scheint es den Sturm zu geben, von dem Gerda gesprochen hat. Das erzeugt wenigstens ein bisschen gruselige Atmosphäre. Wir folgen dem gut ausgeleuchteten Pfad, bis wir nur noch wenige Meter vor der Eingangstür entfernt sind. Da erregt ein wütendes Wortgefecht meine Aufmerksamkeit. Ein Mann steht auf einem der Balkone im zweiten Stock und scheint sich mit jemandem im Zimmer zu streiten. Dann wendet er sich um und blickt über die Moorlandschaft. Plötzlich kippt er nach vorne über die Brüstung. Und schlägt mit einem lauten Klatschen direkt vor uns auf den Boden.

Ich strauchele vor Überraschung, falle auf den Hosenboden, nehme oben am Balkon eine zweite Person wahr, die sich blitzschnell zurückzieht.

Ein Stöhnen lenkt meine Aufmerksamkeit wieder auf den Gehsteig. Dort liegt ein Mann in seltsam verkrümmter Haltung. Es ist Ralf Maria Kleinert, der Profiler. Unter seinem Körper breitet sich eine Blutlache aus. Etwas segelt aus dem Nachthimmel zu uns herunter, landet sanft auf dem Bauch des Profilers. Es ist sein breitkrempiger Hut, am Hutband steckt eine rote Rose.

Der Sterbende bewegt die Lippen. Ich beuge mich hinunter, um ihn besser verstehen zu können. Doch im gleichen Moment beginnen seine Augen zu flackern, seine Finger krampfen, sein Fuß zuckt. Er atmet ein letztes Mal aus, sein Blick wird starr. Er ist tot.

Ich blicke Herrn von Itzenplitz an und kann die Freude kaum unterdrücken. »Ein Mord. Endlich!«

Ich nehme mein Handy aus der Tasche und rufe Paula an.

COSMA

MEINE TOCHTER BENIMMT SICH SELTSAM

Paula … du glaubst nicht, was gerade passiert ist.«

»Mutter. Was ist?« Meine Tochter atmet seltsam, bei jedem anderen wäre das ein Zeichen dafür, dass er gerade etwas wirklich Aufregendes gemacht hat. Bei ihr ist es Stress. Sie sollte wirklich weniger arbeiten. Wie dem auch sei. Ich muss sie über die neusten Entwicklungen informieren. »Der Profiler liegt hier.«

»Aha.« Sie klingt nicht sonderlich interessiert. Eher, als ob sie mit ihren Gedanken ganz woanders ist.

»Er ist direkt vor mir gelandet«, erläutere ich. »Das war kein schönes Geräusch. Überhaupt nicht. Und ich hätte auch nicht gedacht, dass das so weit spritzt.« Tatsächlich fallen mir erst jetzt die vielen Blutsprenkel auf meinem Cape auf. Plötzlich fangen meine Beine an zu zittern, und ich bin froh, dass ich immer noch auf dem Boden sitze.

Meine Tochter bleibt bei ihrer Einsilbigkeit. »Und?«

Langsam werde ich ungeduldig. Für eine Kriminalhauptkommissarin zeigt sich Paula überraschend begriffsstutzig.

Herr von Itzenplitz beugt sich herunter und spricht

seitlich in mein Handy. »Frau Paula, Sie sollten herkommen.«

Mit einem Mal wirkt meine Tochter alarmiert. »Was ist passiert?« Das ist ja mal wieder typisch. Ich rede lang und breit von einem Mord, und mehr als *Aha* fällt ihr dazu nicht ein. Kaum sagt Herr von Itzenplitz etwas, ist sie plötzlich interessiert. Das ist ungerecht. Ich drehe mich von ihm weg, sodass Herr von Itzenplitz nicht mehr mitreden kann. »Natürlich ist etwas passiert. Das sag ich doch die ganze Zeit. Aber du hörst mal wieder nicht zu. Wo bist du nur mit deinen Gedanken?«

»Mutter … Was ist los?«

»Du solltest wirklich nicht so lange arbeiten. Etwas weniger Sport und fettreichere Nahrung, und schon wärst du ausgeglichener. Das habe ich dir so oft gesagt.«

Beredtes Schweigen am anderen Ende der Leitung.

Pah. Das kann ich auch. Wir schweigen uns an. Mindestens eine Minute. Dann schreit Paula unvermittelt ins Telefon. »Mutter! Was – ist – los?« Mein Gott, ist sie heute gereizt.

Ich versuche, so deutlich wie möglich zu sprechen. »Der – Profiler – wurde – ermordet.«

Schweigen am anderen Ende der Leitung. Dann: »Gib mir mal Herrn von Itzenplitz.«

Ich will gerade eine sehr rüde Antwort geben, als mein Mitbewohner sich runterbeugt und in mein Handy brüllt: »Frau Paula, es stimmt.«

Wieder eine Sekunde Ruhe in der Leitung. Dann ein Seufzen. »Wo genau seid ihr?«

PAULA

ACH JA?

»Mutter, ihr geht jetzt hinter das Absperrband. Sofort.« Paula stemmt ihre Hände in die Hüften und funkelt Cosma böse an.

»Paula, wie soll ich dich denn von dort hinten unterstützen?« Cosma stemmt gleichfalls die Hände in die Hüften.

»Hinter das Absperrband!« Paula ist mit ihrer Geduld am Ende. Sie nimmt die Handschellen aus ihrer Tasche und hält sie hoch.

Cosma zieht sich unter lautstarkem Protest hinter das Absperrband zurück, wo bereits der Rest ihrer WG wartet. »Das ist meine Leiche. Ich habe sie gefunden«, hört Paula sie noch murmeln, auch wenn der immer stärker werdende Sturm ihre letzten Worte verschluckt.

Paula wendet sich um und versucht, sich auf die Szenerie vor sich zu konzentrieren und sich die Details einzuprägen. Der Doc kniet im weißen Schutzanzug neben dem Toten, der Sturm zerrt an dem Anzug, seine Haare wehen im Wind. Fast glaubt sie, noch immer Oles Lippen auf ihren zu spüren. Was wäre passiert, wenn Cosmas Anruf sie nicht unterbrochen hätte? Paula atmet durch. »Und, was haben wir?« Sie versucht, so sachlich wie möglich zu klingen.

»Wie es aussieht, Schädelbruch.« Der Doc schaut Paula vielleicht eine Sekunde zu lange an. Um seinem Blick auszuweichen, geht sie in die Hocke und betrachtet den Toten. Der Kopf weist deutliche Spuren des Aufschlags auf, aber auf den ersten Blick sieht sie keine weiteren Verletzungen. »Gibt es Hinweise auf sonstige Fremdeinwirkung?«

Der Doc schüttelt den Kopf. »Die äußeren Verletzungen, die ich auf den ersten Blick sehen kann, passen zu einem Sturz aus der Höhe. Aber es ist natürlich noch zu früh, etwas Abschließendes zu sagen. Ich werde ihn mir noch genauer ansehen.« Er steht auf, reicht Paula die Hand, um ihr aufzuhelfen.

Sie ignoriert ihn, kommt allein hoch und blickt zum Balkon. »Die Brüstung ist nicht besonders hoch. Meine Mutter sagt, sie habe jemanden gesehen, der ihn gestoßen hat. Allerdings verfügt sie über eine blühende Fantasie.«

Der Doc zieht seine Handschuhe aus, sein Blick ruht auf ihr. »Schade, dass sie uns vorhin unterbrochen hat. Die Nacht hätte schön werden können.« Der Blick, den er ihr zuwirft, ist eindeutig.

Paulas Herz macht einen Aussetzer. Sie räuspert sich. Professionalität. Genau das ist hier gefragt. Mehr nicht. »Der Profiler hat heute Abend ziemlich viel getrunken. Vermutlich ist er einfach gestürzt.« Sie zwingt sich, dem Doc in die Augen zu sehen. »Wir haben vielleicht alle ein wenig zu viel getrunken.«

Ein Lächeln umspielt die Augen des Doc. »Findest

du? Ich fand es sehr schön. Wir sollten da weitermachen, wo wir aufgehört haben.« Er legt den Kopf schief.

Und sie hört sich aufreizend sagen: »Ach ja?«

COSMA

GRUSELIGE GERÄUSCHE

Wenn meine Tochter glaubt, ich lasse mich von einem lächerlichen Flatterband aufhalten, dann hat sie sich getäuscht! Außerdem brauche ich mir den Toten gar nicht mehr genau anzusehen, ich habe ein fotografisches Gedächtnis, und wie er so vor mir lag, werde ich mein Lebtag nicht vergessen.

Walter steht direkt vor uns, die Hand an den Handschellen. Ich zweifle keine Sekunde, dass er sie benutzen wird, wenn wir uns zu nah an das Absperrband bewegen. Die Polizei setzt immer nur auf Gewalt. Allerdings wirken heute Abend sowohl Walter als auch meine Tochter ein wenig abgelenkt. Walter starrt schon seit fünf Minuten ins Nichts. Immer wieder murmelt er Sachen wie »... zweihundertfünfzig Gramm Zucker, genau wie vorgesehen. Wieso funktioniert es nicht?«

Und meine Tochter hat auch schon lange nicht mehr hergeschaut. Normalerweise wirft sie immer wieder einen Blick zu mir, ich kann mich kaum bewegen, ohne dass sie die Stirn runzelt. Aber heute: nichts. Stattdessen starrt die den Doc an. Wenn ich es nicht besser wüsste, würde ich sagen, sie flirtet. Aber so was von.

»Glauben Sie, der Mörder ist noch dort oben?«, fragt Gerda, zieht ihren weißen Udo-Jürgens-Bademantel enger um sich und blickt zum Balkon. Sie und Eddi konnten es kaum glauben, dass sie den Mord an dem Profiler verpasst haben. Ich brauche eine Sekunde, bis ich begreife, was sie sagt. Und im gleichen Moment wird mir klar, dass niemand das Zimmer bewacht. Walter steht hier und geht Backrezepte durch, und meine Tochter kann den Blick kaum von dem Doktor lösen. Ich wusste doch, wie wichtig externe Ermittler sind!

»Das sieht unheimlich aus.« Gerda lugt vorsichtig um die Ecke.

Ich drücke sie ein wenig beiseite und schaue auch um die Ecke. Dunkel und leer liegt der Hotelflur des zweiten Stocks vor uns. Aus dem Zimmer neben dem des Profilers höre ich Wasserplätschern und leises Singen. Die Ehefrau des Profilers, der Stimme nach. Dann dringt etwas anderes an mein Ohr. »Hören Sie das?«, flüstere ich, während sich eine Gänsehaut in meinem Nacken bildet.

»Bitte?« Herr von Itzenplitz sieht mich fragend an.

»Ob Sie das Geräusch auch hören!«, erwidere ich etwas lauter, denn er hat offensichtlich sein Hörgerät nicht an.

Obwohl ich mir sicher bin, dass er überhaupt nichts gehört hat, nickt Herr von Itzenplitz. »Ganz deutlich. Es kommt von unten.« Er weist die Treppe hinunter, die meiner Meinung nach so still daliegt wie ein Stein in der Tiefsee.

Eddi ist etwas weniger mitfühlend als ich. »Kokolores. Da is jar nichts. Aber im Raum jejenüber dem des Toten war ein Quietschen.«

Ich spüre, wie sich die Härchen auf meinem Arm aufrichten. Ich höre kein Quietschen, sondern Stöhnen. Erst leise, dann klagend laut.

»Ist das gruselig!« Gerda bekommt wieder ihren sehnsüchtigen Blick. »Ob da jemand zerstückelt wird?«

Manchmal wünsche ich, Gerda würde Liebesromane schreiben und keine Horrorthriller.

»Wat auch immer et war, jetzt is es still«, bemerkt Eddi.

Tatsächlich ist es jetzt verdächtig leise auf dem Flur.

Ich atme durch und deute auf das Zimmer des Toten. »Wir müssen uns den Tatort ansehen.« Schließlich haben wir einen Auftrag zu erfüllen. Koste es, was es wolle.

Ich werfe einen Blick in den Flur, schließlich will ich nicht in eine Falle geraten. Duster und unheimlich liegt er vor uns, ein gähnender Schlund. Was, wenn wir in eine Falle laufen und der Täter plötzlich vor uns steht?

Eddi knipst das Licht an. Im gleichen Augenblick wirkt der Flur plötzlich einladend. An der Wand hängt eine in Öl gemalte Heidelandschaft mit Schäfer und Schafen, gegenüber steht ein alter Bauernschrank, und auf dem Boden liegen rote Perserteppiche. Stimmungsvoll, möchte ich meinen.

»Los!«, kommandiere ich, und schon stehen wir vor der Zimmertür des Toten.

Im Zimmer nebenan hat das Wasserplätschern aufgehört. Ich höre, wie die Ehefrau des Profilers noch immer leise singt. Ein Liebeslied, wenn mich nicht alles täuscht. Sie hat eine wirklich hübsche Stimme. Doch ich bin nicht hier, um der Witwe des Toten beim Singen zuzuhören. Zumal sie offenbar noch gar nicht weiß, dass sie Witwe ist. Denn jetzt stimmt sie ein neues Lied an. *Denn ich liebe dieses Leben!* Sie scheint im Zimmer zu tanzen. Ich höre den Holzboden leise knarren.

»Bei drei!«, flüstere ich und umfasse den Knauf der Tür. Meine WG drängt sich um mich, bereit, den Täter zu stellen.

Vorsichtig drehe ich am Knauf. Und kann meine Enttäuschung nicht verbergen. »Abgeschlossen.«

Ein Geräusch auf der Treppe lässt mich herumfahren. Leise Schritte. Das Zimmermädchen kommt von unten herauf. Sie trägt einen großen Korb mit Wäsche. »Guten Abend, die Herrschaften.« Sie wirkt einigermaßen überrascht.

Herr von Itzenplitz zwirbelt seinen Bart. »Ich habe doch gehört, dass auf der Treppe ein Geräusch war.«

Ich sage nichts dazu. Stattdessen beäuge ich das Mädchen misstrauisch. Sie sieht zwar naiv aus, aber als Kriminalist darf man niemandem trauen. »Was machen Sie hier?«

»Ich will nur rasch die Wäsche wegräumen.« Sie deutet mit dem Kopf zum Bauernschrank an der Wand. Kurz bleibt ihr Blick an meinem nassen Cape hängen, das ich in Gerdas Badezimmer von den Blutsprenkeln gereinigt habe, während Gerda ihrerseits sich ihres Bademantels entledigt hat und in ihr hübsches hellblaues Kostüm geschlüpft ist.

Herr von Itzenplitz drängt sich nach vorne, eilt dem Zimmermädchen entgegen. »Wäsche wegräumen um diese Zeit? Sklavenarbeit! Wie lange haben Sie heute gearbeitet? Mehr als acht Stunden sind nach dem

Gesetz nicht erlaubt.« Er hat diesen Unterton, den er immer hat, wenn er uns am 1. Mai seinen Vortrag über die internationale Solidarität hält.

»Ist schon okay, ist doch nur ein Ferienjob.« Hanna zuckt mit den Schultern. »Je mehr Stunden ich arbeite, desto mehr bekomme ich nachher raus. Ich brauche das Geld.«

»Ihr Arbeitgeber nutzt Ihr Bedürfnis nach monetärer Absicherung aus. Sie sollten einen höheren Lohn erhalten, statt mehr Stunden als erlaubt zu arbeiten. Sie sind das Proletariat, der Hebel an der Produktion. Das sollten Sie sich immer bewusst machen. Gibt es eigentlich einen Betriebsrat?«

»Herr von Itzenplitz, wir haben dringendere Probleme«, werfe ich ein.

Doch er beachtet mich nicht. Er versucht, Hanna den Wäschekorb abzunehmen. »Ich mache das für Sie.«

Hanna lässt den Korb nicht los. »So weit kommt es noch, dass die Gäste meine Arbeit übernehmen.« Sie will zum Wäscheschrank, bleibt dann aber stehen und sieht mich fragend an. »Welche dringenderen Probleme? Kann ich helfen?«

Genau die richtige Frage zum richtigen Zeitpunkt. »In der Tat, das können Sie. Würden Sie uns bitte diese Tür öffnen?« Ich deute auf das Hotelzimmer des Profilers.

Sie lacht. »Ihr Zimmer ist ein Stockwerk tiefer, Frau Pongs. Wir sind hier im zweiten Stock.«

»Das weiß ich. Wir haben ein berufliches Interesse.« Ich mache eine kurze Pause. Dann ergänze ich: »Der Profiler wurde ermordet.«

Hannas Augen werden groß. »Oh Gott!«

»Wir müssen den Tatort sichern.« Ich deute mit dem Kopf Richtung Hotelzimmer.

Doch zu meiner Enttäuschung schüttelt Hanna den Kopf. »Ich kann Ihnen nicht aufmachen. Die Schlüsselkarte liegt an der Rezeption. Ich wollte nur die Wäsche wegbringen und dann ins Bett. Die Bedienstetenzimmer sind im Dachgeschoss.« Sie deutet mit dem Kopf zur Treppe.

»Bedienstetenzimmer?«, wiederholt Herr von Itzenplitz. »Unfassbar.« Sein Schnurrbart beginnt zu zittern.

Es wird Zeit, seine Gedanken in eine andere Richtung zu lenken.

Ich fasse in mein feuchtes Cape und ziehe den Dietrich heraus. »Gerda – wenn Sie so nett wären?«

PAULA

H. H. HOLMES

»Mutter!« Paula kommt gerade um die Ecke, als Cosma den Dietrich hochhält. In Sekundenschnelle eilt Paula über den Flur und nimmt ihn an sich. Gerade rechtzeitig. Keine fünf Minuten später, und ihre Mutter wäre in das Zimmer eingebrochen.

»Paula, gib das sofort wieder her! Wir müssen da rein!«

»Ihr müsst verschwinden, sonst nichts!«, knurrt Paula.

Im gleichen Moment öffnet sich gegenüber eine Tür, und Kriminaldirektorin Dr. Riedel schaut heraus. Sie trägt einen langen Seidenkimono mit einem aufgestickten Drachen. Ihre Frisur ist ein wenig derangiert, doch das Make-up sitzt tadellos. »Was ist hier los?«, fragt sie schneidend.

Paula atmet durch. Dann sagt sie in ruhigem Ton. »Es hat einen Unfall gegeben.«

»Einen Mord«, mischt sich Cosma ein. Sie starrt die Kriminaldirektorin unverhohlen an. »Wo waren Sie in der letzten Viertelstunde? Kann jemand das bezeugen? Wie war Ihr Verhältnis zu dem Profiler?«

Paula spürt förmlich ihren Blutdruck nach oben schnellen. Jetzt reicht es. Endgültig! Sie greift nach hinten, um ihre Waffe zu ziehen. Nur mühsam kann sie den Impuls unterdrücken. »Du hältst dich da raus!« Ihre Stimme ist schrill, doch sie kann es nicht verhindern. Der ganze Abend war ... anstrengend. Und jetzt will sie einfach nur ermitteln. Ganz ohne weitere Aufregung.

Walter kommt um die Ecke und überblickt die Situation in Sekundenschnelle. Mit ausgebreiteten Armen schiebt er Cosma und ihre WG ein Stück in Richtung der Treppe, rollt geschickt ein Absperrband aus und befestigt es. Anschließend baut er sich vor Cosma auf, die Finger an den Handschellen.

Paula versucht, ihren heftigen Atem unter Kontrolle zu bringen. »Danke, Walter«, flüstert sie.

Ihr Kollege ruckelt seine Brille zurecht. »Da nich für.«

»Was hat das alles zu bedeuten?«, meldet sich die Kriminaldirektorin wieder.

Paula dreht sich zu ihr um. »Ralf Maria Kleinert ist vom Balkon gestürzt. Er hat nicht überlebt.«

Die Gesichtszüge der Direktorin entgleiten. Für den Bruchteil einer Sekunde wirkt sie erfreut. Doch es ist so schnell vorbei, dass Paula nicht sicher ist, was sie gesehen hat.

Eine weitere Zimmertür hat sich geöffnet. Doris Seifert hat offenbar Paulas letzte Worte gehört. »Oh nein!«, flüstert sie kaum hörbar und fährt mit ihrer Hand entsetzt zum Mund, als ob selbst das Flüstern zu laut sei. Sie trägt einen dicken Frotteebademantel, der ihr bis zu den Knöcheln reicht, sodass nur noch ihre nackten Füße hervorschauen, die in unförmigen

Schlappen stecken. Tränen bilden sich in ihren Augen. »Wie konnte das passieren?«

Dr. Riedel hebt eine Augenbraue. »Das ist doch offensichtlich. Er hat mal wieder zu viel getrunken. Ich habe mich immer gefragt, ob ihn zuerst seine Leber oder sein Leichtsinn umbringt. Offensichtlich Letzteres. Betrunken vom Balkon gefallen, jetzt nicht gerade ein Heldentod.« Sie schüttelt den Kopf.

Paula mustert die Direktorin. Tief betroffen vom Tod ihres Mitarbeiters scheint sie nicht zu sein. »Bislang wissen wir nur, dass er gestürzt ist. Alles Weitere werden wir ermitteln.«

»Kann ich Ihnen helfen?« Der Hotelier ist unbemerkt über die hintere Treppe zu ihnen gestoßen. Er sieht müde aus, dunkle Ringe liegen unter seinen Augen. Er hat offensichtlich noch nicht geschlafen, er ist noch immer in Cordhose und rosa Poloshirt.

»Sie kommen gerade richtig. Ich benötige Zugang zu diesem Zimmer.« Paula deutet auf die Tür.

»Aber das ist das Zimmer von Herrn Kleinert. Ich kann nicht die Privatsphäre meiner Gäste stören.«

»In diesem Fall schon. Es hat einen Unfall gegeben.«

»Einen Mord!«, ruft Cosma hinter der Absperrung. Sie zieht ihr Diktiergerät heraus. »Auf dem Flur vor dem Zimmer des Getöteten reihen sich die Verdächtigen. Wer von ihnen ist für diesen feigen Mord an einem hoch angesehenen Mitglied unserer Gesellschaft verantwortlich? Welches Monster tötete kaltblütig einen Polizisten und versucht nun, seine Tat zu vertuschen?« Sie mustert die Anwesenden durchdringend. »Ich,

Cosma Pongs, Detektivin und Schriftstellerin, werde es herausfinden.«

Paula rollt mit den Augen. »Beachten Sie sie nicht.« Sie wendet sich erneut an den Hotelier. »Den Generalschlüssel, bitte.«

Cosma beugt sich neugierig über das Absperrband. »Sei vorsichtig, wenn du die Tür öffnest, Kind! Was, wenn der Täter noch im Zimmer ist?«

Walter macht einen Schritt zur Seite und versperrt ihr die Sicht.

Ullmann zieht eine weiße Chipkarte aus seiner Hosentasche und übergibt sie mit zitternder Hand an Paula. »Ein Mord? Hier bei uns im Hotel?«

»Sie warten bitte dort.« Sie weist auf das Absperrband.

Ullmann nickt, dann trottet er zu Cosma und stellt sich neben sie. Die betrachtet ihn misstrauisch, die Augen zu Schlitzen verengt. Sie drückt die Taste ihres Diktiergerätes. »Der Hotelier befand sich zum Zeitpunkt des Mordes in der Nähe des Tatortes. Jetzt setzt er eine unschuldige Miene auf. Aber er verfügte als Einziger über die Möglichkeit, die Zimmertür des Profilers zu öffnen, um dann im Schutze der Dunkelheit seine Tat zu vollführen. Er ist schuldig, kein Zweifel.« Der Hotelier zuckt bei den letzten Worten kurz, dann starrt er stur geradeaus.

»Ich denke an H. H. Holmes. Der hat zur Weltausstellung 1893 in Chicago ein Hotel mit Geheimgängen, Folterkammern und einem Krematorium gebaut und anschließend seine arglosen Gäste erstickt, erschlagen und zu Tode gefoltert. Was, wenn hier das Gleiche passiert ist? Wenn *er*«, sie deutet auf Ullmann, »Menschen in diese gottverdammte Einsamkeit lockt, um sie dann bestialisch zu ermorden. Du solltest ihn festnehmen, Paula!«

Der Hotelier wird noch eine Spur bleicher. »Aber ich bin unschuldig«, flüstert er, die Hände vor der Brust zusammengepresst.

»Mutter! Ruhe jetzt!« Paula ist in drei Schritten bei ihr und nimmt ihr das Diktiergerät ab. »Du bist jetzt endlich still.«

»Gib mir das sofort wieder. Du weißt doch, wie wichtig es ist, die ersten Eindrücke vom Tatort festzuhalten. Der Täter offenbart sich in den ersten Minuten, angelockt von seiner Tat, kommt er zurück, um sich nochmals an seinem Opfer zu ergötzen.«

Paula drückt Walter mit vor Wut zitternder Hand das Diktiergerät in die Hand. »Bitte räume den Flur, und begleite alle Anwesenden nach unten in die Hotellobby.«

Walter deutet in Richtung Kriminaldirektorin. Die steht noch immer im Seidenkimono auf dem Flur, die Arme vor der Brust verschränkt. »Was ist mit ihr?«

Paula nickt. »Sie auch.« Dann, leise, nur für seine Ohren bestimmt: »Ich habe keine Lust, dass sie mir ständig über die Schulter sieht.«

Walter nickt. »Okidoki.« Mit ausgebreiteten Armen läuft er über den Flur, als müsse er eine Schar Hühner zusammentreiben. »Wenn Sie dann bitte alle nach unten in die Hotellobby gehen. Dieser Flur wird abgesperrt.«

»Herr Körbchen. Sie glauben doch wohl nicht ernsthaft, ich gehe jetzt so hinunter.« Dr. Riedel zieht die rechte Augenbraue hoch.

Cosma stellt sich auf die Zehenspitzen. »Herr von Itzenplitz, bitte stenografieren Sie: Die Kriminaldirektorin weigert sich, den Tatort zu verlassen. Ihr Motiv scheint mir eindeutig: Hält sie sich jetzt am Tatort auf, wird sich niemand wundern, ihre DNA dort zu finden. Clever. Aber nicht clever genug für uns.«

»Was erlauben Sie sich!« Dr. Riedels Stimme ist schrill. »Möglicherweise wurde eine Straftat verübt. Selbstverständlich werde ich vor Ort benötigt.«

»Frau Dr. Riedel, ich denke, es wäre besser, wenn Sie mit nach unten gehen. Ich möchte mir erst einmal einen Überblick verschaffen, vielleicht ist ja alles ganz harmlos«, wendet Paula ein. »Sie könnten auch in Ihr Zimmer zurück, und, falls nötig, befrage ich sie anschließend dort.«

Die Kriminaldirektorin schnauft empört. Doch dann lenkt sie ein. »Gut, ich gehe mit nach unten. Und behalte diese Bagage im Auge.« Sie starrt zu Cosma. Dann zieht sie ihre Chipkarte aus dem Steckplatz am Eingang ihres Zimmers, zieht die Tür hinter sich zu und geht hoch erhobenen Hauptes über den Flur.

Paula hält die Chipkarte vor das Schloss und öffnet die Tür. Vor ihr liegt ein Zimmer, das von einem Kingsize-Bett dominiert wird. Ein geöffneter Koffer liegt mitten darauf, Hemden und Hosen sind unordentlich durcheinander auf dem Bett verteilt. Der Stuhl am Schreibtisch ist nach hinten gerückt, so als wäre der Profiler soeben aufgestanden. Die Vorhänge bewegen sich sanft in der kalten Luft, aber trotz der gekippten Fenster riecht es im Raum nach abgestandenem Zigarrenrauch.

Eine Stimme lässt Paula zusammenzucken. »Wagen Sie ja nicht, irgendwas anzufassen.«

PAULA

AMPHIBIEN UND FISCHE

Spusen-Ali steht in weißer Schutzausrüstung, mit einem Metallkoffer in der Hand, an der Zimmertür, neben ihm Paulas Chef. Der sieht besorgt aus: »Ich habe gehört, es hat einen Vorfall gegeben. Ich war mit dem Kollegen Nazik in der Lobby in ein Gespräch vertieft, als plötzlich Dr. Riedel hereinkam.«

»Und mit ihr eine ganze Horde von Menschen«, grummelt Spusen-Ali. Er macht Anstalten, den Raum zu betreten. Paula hält ihn auf. »Moment. Ralf Maria Kleinert ist vom Balkon gestürzt, er ist tot. Noch ist unklar, ob es sich um einen Unfall oder um Vorsatz handelt.«

Spusen-Alis enorme Augenbrauen ziehen sich ungeduldig zusammen. »Deswegen sind wir ja hier. Jemand muss die Spuren sichern, bevor irgendwelche Stümper da durchlaufen. Obwohl das jetzt wohl schon zu spät ist.« Er blickt Paula vorwurfsvoll an, will weitergehen, doch erneut hält sie ihn auf.

Paula streckt den Rücken durch. »Sie haben sich mit Kleinert nicht sonderlich verstanden.«

Spusen-Ali setzt bedächtig seinen Koffer ab, richtet sich wieder auf. »Sie verdächtigen mich?«

Kriminalrat Lorenz mischt sich ein. »Frau Hauptkommissarin Pongs! Ich darf doch sehr bitten.«

Paula bleibt in der Tür stehen. »Ich muss alle Eventualitäten in den Blick nehmen. Fakt ist: Dr. Nazik und Ralf Maria Kleinert hatten heute Nachmittag einen lautstarken Streit. Ich kann niemanden an einen möglichen Tatort lassen, der involviert sein könnte.«

Ali Nazik nickt langsam. »Sie haben recht. Es ist schön, dass wenigstens hin und wieder jemand in diesem Laden über etwas Sachverstand verfügt.«

»Kollege Nazik! Sie wollen doch nicht etwa sagen, dass Sie …«

Spusen-Ali beachtet ihn nicht. »Um wie viel Uhr ist die Tat erfolgt?«

»Vor etwa einer halben Stunde.«

Der Chef atmet erleichtert aus. »Da waren der Kollege Nazik und ich gemeinsam in der Lobby. Ich habe nämlich festgestellt, dass er über einen ausgesprochenen Sachverstand in Bezug auf Amphibien und Fische verfügt. Wussten Sie, dass er sich im Tierschutz engagiert? Als Angler bin ich natürlich in manchen Dingen anderer Meinung als er, aber ich muss sagen, wir hatten eine anregende Diskussion.«

»Das stimmt. Ich habe mich nach dem Essen in die Lobby gesetzt, um in Ruhe einige Artikel über Schildkröten zu lesen. Tatsächlich habe ich die Stille genossen. Es ist nie friedlicher in einem Hotel, als wenn sich der Pöbel in der Bar versammelt. Um zirka einundzwanzig Uhr kam KR Lorenz und bemerkte das Magazin, in dem ich las. Wir saßen dort bis vor wenigen Minuten, als diese Menschenmenge die Lobby enterte. In diesem Fall würde ich von Glück sprechen, dass wir ein derart langes Gespräch hatten. Denn so können Sie mein umfangreiches Wissen und meine Erfahrung bedenkenlos nutzen. Sie erlauben?«

Paula zögert, doch dann gibt sie den Weg frei.

COSMA

INMITTEN DER VERDÄCHTIGEN

Es ist so ungerecht. Während Paula Eindrücke vom Tatort sammelt, muss ich in der Bar mit diesen ganzen Zivilisten sitzen. Aber ein guter Detektiv nutzt auch schwierige Situationen. Denn als ich meinen Blick über die Anwesenden schweifen lasse, wird mir klar, wen ich da, aufgereiht auf den Bänken, vor mir habe: lauter Verdächtige.

Nun ja, aufgereiht stimmt nicht ganz. Kaum dass Walter, dieser irre Gerichtsmediziner und Paulas Chef die Lobby verlassen haben, sind alle geschlossen rüber in die Bar und haben sich auf die Stühle und Bänke plumpsen lassen wie Teenager in der U-Bahn. Ich sitze mit Herrn von Itzenplitz, Gerda und Eddi an einem der hübsch geschnitzten Eichentische. Die Schweinehautleuchte wirft warmes Licht auf rot karierte Tischdeckchen. Es wirkt enorm heimelig. Dennoch führe ich mir vor Augen: Einer dieser Menschen hat heute Nacht kaltblütig einen Mord begangen. Aufmerksam betrachte ich die Gesichter der Verdächtigen, hoffe, dass sich das Grauen der Tat in ihren Augen widerspiegelt. Aber es ist sinnlos. In diesem friedfertigen Licht wirkt selbst Hannibal Lector wie der Protagonist eines Katzenvideos.

Am Tisch neben uns hat sich Doris Seifert, die Kollegin des Profilers, in eine Ecke gedrückt. Sie ist von Kopf bis Fuß in einen unförmigen Bademantel gehüllt, der Karl Lagerfeld Schauer über den Rücken jagen würde. Sie hat die Blumenvase zu sich gezogen und streicht gedankenverloren über die Blätter der Chrysantheme, rupft dann ein Blütenblatt nach dem nächsten heraus. Neben ihr sitzt die Kriminaldirektorin, deren Auftritt auf einer völlig anderen Bühne stattfindet. Sie sitzt enorm gerade, ein Orthopäde würde weinen vor Freude. Sie hat den schwarzen Kimono eng um ihren hageren Körper gewunden. Trotzdem ist ihre Darstellung nicht tadellos. Aus den ehemals akkurat hochgesteckten Haaren haben sich Strähnen gelöst, die spielerisch wirken könnten, hätte Dr. Riedel nicht diesen strengen Zug um den Mund. Sie bedenkt Doris Seifert mit einem strafenden Blick und zieht die Blumenvase samt Blume zurück auf die Mitte des Tisches. Doris sackt noch weiter in sich zusammen, während die Kriminaldirektorin ihre gepflegten Fingernägel ungeduldig auf den Tisch klackern lässt.

Das Zimmermädchen sitzt an der nächsten Sitzgruppe auf der Bank. Mit den Armen umfasst sie den Plastikwäschekorb, in dem sich weiße Hotelhandtücher stapeln, die ein flauschiges Badeerlebnis versprechen. Obwohl Hanna noch sehr jung ist, scheint sie nicht im Mindesten verschreckt zu sein. Ihre Blicke gehen flink hin und her, sie wirkt freudig aufgedreht. Ich kann es ihr nicht verdenken. Wenn man nicht über das abgeklärte Wissen und die Ruhe einer Kriminalschriftstellerin verfügt, ist so ein Toter direkt vor der eigenen Haustür – beziehungswiese am Arbeitsplatz – vermutlich wahnsinnig aufregend. Sie nimmt ein rosa Bonbon aus ihrer Tasche, steckt es sich in den Mund und kaut ungestüm darauf herum. Der ganze Raum riecht nach Himbeere.

Der Hotelier lenkt meine Aufmerksamkeit auf sich. Er steht am Tresen und atmet tief durch. »Es tut mir wirklich leid wegen dieser Unannehmlichkeiten. Kann ich jemandem einen Schnaps anbieten?« Er zieht die durchsichtige Flasche mit selbst gemaltem Etikett unter dem Tresen hervor.

»Jerne!«, sagt Eddi und erhebt sich in Sekundenschnelle. Ich bin immer wieder erstaunt, wie wendig er wird, wenn es um Alkohol geht. Er lässt sich einschenken, prostet anstandshalber dem Hotelier zu, bevor er trinkt. Nach einem Husten flüstert er heiser: »Da haben Sie wirklisch ein feines Tröpfchen zusammenjebraut. Exzellent!«

Der Hotelchef errötet. »Vielen Dank.« Er gießt Eddi ein weiteres Glas ein.

»Wie können Sie jetzt nur trinken? Wegen des Alkohols ist Ralf vom Balkon gefallen.« Doris Seifert ist aus ihrer Lethargie aufgewacht.

Die Kriminaldirektorin erhebt sich und geht ebenfalls zur Theke. »Doris, du bist biederer als Mutter Beimer. Kollege Kleinert wird nicht wieder lebendig, wenn wir nüchtern bleiben. Ich könnte jedenfalls einen guten Schluck vertragen.« Sie stellt sich zu Eddi, den sie um zwei Köpfe überragt. Sie gießt sich ein Glas ein und kippt den Schnaps in einem Zug hinunter. »Nicht schlecht.«

»Vielleicht war es gar kein Unfall.« Hanna dreht eine ihrer Rastalockensträhnen um den Finger, und fast habe ich den Eindruck, als mustere sie jeden Einzelnen der Gäste mit einem gewissen Voyeurismus.

Der Hotelier, der sich gerade ebenfalls ein Glas genehmigt hat, verschluckt sich und hustet röchelnd. »Oh Gott, das würde mein Hotel nicht überleben. Es ist doch so schon schwer genug, die Wanderer bleiben auf den bekannten Strecken. Wenn jetzt auch noch Gerüchte aufkommen, dass ein Verbrechen verübt wurde, dann kann ich zusammenpacken.«

KD Riedel setzt ihr leeres Schnapsglas so heftig auf dem Tresen ab, dass alle zusammenzucken. »Unsinn. Es gibt keine Veranlassung, beim Tod von Kleinert an etwas anderes als an einen Unfall zu denken. Wir haben heute Abend alle gesehen, wie betrunken der Mann war. Es war ja auch nicht das erste Mal, dass er kaum noch laufen konnte. Ein Wunder, dass nicht früher etwas passiert ist. Es war ein Unfall. Fertig.«

In diesem Moment bin ich froh, dass Walter mir mein Diktiergerät wiedergegeben hat. So kann ich meine Eindrücke von den Verdächtigen gleich festhalten. »Die Kriminaldirektorin zeigt sich völlig ungerührt vom Tod ihres Mitarbeiters. Sie strahlt eine Gefühlskälte aus, die die Temperaturen am Nordpol karibisch wirken lassen. Doch das ist es nicht allein, was einen aufmerksamen Ermittler wie mich aufhorchen lässt. Denn viel schwerer wiegt, dass sie versucht, die anwesenden Zeugen zu beeinflussen, indem sie ihnen einredet, dass es sich um einen Unfall gehandelt hat. Will sie ihre Tat vertuschen? Hat sie sich in das Zimmer des Profilers geschlichen und den durch den Alkohol wehrlosen Mann kaltblütig vom Balkon gestoßen?«

KD Riedel dreht sich gefährlich langsam zu mir herum. »Wer sind *Sie* eigentlich?«

PAULA

ROSA LOCKENWICKLER UND EIN KOPFHÖRER

»Ich hoffe, das geht gut da unten.« Paula runzelt besorgt die Stirn. »KD Riedel ist nicht gerade für ihre Langmut bekannt. Und wir alle wissen, dass meine Mutter … nun ja …« Sie steht mit Walter vor der Zimmertür der Ehefrau des Toten, die bisher erstaunlicherweise vom Trubel auf dem Flur noch nichts mitbekommen hat.

»Ich kann runtergehen und schauen, ob alles in Ordnung ist.« Walter wendet sich zum Gehen.

»Du bleibst hier.«

Walter dreht sich wieder zu Paula um. »Aber wieso?« Er zieht einen Flunsch. »Ich weiß sowieso nicht, warum wir das machen müssen. Das ist eigentlich eine Aufgabe für den Chef. Stattdessen macht er den Handlanger für Spusen-Ali.«

»Willst du Spusen-Ali an Lorenz' Stelle helfen?«

Walter braucht keine Sekunde für seine Antwort. »Ich bin doch nicht verrückt. Mit dem werde ich bestimmt keinen Tatort sichern.«

»Dann bleibt nur, dass du mir hilfst. Außerdem wirkst du beruhigend auf Angehörige. Wenn du dabei bist, ist es einfacher. Du hast so etwas Tröstendes.«

Walter grummelt noch mal, aber offenbar freut er sich über Paulas Worte. Was nicht heißt, dass er klein beigibt. »Aber *ich* sage es ihr nicht. *Du* redest. Ich bleibe im Hintergrund.«

Paula nickt und wendet sich zur Tür. Aus dem Raum dringt leises Singen. Ein Popsong, dazu Schritte auf dem Boden, als ob jemand tanzt.

»Ich fürchte, gleich ist es aus mit der guten Laune«, sagt Walter düster.

Paula hebt die Hand und klopft. Nichts passiert.

»Vielleicht ist sie gar nicht da. Wir sollten gehen«, äußert Walter.

»Unsinn. Du hast sie doch auch gehört.« Paula klopft erneut, diesmal deutlich energischer. Das Singen erstirbt, kurz darauf wird die Tür geöffnet, und die Ehefrau des Profilers schaut fragend heraus. Sie trägt ein Negligé, ihre Haare sind auf Schaumstoffwickler gedreht, die bei Paula das Bild eines Astronauten heraufbeschwören. Was aber auch an den Kabeln liegen kann, die ihr aus den Ohren hängen. Sie zieht einen Kopfhörer heraus. »Haben Sie geklopft?«

»Frau Kleinert, können wir reinkommen? Wir müssen mit Ihnen sprechen.«

»Jetzt? Aber worüber denn?«

Paula gibt Walter einen Schubs, damit er in das Zimmer geht. Der wirft Paula einen bösen Blick zu, aber dann setzt er ein beruhigendes Lächeln auf und wendet sich an Janine Kleinert. »Wäre wirklich nett, wenn Sie eine winzige Sekunde für uns hätten.«

»Gut, wenn Sie meinen.« Janine Kleinert tritt beiseite und lässt die beiden herein.

Auf ihrem Bett liegt ihr Koffer, sie ist offenbar dabei, ihn auszuräumen. Auf der Bettdecke stapeln sich Kleider und Unterwäsche. Durch die offene Badezimmertür ist feuchte Luft in den Raum gewabert und hat die Fenster beschlagen lassen.

Walter setzt sich in einen ausladenden Ohrensessel, schlägt die Beine übereinander und faltet die Hände. Er wirkt wie ein wohlmeinender Buddha. Janine Kleinert scheint jedoch durch seinen Auftritt keineswegs beruhigt. Sie trippelt nervös durch den Raum, wirft sich dann ein dünnes rosa Bademäntelchen über, das aber kaum mehr verdeckt als ihr Negligé.

»Setzen Sie sich doch.« Walter deutet auf den Schreibtischstuhl und lächelt sie an.

Janine nimmt einige Papiere vom Stuhl und setzt sich. Ihr kurzer Bademantel rutscht hoch bis zum Po. Walter wird rot und schaut aus dem Fenster. »Schöne Aussicht haben Sie«, bemerkt er, obwohl die Fenster komplett beschlagen sind.

Janine sieht ihn fragend an, ihr Fuß wippt nervös. Die Blätter in ihrer Hand zittern.

Paula atmet durch. »Frau Kleinert, wir kommen leider mit sehr schlechten Nachrichten. Ihr Mann hatte vorhin einen schweren Unfall. Es tut mir leid, aber er hat nicht überlebt.«

Janine Kleinerts Augen weiten sich. Sie drückt die Papiere in ihrer Hand zusammen. »Was ist denn passiert?«

»Er ist offenbar vom Balkon gestürzt.«

Ein Aufschrei entfährt Janine. »Oh nein!« Sie sackt zusammen und flüstert: »Das ist meine Schuld.«

»Wie meinen Sie das?«

Janine starrt Paula mit leerem Blick an. Dann scheint sie sich langsam zu fassen. »Ich habe ihn allein gelassen, das hätte ich nicht machen dürfen. Ralf hatte mal wieder eine seiner Phasen, in denen er völlig unzurechnungsfähig ist. Er hat dann immer so eine Wut, die sich gegen jeden in seiner Umgebung richtet. Dabei hatte er gerade einen Fall erfolgreich abgeschlossen, er hätte eigentlich stolz sein sollen. Stattdessen hat er sich so betrunken, dass er kaum noch gehen konnte. Sie haben es ja selbst gesehen. Ich habe ihn auf sein Zimmer gebracht, ich war sicher, er schläft sofort ein.« Ihre Augen füllen sich mit Tränen. »Er wollte, dass ich bleibe. Aber er ist so … unausstehlich, wenn er diese Phase hat.« Sie wischt sich mit dem Handrücken über die Augen. »Er soll doch nicht so viel trinken, der Arzt hat gesagt, er stirbt noch dran …« Ihre letzten Worte gehen in leisem Schluchzen unter. Sie sinkt in sich zusammen, betrachtet geistesabwesend Walter. Ihre Atmung wird ruhiger.

»Haben Sie vielleicht irgendetwas von nebenan gehört?«

Janine schüttelt den Kopf, weist auf die Kopfhörer. »Nachdem ich Ralf in sein Zimmer gebracht habe, war ich duschen. Danach habe ich Musik gehört. Ich habe überhaupt nichts mitbekommen.« Ihr Blick wandert auf die Dokumente in ihrer Hand, sorgenvoll schieben sich ihre Augenbrauen zusammen. »Was soll denn jetzt nur werden?«, flüstert sie.

»Frau Kleinert, ich weiß, es ist ein schwerer Moment für Sie. Aber für unsere Ermittlungen wäre es wichtig, wenn Sie kurz mit hinüberkommen könnten und prüfen, ob Ihnen im Zimmer Ihres Mannes etwas auffällt.«

Janine schaut auf. »Ermittlungen? Ich dachte, er ist vom Balkon gefallen.«

»Nur Routine. Mehr nicht.«

Für einen winzigen Augenblick flackert etwas wie Misstrauen in Janines Augen auf. Sie schiebt die Papiere in die Seitentasche ihres Bademäntelchens und schaut sich suchend um. Walter reicht ihr eine lange Strickjacke vom Bett. Janine Kleinert sieht ihn dankbar an. Sie schlüpft hinein, schlägt die Seiten eng um sich, so als könne das Kleidungsstück sie vor allem Übel der Welt schützen. Walter berührt sie sanft an der Schulter. »Wollen wir?«

PAULA

TATORTBESICHTIGUNG

»Kollege Lorenz! Sie müssen die Streifen enger kleben!« Spusen-Alis dicke Augenbrauen ziehen sich zusammen, während er beobachtet, wie Paulas Chef den Rahmen der Balkontür mit Klebestreifen abklebt, sodass sie wie eine Kunstinstallation wirkt.

Lorenz bemüht sich mit eifriger Begeisterung, Naziks Anweisungen Folge zu leisten. Der wendet sich wieder dem Couchtisch zu, pinselt ein Tischbein ab. »Wir müssen die Spuren sichern, bevor irgendwelche Stümper der hiesigen Polizei auftauchen. Die sind schlechter ausgerüstet als jeder Yps-Heft-Besitzer, so jemanden lasse ich nicht an meinen Tatort.«

»Genau genommen ist das hier aber nicht unser Zuständigkeitsbereich, Kollege Nazik«, wendet der Kriminalrat zaghaft ein. Er klebt mit zwischen die Lippen geklemmter Zunge einen Streifen an.

Draußen schlagen Äste gegen das Mauerwerk, der Sturm heult an der Fassade entlang. Spusen-Ali schüttelt den Kopf. »Die Kollegen lassen sich von dem bisschen Wind abhalten. Lächerlich. Ich jedenfalls werde keinen Tatort unbeaufsichtigt lassen. Wenn diese Dorftrottel zu ängstlich sind, sich auf ihren Trecker zu schwingen und herzukommen, dann ist es auch nicht mehr ihr Tatort.« Er wirkt höchst zufrieden mit der Situation. Dann bemerkt er Paula. »Was wollen Sie?«, blafft er.

»Kleinerts Ehefrau soll einen kurzen Blick in das Zimmer werfen. Vielleicht fällt ihr etwas auf.«

Spusen-Ali löst sich von seiner Arbeit. Dann nickt er. »Ein guter Einfall.«

Walter schickt sich an, mit Janine das Zimmer zu betreten, aber Spusen-Alis Blick lässt ihn erstarren. »Wagen Sie es ja nicht, einen Fuß hier reinzusetzen. Frau Kleinert hat von der Tür aus alles im Blick.« Kurz nickt er Janine zu. »Frau Kleinert, mein Beileid.« Es ist nicht gerade der Höhepunkt der Einfühlsamkeit, aber mehr, als Paula von Spusen-Ali erwartet hätte.

»Danke.« Janines Stimme ist kaum hörbar.

Paula deutet auf das Zimmer. »Frau Kleinert, schauen Sie sich genau um. Ist irgendetwas anders als zu dem Zeitpunkt, als Sie Ihren Mann hergebracht haben?«

Janine Kleinerts Blick gleitet konzentriert durch den Raum. »Die Fenster hatte ich zugemacht. Es ist eisig draußen, ich wollte nicht, dass er sich erkältet. Wahrscheinlich hat er sie wieder geöffnet, weil er im Zimmer geraucht hat. Wenn er betrunken ist, kümmert er sich nicht um Konventionen. Dann macht er einfach, was er will.«

Das zu der Asche im Aschenbecher auf dem Schreibtisch. Doch wenn der Profiler sowieso im Zimmer geraucht hat – warum ist er dann raus auf den kalten Balkon?

Janine Kleinert scheint Paulas Gedanken zu lesen. »Haben Sie auf dem Balkon eine Flasche Whiskey gefunden? Ich wette, er hatte dort seine Notration versteckt, das wäre nicht das erste Mal. Er weiß, dass ich es nicht leiden kann, wenn er so viel trinkt.«

Paula sieht fragend zu Spusen-Ali, und der schüttelt den Kopf. Also keine Notration auf dem Balkon. Warum ist er dann hinausgegangen?

Janines Blick geht zum Nachttisch am Bett, wo eine goldene Uhr liegt. »Die Rolex habe ich ihm noch abgenommen, nachdem ich ihn hochgebracht habe. Ralf hat einen unruhigen Schlaf, und ich wollte nicht, dass sie kaputtgeht.« Sie sieht sich weiter um. Dann bleibt ihr Blick auf dem Schreibtisch hängen. Sie runzelt die Stirn. Ihre Augen gehen noch einmal prüfend durch den Raum.

»Ist Ihnen etwas aufgefallen?«, fragt Paula.

Sie nickt. »Ralfs Laptop ist weg.«

PAULA

DIE ANWENDUNG VON STRATEGIEN

Wenn Sie sich verdächtig benehmen, müssen Sie sich nicht wundern, wenn Sie befragt werden.«

»Befragt? Das ist eine Inquisition!«

»Wären Sie kooperativ, hätten wir kein Problem.«

»Das ist lächerlich. Sie sind LAIEN. Und außerdem gibt es noch nicht einmal einen FALL!«

»Schon wieder. Die Verdächtige schreit und versucht vehement, die Tat zu leugnen.«

»Jetzt legen Sie dieses gottverdammte Diktiergerät weg. Ansonsten werden Sie sehen, was Sie davon haben.«

»Itzenplitz, halten Sie fest: Das Ermittlerteam wird bedroht. Aber wir sind nicht wehrlos.«

Paula betritt die Bar. »Mutter, leg deine Gabel weg. Sofort.«

»Kind, gut, dass du hier bist. Diese Person versucht, die Zeugen zu beeinflussen. Außerdem unterminiert sie auf perfide Weise meine Ermittlungen.« Cosma deutet aufgeregt auf die Kriminaldirektorin.

»Zum letzten Mal: Sie ermitteln nicht!« KD Riedel ist puterrot angelaufen.

»Siehst du, wie aggressiv sie ist, Paula? Und sie richtet eine Waffe auf mich.« Cosma wirkt hocherfreut.

»Das ist keine Waffe, das ist ein Bleistift.«

»Mit einer sehr scharfen Spitze. Damit kann man wirklich fiese Sachen anstellen, das kannst du in Gerdas zweitem Roman nachlesen.«

Gerda nickt. »Der Mensch hat sehr verwundbare Stellen.«

Paula seufzt. »Frau Dr. Riedel, würden Sie bitte den Bleistift beiseitelegen. Mutter – du setzt dich dort in die Ecke und bist still. Jetzt.«

Cosma scheint einen Augenblick zu überlegen. Dann steckt sie ganz langsam ihre Gabel zurück in die Innentasche ihres Capes und setzt sich neben Herrn Itzenplitz, allerdings ohne den Blick von der Kriminaldirektorin zu nehmen. Eddi schiebt seiner Mitbewohnerin ein Glas Schnaps zu. »Jut jemacht, man darf sich von niemanden herumschubsen lassen.«

Herr von Itzenplitz tätschelt Cosma fürsorglich die Hand. »In der Tat. Unterdrückung ist nicht gut. Andererseits bin ich mir nicht sicher, ob die Konfrontation mit Vorgesetzten der richtige Weg ist.«

Gerda schaut noch immer träumend vor sich hin. »Ein Bleistift.« Dann nimmt sie plötzlich einen Block aus ihrer rosafarbenen Handtasche und beginnt, wie wild darauf herumzuschreiben.

Alfred, der vorhin reingekommen ist, springt auf den Tisch und fixiert die Direktorin.

Die streicht sich schwer atmend einige Strähnen hinters Ohr. »Was macht diese Frau hier?«, fragt sie Paula.

»Das frage ich mich auch«, murmelt Paula. Dann, lauter, sagt sie: »Ein Autorenworkshop. Beachten Sie sie einfach nicht. Das ist das Einzige, was hilft.« Paula hat im Umgang mit ihrer Mutter drei Strategien entwickelt. 1. Ignorieren. 2. Sie bestätigen und damit irritieren. 3. Cosma entfernen. Normalerweise nutzt sie Strategie 3, aber in diesem Fall musste Strategie 1 reichen.

Cosma funkelt sie böse an. »Es ist offensichtlich: Frau Dr. Riedel nutzt ihre Vorgesetztenfunktion, um dich als ermittelnde Kommissarin einzuschüchtern. Glaub ihr nicht, Paula. Sie ist schuldig.«

Dr. Riedel richtet sich auf und setzt zu einer Erwiderung an, aber Paula stoppt sie. »Nicht reagieren.« Auch wenn sie sich nicht sicher ist, ob ihre Vorgesetzte langfristig zu Strategie 1 in der Lage ist.

Die Direktorin sieht Paula an. »Die ist irre, wissen Sie das?«

Ganz gegen ihren Willen fühlt Paula sich provoziert. Cosma mag extrovertiert sein, vielleicht ein wenig überdreht, andererseits ist Cosma ihre Mutter und spricht nur aus, was andere denken. Aber Strategie 1 ist auch sehr hilfreich im Umgang mit der Kriminaldirektorin. Wortlos wendet sich Paula an die Umstehenden. »Haben Sie vielen Dank, dass Sie sich hier versammelt haben. Aktuell versuchen wir, uns einen Überblick über den Ablauf des Abends zu machen, und wären dankbar, wenn Sie uns für eine kurze Befragung zur Verfügung stünden.«

Doch Kriminaldirektorin Riedel lässt sich nicht so leicht übergehen. »Bestätigen Sie dieser Frau, dass es ein Unfall war.«

Cosma zieht ihr Diktiergerät heraus. »Die Kriminaldirektorin schreckt nicht davor zurück, die ermittelnde Beamtin zu beeinflussen. Es ist gut, dass wir als unabhängige Ermittler vor Ort sind.«

»Mutter, genug.« Paula sieht, wie Cosma den Mund öffnet, es sich dann aber anders überlegt. Eines muss man Cosma lassen, sie weiß ganz genau, wie weit sie gehen kann, bevor Strategie 3 zum Einsatz kommt.

Paula wendet sich wieder an die Umstehenden. »Wie Sie vorhin schon gehört haben, hat es heute Nacht einen Vorfall gegeben. Ralf Maria Kleinert ist vom Balkon seines Zimmers gestürzt und hat sich dabei tödliche Verletzungen zugezogen.« Stille legt sich über den Raum. Es ist nichts mehr zu hören außer dem Schnurren von Alfred, der mit Inbrunst sein rechtes Vorderbein putzt. »Derzeit ist noch nicht klar, was genau sich abgespielt hat. Möglicherweise war es ein Unfall.«

Cosma flüstert leise, aber gut vernehmbar: »Pah, das hat sie das letzte Mal auch gesagt. Und dann ging es ganz schnell – Befragung, Verhaftung, Lebenslänglich.«

Paula wirft ihr einen warnenden Blick zu. »Es würde uns helfen, zu wissen, was Sie heute Abend gemacht haben.«

»Ich habe einen Mord beobachtet. Und den Täter oben auf dem Balkon.«

Aus einer Laune heraus entscheidet Paula sich für eine neue Strategie, Nummer 4 wäre das dann: Cosma mit ihren eigenen Waffen zu schlagen. Sie wendet sich an ihre Mutter. »Du weißt schon, dass es Mörder gibt, die vorgeben, die Leiche entdeckt zu haben, und die sich bewusst in den Mittelpunkt spielen. Das ist wie mit den Feuerwehrleuten, die zündeln.«

Cosmas Lippen werden schmal. »Darauf falle ich nicht herein. Ich weiß, was ich gesehen habe. Außerdem war ich nicht allein. Herr von Itzenplitz … Sagen Sie ihr, dass auch Sie die zweite Person auf dem Balkon beobachtet haben.«

»Aber meine Liebe, ich habe nichts dergleichen gesehen. Dazu war ich zu überrascht, als plötzlich dieser Körper vor uns landete.«

»Aber das können Sie doch nicht übersehen haben. Da war jemand, hat ganz kurz runtergeschaut und sich dann zurückgezogen.«

»Es tut mir leid, meine Liebe. Es war dunkel, und ich muss zugeben, dass ich von dem Vorfall ein wenig überrumpelt wurde.«

Cosma schüttelt tadelnd den Kopf. »Itzenplitz, Itzenplitz – wenn es darauf ankommt, sollte ein Ermittler Augen und Ohren offen halten.« Sie legt nachdenklich den Kopf schief. Dann hebt sie plötzlich den Finger. »Wir brauchen die Beobachtung von Herrn von Itzenplitz nicht. Wir haben einen anderen Beweis: den Hut. Der kam erst heruntergesegelt, als der Profiler schon am Boden lag.«

»Dat kann aber auch daran liejen, dat der Hut eher segelt, und der Profiler plumpst. Dat ist Physik«, wirft Eddi ein.

Cosma sieht nicht so aus, als wäre sie für seine Bemerkung dankbar. »Freiwillig ist der Profiler jedenfalls nicht da runtergestürzt, jemand hat nachgeholfen.«

Es ist einer der seltenen Fälle, in denen Paula mit ihrer Mutter übereinstimmt.

COSMA

JEDE MENGE ALIBIS

»Ich möchte gerne von Ihnen allen wissen, wo Sie zu dem Zeitpunkt, als Kleinert vom Balkon fiel, gewesen sind.« Paula lächelt unschuldig in die Runde. Aber ich weiß, was los ist: Sie will die Verdächtigen einlullen, sodass sie unvorsichtig werden und ihr Geheimnis verraten. Eine zielführende Taktik, wie ich finde. Leider sieht das nicht jeder so.

»Sie wollen *was*?« Der Gesichtsausdruck der Kriminaldirektorin gleicht dem eines Tigers, der eine verletzte Antilope im Savannengras entdeckt. Wind heult um das Hotel, und mir läuft ein kalter Schauer über den Rücken.

Paula geht nicht auf die Frage ein, sondern wendet sich an Herrn von Itzenplitz. »Wann sind Sie und meine Mutter aus dem Moor zurückgekehrt?«

Als könne er die Antwort dort finden, zieht Herr von Itzenplitz seine silberne Taschenuhr heraus. »Das muss kurz vor Mitternacht gewesen sein.« Gedankenverloren zieht er die Uhr auf. Er hat sie von seinem Großvater geerbt, der mit seiner Vorliebe für Raufereien und Kartenspiele ein wenig aus der Art schlug und die Uhr bei einer windigen Pferdewette einem Mitglied des englischen Königshauses abgenommen hatte.

Allerdings ist sie längst nicht so zuverlässig wie meine Casio, die ich in den Achtzigerjahren gekauft habe. Die hat sogar einen Knopf, der das Display beleuchtet. Damit kann ich selbst in Dunkelheit die Ziffern lesen. Eine wahnsinnig fortschrittliche Technik, wie ich finde. Deswegen bin ich in der Lage, zu antworten: »Die Tat wurde genau um 00:01 Uhr begangen.«

»Das stimmt. Ich saß in meinem Zimmer am Schreibtisch und habe an meinem Vortrag gearbeitet. Ich habe kurz aus dem Fenster gesehen, weil ich über eine Formulierung nachgedacht habe, und habe dabei Frau Cosma und ihre Begleitung erblickt. Frau Cosma wirkte sehr niedergeschlagen. Dann habe ich auf die Uhr gesehen. Es war genau vierundzwanzig Uhr – Mitternacht.« Doris Seiferts Stimme ist kaum zu hören, mit dem Zeigefinger zeichnet sie die Karos der Tischdecke nach. »Anschließend habe ich weitergearbeitet. Ich wollte sichergehen, dass in meiner Präsentation alles stimmt.«

Die Direktorin seufzt laut. »Ach Gott, Doris, du sollst nur zehn Minuten referieren – dafür braucht es wirklich keine Vorbereitung. Du bist noch immer genauso ängstlich wie in der Polizeischule, du solltest endlich mehr Rückgrat zeigen, sonst nützen dir auch die besten Vorträge nichts.«

Doris senkt den Blick und starrt auf die Tischdecke.

Die Kriminaldirektorin richtet mit ihren sorgfältig lackierten Fingernägeln den Gürtel ihres Kimonos. »Also gut, wenn denn jeder etwas sagen muss: Ich bin etwa gegen halb zwölf zu Bett gegangen und sofort eingeschlafen. Was soll man in dieser Einöde auch anderes machen?«

Ha – ich habe es genau gesehen! Paulas Augenlid hat bei der Aussage der Kriminaldirektorin gezuckt. Sie glaubt ihr nicht. Aber warum? Leider kann ich sie nicht fragen, denn sie nimmt sich nun das Zimmermädchen vor. Hannas Augen glänzen, sie ist offenbar hocherfreut über die Abwechslung in ihrem Arbeitsalltag. »Ich war auf dem Weg ins Bett. Aber vorher wollte ich die Wäsche in den Schrank auf dem Flur im zweiten Stock einsortieren.« Hanna deutet mit dem Kopf auf den Korb, den sie vor sich abgestellt hat.

»Das ist ja unerhört! Um Mitternacht noch Wäsche wegräumen lassen – das ist Ausbeutung!« Herr von Itzenplitz steht plötzlich mit zitterndem Bärtchen und erhobenem Zeigefinger vor dem Hotelier. »Das Arbeitszeitgesetz sagt eindeutig, dass die werktägliche Arbeitszeit acht Stunden nicht überschreiten darf. Allenthalben kann sie unter bestimmten Bedingungen auf bis zu zehn Stunden verlängert werden, wenn die durchschnittliche Arbeitszeit innerhalb eines halben Jahres nicht mehr als acht Stunden beträgt. Aber hier wurde ganz offensichtlich viel länger gearbeitet.«

Ullmann weicht zurück. »Es ist ja nur an diesem Wochenende so viel zu tun. Im November kommen selten Gäste, die Wandersaison ist längst vorbei. Ich würde Hanna niemals ausbeuten, ich bin froh, überhaupt jemanden gefunden zu haben. Heutzutage will ja niemand mehr in die Hotellerie, es ist so schwer, Personal zu finden.« Der traurige Ausdruck in seinen Augen erinnert mich an den Esel, den wir in unserem letzten Mallorca-Urlaub kennenlernen durften. Harry, so haben wir ihn getauft, stand angebunden in der prallen Sommersonne mitten auf einer dürren Wiese. Hin und wieder gab er ein resigniertes Wiehern von sich, und als niemand antwortete, ließ er den Kopf hängen. Zum Glück war sein Strick nicht besonders dick, ein Schnitt mit dem Fahrtenmesser von Herrn von Itzenplitz, und er war frei. Harry hat sich einer Gruppe wilder Esel angeschlossen, und als wir ihn das letzte Mal gesehen haben, ging eine wirklich hübsche Eselin an seiner Seite.

»Es arbeitet niemand in der Hotelbranche, weil die Arbeitsbedingungen unzumutbar sind!«, durchbricht Herr von Itzenplitz meine glückliche Urlaubserinnerung. Ich wette, wenn mein Mitbewohner eine Gewerkschaftsfahne zur Hand hätte, würde er sie schwingen. Hanna sieht allerdings nicht im Mindesten ausgebeutet aus. Im Gegenteil: Sie lässt die Beine baumeln wie ein Kindergartenkind auf der Schaukel und wirkt höchst entspannt. »Es ist wirklich alles okay. Ich arbeite gerne hier. In den letzten Semesterferien habe ich in der Tierproduktion gearbeitet. Sie glauben gar nicht, was da los ist.« Sie schüttelt sich. »Da mache ich doch lieber Betten und räume Wäsche weg.«

Das scheint auch Herrn von Itzenplitz zu beschwichtigen, denn langsam lässt er den Finger sinken, allerdings nicht, ohne nochmals einzuwenden: »Ich werde trotzdem ein Auge auf die Arbeitsbedingungen haben.«

Fast hätte ich vergessen, dass wir mitten in einer Befragung sind. Aber Paula macht einen Schritt nach vorn. »Herr Ullmann, wir brauchen noch Ihre Aussage: Wo waren Sie gegen Mitternacht?«

Ullmann dreht den Siegelring an seinem Finger. »Nachdem Sie und Ihr Begleiter die Bar verlassen haben, bin ich zu einem letzten Rundgang durch das Hotel aufgebrochen. Es ist Sturm angekündigt, und ich wollte sichergehen, dass alle Fenster geschlossen sind.«

Tatsächlich pfeift lautstark der Wind um das Gemäuer. Es klingt fast so schaurig, als wären wir in Schottland und nicht im Nettetal. Gerda streichelt Alfred, der noch immer mitten auf dem Tisch sitzt. »Haben Sie Ihre Loretta reingeholt? Es ist gefährlich für Katzen bei Sturm.«

»Sie ist durch die Katzenklappe hereingekommen.« Dann ergänzt er vorwurfsvoll: »Sie hatte einen blutigen Kratzer auf der Nase.«

Alfred beginnt, sich auf dem Tisch zu strecken und zu räkeln. Er wirkt höchst zufrieden.

Ullmann wendet sich an Paula. »Ich wäre Ihnen dankbar, wenn Sie von dem Vorfall nichts an die hiesige Presse verlauten ließen. Das Geschäft ist ohnehin schleppend, und wenn es jetzt noch heißt, mein Hotel sei nicht sicher, Gäste würden vom Balkon stürzen, ist es vielleicht ganz vorbei. Dann habe ich nichts mehr.« Seine Stimme bricht.

Die Ankunft eines jungen Mannes – Kriminalkommissar Kowacz, wenn ich nicht irre – enthebt Paula einer Antwort. »Was ist denn hier los?« Kowacz sieht sich fragend um und streicht sein Haar nach hinten. Das ist oben lang und an den Seiten sehr kurz geschnitten, sodass er wie ein Gangster aus dem Birmingham der Zwanzigerjahre wirkt. Außerdem trägt er eine unglaublich enge schwarze Jeans, die die Form seines Gesäßes gut herausarbeitet. Allerdings frage ich mich, ob es gesund ist, derart enge Kleidung zu tragen.

Paula spult ihren Satz ab – von wegen Balkon, Profiler, tot – und will wissen, wo er die letzte Stunde gewesen ist. Der Junge zeigt sich abgebrüht. »Ich habe geschlafen.«

»Allein?«

»Ich wusste ja nicht, dass ich einen Zeugen brauche.« Er lächelt lausbübisch, was ihn sympathisch macht. Doch ich bin gegen solche Beeinflussung völlig immun, auch wenn er wirklich ein nettes Lächeln hat. »Und warum sind Sie jetzt hier?«, frage ich, was sofort zu einer finsteren Miene von Paula führt.

Kowacz zuckt mit den Schultern. »Ich hatte Durst, ich bin auf der Suche nach einer Flasche Wasser.« Als ob er sich mitten in der Nacht dafür extra anziehen würde. Ich glaube ihm kein Wort. »Sie sind der Mörder!« Passenderweise werden meine Worte von einem Blitz begleitet. Wir hören Äste brechen, im oberen Stockwerk schlagen Fensterläden auf und zu, der Sturm heult um die Zinnen des Hotels.

»Mutter, du bist jetzt still!« Paula wirkt auf einmal ziemlich angespannt. Dann bemerke ich den Grund. Doc Fischgrät ist hereingekommen. Er ist klatschnass, Wasser tropft von seinen Haaren auf den Boden. Sein weißes Langarm-Shirt ist durchnässt. Ich werfe meiner Tochter einen vielsagenden Blick zu, was sie nur noch mehr auf die Palme zu bringen scheint. Sie ballt die Hände zu Fäusten. Der Doc bekommt davon jedoch nichts mit, er strubbelt durch seine nassen Haare. »Da draußen ist die Hölle los. Gerade ist ein Baum von einem Blitz getroffen worden und vor die Einfahrt gestürzt. Zum Glück haben wir den Toten vorhin reingebracht, sonst hätten wir jetzt eine Wasserleiche. Aber fürs Erste kommt hier niemand mehr rein und raus.«

Gerda erfasst sofort, was das zu bedeuten hat. Sie macht große Augen und steht auf, Alfred auf ihrem Arm. »Das heißt, wir sind gefangen … mit einem Mörder?«

COSMA

LAGEBESPRECHUNG AM FRÜHSTÜCKSTISCH

Herrn von Itzenplitz' Blick geht über das Frühstücksbuffet, das direkt neben der alten Ritterrüstung aufgebaut ist. Seine Augen bleiben an einer matschigen rosa Pampe hängen. »Oh, Bircher-Müsli, wie wunderbar.« Er nimmt sich einen großen Löffel voll. »Ich habe mir vorhin den Baum angesehen, der vor die Einfahrt gefallen ist. Er ist riesig. Darüber hinaus haben weitere Bäume dem Sturm nicht standhalten können. Angeblich ist auch die Brücke über dem Bachlauf eingestürzt.«

»Wir sind in diesem Hotel eingeschlossen. Mit einem Mörder.« Ich kann mich eines Lächelns nicht erwehren und nehme mir drei große Löffel Rührei, zwei Brötchen und die Hagebuttenmarmelade. Wer weiß schließlich, was als Nächstes passiert und ob wir je wieder zu essen bekommen.

»Eingeschlossen mit einem Mörder. Wie schaurig!« Gerda schüttelt sich mit wohligem Grausen und will nach dem Schokokuchen greifen. Dann hält sie inne. »Der ist ja angebrannt.«

»Den hat der Walter da vorhin hinjestellt, der hat jestern Abend noch jebacken. Scheint etwas von der

Rolle zu sein, der Jung.« Eddi deutet auf Walter, der mit dunklen Ringen unter den Augen neben Paula sitzt und auf ein matschiges Gebilde vor sich starrt, das ich nur mit Mühe als Torte erkennen kann. Ungerührt nimmt sich Eddi einen großen Teller, lässt Kuchen, Bircher-Müsli und Rührei links liegen und schaufelt sich stattdessen eine große Ladung Würstchen auf den Teller.

Paula wirft mir einen misstrauischen Blick zu, doch sie ist weit genug entfernt, um uns nicht zu hören. Ich flüstere trotzdem. Manchmal glaube ich, sie hat titanverstärkte Hörmuscheln. »Ist alles vorbereitet, Eddi?«

Mein Mitbewohner legt die Gabel beiseite, mit der er sich etwa zwanzig kleine Würstchen auf den Teller gepackt hat, und strahlt mich an. »Isch hab heute Nacht allet aufjebaut. Außerdem einen Probelauf jemacht. Die Qualität is bestens. Wir können sofort nach dem Frühstück loslegen.« Seine Kieselsteinaugen funkeln.

Herr von Itzenplitz runzelt die Stirn. »Ich bin mir nicht sicher, ob Frau Paula das gutheißen wird.«

Da bin ich mir auch nicht sicher. Allerdings denke ich, es ist besser, das nicht mit Herrn von Itzenplitz zu erörtern. Ich verzichte daher darauf, die Sanddornmarmelade zu probieren, und setze mich mit meinem Teller an den Tisch, der am weitesten von dem von Paula entfernt ist. Kaum sitze ich, kommt Alfred mit erhobenem Schwanz herein, schaut sich um, sein Blick bleibt an der Wursttheke hängen. Gerda stellt in Windeseile ihren Teller ab, stoppt Alfreds geraden Weg zur Wurst und setzt ihn neben Eddi auf die Bank. »Nein, Alfi, du bleibst hier.«

Unser Kater sieht nicht so aus, als wäre er mit ihr

einer Meinung. Deswegen nimmt Gerda Eddi eine seiner Würste ab und legt sie Alfred vor die Nase.

Für einen Moment starren wir alle ehrfürchtig auf unsere Teller. Dann legen wir los. Ich muss sagen, mein Rührei mit Lachs ist hervorragend. Es ist fast so gut wie das, was Herr von Itzenplitz uns jeden Sonntag zubereitet. Aber natürlich nur fast.

Eddi spießt eine Wurst auf und betrachtet sie nachdenklich. »Isch fraje misch nur, wo der Rest meiner Ausrüstung ist. Isch war mir so sischer, dat isch viel mehr einjepackt hatte.«

Hm. Noch ein Thema, das ich nicht vertiefen möchte. »Wie ist Ihr Frühstück?«, frage ich daher in die Runde.

Eddi bemerkt mein Ablenkungsmanöver nicht. »Janz feine Wurst.«

»Das Bircher-Müsli ist wirklich außerordentlich gesund und lecker.«

Nur Gerda sagt nichts. Sie knabbert an dem verbrannten Kuchen. Dann schiebt sie ihn zu Alfred rüber, der die Wurst längst verschlungen hat. Der schnuppert einmal dran und dreht empört den Kopf weg. Gerda zuckt mit den Schultern, dann steht sie auf und holt sich einen warmen Nutella-Toast und für Alfred eine weitere Wurst.

»Hauptsache, es funktioniert alles«, bringe ich das Gespräch wieder auf unsere geplante Aktion, die ich natürlich trotz supergutem Frühstück nicht aus dem Blick verliere.

»Dat tut et, dat is eben eine janz feine Ausrüstung. Isch hab ja immer jesacht, dat wir dat irjenwann brauchen werden.« Der Wurstberg auf Eddis Teller hat sich deutlich verringert. Alfred sitzt neben ihm, sein Blick liegt auf der vorletzten Wurst. Er setzt die Vorderpfoten auf den Tisch und bewegt den Kopf wie in Zeitlupe auf Eddis Teller zu. Inzwischen ist nur noch eine Wurst übrig.

Ich wende mich wieder meinem Rührei zu. »Wir müssen so viele Informationen wie möglich sammeln«, erläutere ich mit vollem Mund. »Das ist eine wichtige detektivische Aufgabe. Wie ein Raubtier beobachten wir unsere Beute, und wenn niemand damit rechnet, schlagen wir zu!«

Im gleichen Augenblick krallt sich Alfred die letzte Wurst.

PAULA

BACKBLOCKADE

»Paula, was machst du da?« Walter ist an der Tür zum Seminarraum stehen geblieben und beobachtet Paula stirnrunzelnd.

»Ich kontrolliere den Schrank.« Paula leuchtet mit ihrem Handy über die Regalbretter. Der Schein der Taschenlampe geht über Flipchartstifte, einen Schwamm und Stapel von A4-Papier. »Ich muss sichergehen, dass sich niemand hier versteckt. Oder was versteckt hat.« Sie schließt die Schranktür wieder und sieht sich im Seminarraum um.

»Was sollte denn da drin sein? Geister?« Walter hat offenbar kurzzeitig seine schlechte Laune vergessen und kichert.

Paula blickt auf. »Du weißt genau, was ich meine. Ich bin mir sicher, sie hat was geplant.«

»Aber sie hat sich doch eben lautstark mit Eddi darüber unterhalten, dass sie gleich eine Schreibübung machen wollen. Die sitzen nebenan in ihrem Seminarraum und arbeiten.« Walter setzt den Kuchen vorsichtig auf dem Tisch ab und lässt sich auf einem der altertümlichen dunkelbraunen Lederstühle nieder. Missmutig starrt er auf seinen Kuchen. »Wie findest du ihn?«

Paula hatte die Frage befürchtet. Nachdenklich betrachtet sie das schleimig wirkende Gebilde in Grün-Braun vor ihm. »Ist das die Nachbildung einer Moorleiche?«

Walters Blick wird noch düsterer. »Nein. Das ist der Rheinturm in der Altstadt.«

»Ist der nicht weiß mit rotem Dach?«

Unvermittelt sackt Walter in sich zusammen, bedeckt das Gesicht mit den Händen. »Ich glaube, ich habe eine Backblockade«, nuschelt er zwischen seinen Fingern hindurch.

Paula geht zu ihm rüber, streicht ihm sanft über die Schulter. »Ach, Walter, jeder hat mal einen schlechten Tag. Du bist einfach nervös, weil du deinen Titel verteidigen musst. Das wird schon wieder.«

»Und wenn nicht? Seit Wochen klappt nicht mal mehr der einfachste Boden. Ich habe es sogar geschafft, einen Schokokuchen anbrennen zu lassen. Nichts gelingt.«

»Ich wette, kaum gibt der Schiedsrichter das Signal, bist du wieder in deinem Element. Du wirst Otger Hohusen an die Wand backen!«

Walter blickt zwischen seinen Händen auf und lächelt Paula tapfer an. Vielleicht sollte sie ihn auf andere Gedanken bringen. Paula reibt sich die Hände. »Also, wenden wir uns dem Fall zu. Was haben wir?«

Walter zuckt mit den Schultern, starrt auf seinen Kuchen. »Weiß nicht.«

Die Tür zum Seminarraum öffnet sich, und einer nach dem anderen kommen KD Riedel, Doris Seifert und Benny Kowacz herein. Die Direktorin starrt auf ihr

Handy. »Es ist wirklich unfassbar. Ich habe überhaupt kein Netz. Und der Hotelier kriegt das WLAN nicht zum Laufen, er sagt, da wäre irgendwas durchgebrannt. Das ist ein einziger Saftladen.«

»Das Telefon funktioniert auch nicht«, ergänzt Doris kaum hörbar. »Ein Baum hat die Leitung erwischt. Es weiß überhaupt niemand, dass Ralf tot ist.«

Ohne auf Doris' Bemerkung einzugehen, sieht KD Riedel wieder auf ihr Handy. »Ich wette, der Innenminister hat versucht, mich zu erreichen. Nicht einmal meine Mails kann ich abrufen, es ist die Hölle!« Sie steuert auf das Rednerpult zu, das der Hotelier aufgestellt hat. Doris Seifert setzt sich an die zu einem U aufgestellten Tische, Kowacz nimmt neben ihr Platz.

Kurz darauf betreten Spusen-Ali und Paulas Chef den Raum. Sie sind in ein Gespräch über den Antibiotikaeinsatz bei der Forellenhaltung vertieft und scheinen sich bestens zu verstehen.

Die Kriminaldirektorin legt ihr Handy beiseite, lässt ihren Blick über ihre Mitarbeiter gleiten. Als sie Doris Seifert und Kowacz nebeneinandersitzen sieht, zieht sie eine Augenbraue nach oben. »Guten Morgen allerseits. Vielen Dank für Ihr Erscheinen, ich denke, es war für uns alle eine aufregende Nacht. Wo ist Dr. Fischer?«

»Untersucht die Leiche.« Spusen-Ali hat sein Gespräch mit KR Lorenz unterbrochen und verbindet den Beamer mit seinem Laptop.

Die Direktorin nickt. »Gut, dann können wir das Thema schnell abhaken und uns nun auf den Kern unseres Workshops konzentrieren, auf das, weswegen wir alle gekommen sind. Teamarbeit.« Sie übergeht das fragende Stirnrunzeln der Gruppe. »Im Vorfeld dieses Workshops habe ich mir die Aufklärungsquoten für NRW angesehen, und bedauerlicherweise steht Köln 0,2 Prozentpunkte vor uns Düsseldorfern. Das setzt uns enorm unter Druck. Es ist wichtig, uns von unserer besten Seite zu präsentieren. Und wie sagt unser Innenminister immer: Unsere Polizei – unser Team!« KD Riedel ignoriert die Blicke, die sich die anderen zuwerfen, inzwischen setzt auch Flüstern ein, und fährt fort: »Ich denke, trotz des bedauerlichen Vorfalls mit Ralf Maria Kleinert sollten wir das Seminar wie besprochen durchführen. Dr. Nazik muss zwar gezwungenermaßen seinen Vortrag allein halten, aber ich bin mir sicher, er ist bestens vorbereitet. Er wird uns in der kommenden Stunde einen interessanten Fall vorstellen, bei dem Teamarbeit entscheidend war. Denn schon Henry Ford wusste: Wenn alle Rädchen ineinandergreifen, steigert das die Produktivität enorm. Werden wir Teil eines gut geölten Getriebes, Teil eines Teams.« Im gleichen Moment ertönt ein erboster Schrei von nebenan. Paulas Blick geht zur Wand. Das hatte wie Herr von Itzenplitz geklungen.

Spusen-Ali wirft seinen Beamer an. »Der Vortrag muss warten. Ich habe gestern Abend einige interessante Dinge festgestellt.«

Die Direktorin sieht ihn wütend an. »Der Tod Kleinerts ist ein Unfall. Es gibt keinerlei Hinweise auf Fremdeinwirkung. Wir haben andere Prioritäten.«

Paula ist überrascht. Andere Prioritäten? Dr. Riedel muss doch klar sein, dass der Tod Kleinerts zwingend eine Ermittlung nach sich zieht. Warum diese merkwürdige Zurückhaltung?

KD Riedel räuspert sich. »Sicherlich ist es für keinen von uns leicht, aber ich denke, wir dürfen das Ziel unseres Workshops nicht aus den Augen verlieren. Wie ich vorhin schon ausgeführt habe, stehen wir unter Druck. Wir sollten uns nach außen so gut wie möglich darstellen.«

Aha, daher weht also der Wind. Paula wird allmählich klar, warum KD Riedel den Tod von Kleinert so vehement als Unfall darstellen möchte. Öffentlichkeitsarbeit. Ein Mordfall in den eigenen Reihen würde ein schlechtes Licht auf das Team werfen.

»Ralf Maria Kleinerts Tod schmerzt uns alle. Aber: Es war ein tragischer Unfall. Ich sehe keinen Grund, weswegen wir unseren Workshop nicht wie geplant durchführen sollten.«

Spusen-Ali wirft ungerührt den Beamer an. »Das sehe ich anders. Es war kein Unfall.«

COSMA

EIN HOCH AUF DEN DETEKTIVFACHHANDEL

Mir entfährt ein Triumphschrei. Wusste ich es doch! Mord.

Im gleichen Moment geht der Blick meiner Tochter zur Wand, die unsere Räume trennt. Leise flüstert sie Walter zu: »Ich wette, die hängen mit Gläsern an der Wand und lauschen.«

Natürlich nicht. Wir lauschen doch nicht mit Gläsern an der Wand. Als ob wir das nötig hätten. »Ihre Ausrüstung ist wirklich phänomenal«, lobe ich Eddi, denn ihm haben wir es zu verdanken, dass wir live im Seminarraum der Polizei dabei sein können. Er hat heute Nacht dort Mikrokameras installiert.

»Dat ist ein Kameramodul mit abgesetzter Linse und viertausend Milliamperstunden Akku. Dat is total klein, ich konnte dat janz leicht verstecken.« Eddi sieht mit leuchtenden Augen auf den riesigen Monitor, der uns gestochen scharfe Bilder aus dem Seminarraum liefert. Die Bilder sind so gut, dass ich Paulas misstrauischen Blick superdeutlich sehen kann. Wahnsinn! Ich habe meine Meinung über Eddis Internet-Kaufrausch grundlegend geändert: Er sollte deutlich mehr von diesen Dingen anschaffen. Außerdem ist das Equipment nicht nur praktisch, sondern wertet unseren Seminarraum mächtig auf. Der liegt im Westflügel des Hotels, durch große einfach verglaste Fenster kann man auf das novembergraue Moor sehen, das direkt hinter dem Hotel beginnt. Ansonsten ist der Raum im Stil der Gründerzeit eingerichtet: dunkle Eichentische, an denen schwere Lederstühle stehen, die mich an Folterinstrumente erinnern. Über allem thront ein Porträt von Sigbert, dem Blutrünstigen, der uns mit verschränkten Armen und grimmiger Miene herausfordern zu wollen scheint.

Ich wende meine Aufmerksamkeit wieder der Übertragung zu. Meine Tochter sitzt neben Walter auf der Fensterseite der u-förmig aufgestellten Tische im Nebenraum. Ihr Kopf dreht sich immer wieder zu unserem Seminarraum, und irgendwie habe ich die Befürchtung, dass sie sehr genau weiß, was hier vor sich geht.

»Gerda, die Schreibmaschine!«, kommandiere ich.

Sofort fängt Gerda an, auf ihrer orangen Olympia Traveller de Luxe zu tippen, die sie auf Reisen immer zu nutzen pflegt. Ihre grauen Löckchen wackeln im Takt. Sie legt die Zunge zwischen die Lippen und konzentriert sich voll und ganz auf ihre Finger. Laut schlagen die Tasten durch das Farbband auf das Papier. Ich lese: *Blut, Blut, Blut.*

Ein Blick auf den Bildschirm zeigt, dass meine Taktik greift. Meine Tochter wendet ihre Aufmerksamkeit wieder dem Spurenermittler zu. Er scheint etwas Interessantes zu sagen, aber leider kann ich überhaupt nichts verstehen. Das liegt nicht nur daran, dass Gerda noch immer tippt. Es liegt vor allem an Herrn von Itzenplitz. Der kann sich noch immer nicht einkriegen über die Aussage der Kriminaldirektorin. Ich bin ein wenig besorgt. Seitdem er sein neues Hörgerät hat, bekommt er viel zu viele Dinge mit, die ihn aufregen. »Henry Ford! Empörend!« Sein dünnes Bärtchen zittert, während er zum wiederholten Male ihre Worte zitiert. »Wenn alle Rädchen ineinandergreifen, hat dies enorme Auswirkungen auf die Produktivität.« Er geht auf und ab. »Das ist unfassbar. Marx hat schon 1844 darauf hingewiesen, dass Arbeit den Beschäftigten zur Ware degradiert und zu seiner Entwirklichung beiträgt! Wie kann man da Ford zitieren?« Seine sonst so friedlichen grauen Augen sprühen geradezu. Ich fürchte, er holt zu einem längeren Vortrag aus, und werfe daher ein: »Wäre das nicht etwas für Ihren nächsten Roman?«

Er zögert, dann legt er den Kopf schief. »Tatsächlich. Ich könnte die Entfremdung aufgreifen, indem ich aus der Sicht des Produktivfaktors schreibe. Der Arbeiter als Subjekt, der sich gegen die herrschende Bourgeoisie erhebt.«

Ich bin mir nicht sicher, was er meint. Trotzdem sage ich: »Das klingt hervorragend.«

Herr von Itzenplitz strahlt, geht hinüber zum Flipchart, den uns der Hotelier freundlicherweise hereingebracht hat, und beginnt in hastigen Zügen, Wörter festzuhalten. In die Mitte des Blattes schreibt er *Arbeiter*, dann einen Strich zu *Fabrikant* und *tot*. Zumindest *tot* scheint mir doch ein guter Anfang für einen Kriminalroman zu sein.

Gerda tippt noch immer wie irre. Wenn sie erst einmal im Fluss ist, kann man sie kaum stoppen. »Die Kekse sehen wirklich köstlich aus«, sage ich aufs Geratewohl und stibitze mir einen vom Teller. Marzipan-Mandel-Kekse mit jeweils einer Zuckerperle obendrauf. Nicht von Walter, sondern vom Hotelier. Das Klappern der Tasten erstirbt augenblicklich, Gerda fixiert die restlichen Plätzchen, schnappt sich drei und stopft sie sich in den Mund. »Ich muss den Hotelier bitten, uns neue zu bringen. Die Portion war wirklich dürftig«, murmelt sie mit vollem Mund, während sie den Teller an sich zieht.

Eigentlich war die Portion gar nicht so klein, aber wir sind ja schon eine Stunde hier und zu fünft, inklusive Kater. Obwohl sich Alfred momentan nicht für die Plätzchen interessiert. Er steht auf der schmalen Fensterbank und starrt mit zuckendem Schwanz hinaus. Auf einem großen, runden Stein zum Moor hin sitzt nämlich die dreifarbige Katze des Hoteliers und aalt sich in der kalten Morgensonne. Sie rollt sich auf dem breiten Stein hin und her. Gerda streichelt Alfred über den Rücken und folgt seinem Blick. »Das ist eine böse Katze da draußen. Böse.« Tatsächlich hat die Dreifarbige etwas Unheimliches. Sie hat einen getrockneten blutigen Kratzer auf der Nase, ihre grünen Augen sind starr auf uns gerichtet.

»Ich glaube, jetzt geht es weiter«, versuche ich, die Aufmerksamkeit aller wieder auf das Wesentliche zu lenken. Der Spurenermittler hat den Beamer angeworfen, und auf der Stirnwand erscheint ein unscharfes Bild.

»Dat is aber keine jute Technik. Dat is ja völlig unscharf«, tadelt Eddi.

Aber ich bin nicht in Stimmung für weitere Unterbrechungen. »Pscht!«, mahne ich.

Die Stimme des Spurenermittlers dröhnt durch den Lautsprecher. »Sie sehen hier die Brüstung des Balkons.« Tatsächlich sehe ich die hübsch verzierte Balkonbrüstung. Paulas Chef, Kriminalrat Lorenz, steht daneben und hält ein Metermaß dran. Dr. Ali Nazik klickt auf seinen Computer. »Kollege Kleinert muss genau an der Stelle hinuntergestürzt sein, an der Kollege Lorenz auf dem Foto steht.« Er nickt Paulas Chef zu. »Die Balkonbrüstung hat eine Höhe von dreiundsiebzig Zentimetern, deutlich unter der vorgeschriebenen Norm. Wir haben verschiedene Szenarien durchgespielt. Die Brüstung reichte Kleinert nur bis knapp zum Gesäß. Eine erste These war daher, dass er sich anlehnen wollte und hinunterstürzte.«

KD Riedel hebt eine Augenbraue. »Das sage ich doch die ganze Zeit. Wir haben alle gesehen, wie betrunken Kleinert war. Er geht auf den Balkon, lehnt sich an die Brüstung, verliert das Gleichgewicht und fällt.«

Der Gesichtsausdruck des Spurenermittlers bleibt ausdruckslos. »Wie gesagt, das war unsere erste These. Wenn es so gewesen ist, lässt sich allerdings das hier nicht erklären.« Er drückt wieder eine Taste auf seinem Rechner. »Da sind deutliche Kratzspuren im Stein.« Zufrieden blickt er in die Runde.

Die Direktorin winkt ab. »Kein schlüssiges Indiz. Die könnten seit Jahren dort sein.«

»Sie sind frisch, wir haben an Kleinerts Hose passende Spuren gefunden – und zwar auf der Vorderseite. Er hatte seinen Autoschlüssel in der Tasche, die Kratzspuren stimmen überein.« Für einen Moment herrscht Schweigen. Der Spurenermittler lächelt zufrieden, dann fährt er fort: »Kollege Lorenz und ich haben den Vorfall wie folgt rekonstruiert: Kleinert war mit jemandem auf dem Balkon. Er hat sich von dieser Person abgewendet, auf das Moor geschaut. Dann hat er einen heftigen Stoß bekommen, versuchte, sich am Geländer festzuhalten. Er erhielt einen weiteren Stoß – und kippte vornüber.«

PAULA

AUSLEGUNGSSACHE

Alle Augen liegen auf Spusen-Ali. Der will gerade weiterklicken, als sich die Tür öffnet und ein sichtlich müder Ole Fischer sich in den Seminarraum schiebt. »Entschuldigung, ich wollte nicht stören.«

»Dafür ist es zu spät«, sagt Spusen-Ali. »Aber wo Sie schon einmal hier sind: Was haben Sie herausgefunden?«

Ole reckt sich gähnend, sein Hemd rutscht hoch, und Paula kann einen Blick auf einen Teil des Anker-Tattoos an seinem Bauch erhaschen. Glaube, Liebe, Hoffnung.

»Entschuldigung, war eine lange Nacht. Ich hätte mir wirklich eine schönere Beschäftigung vorstellen können, als im Eiskeller des Hotels jemanden zu sezieren.« Sein Blick liegt vielsagend auf Paula. Die Härchen an ihrem Arm richten sich auf.

»Im Eiskeller?« KD Riedel sieht ihn fragend an.

Ole zuckt mit den Schultern. »Das war die einzige Möglichkeit. Ich konnte den Toten ja schlecht auf dem Rücken durch die Wälder bis zum nächsten Dorf tragen.« Er lässt sich auf den freien Platz neben Paula fallen. »Irgendwo mussten wir Kleinert zwischenlagern, und der Eiskeller hat wirklich hervorragende Bedingungen.«

»Nun gut, dann berichten Sie uns, was Sie herausgefunden haben.« Die Kriminaldirektorin wirkt ungeduldig. »Alkohol im Blut?«

»Er hatte knapp 0,8 Promille.«

Die Direktorin blickt vielsagend zu Spusen-Ali. »Das sagt ja wohl alles. Von wegen, jemand hat ihn geschubst. Er hat sich gegen die Brüstung gelehnt, auf das Moor geschaut und konnte sich nicht mehr auf den Beinen halten, beim Fallen hat er versucht, sich festzuhalten, aber dann ist er gestürzt.«

Spusen-Ali schaut griesgrämig drein. Doc Fischgrät fährt dagegen ungerührt fort: »Kleinert trank regelmäßig. Seine Leber wies deutliche Anzeichen von Zellnekrosen und beginnender Fibrose auf. Der Alkohol dürfte ihn eingeschränkt haben, hat sich aber garantiert nicht so stark ausgewirkt, wie das bei einem gemäßigten Trinker der Fall gewesen wäre.«

»Trotzdem, 0,8 Promille ist nicht gerade wenig. Ich sage, Sie jagen Geistern nach.« Dr. Riedel nimmt sich eine Flasche Wasser und gießt sich ein. In diesem Moment bemerkt Paula das kleine Kabel, das von der Flasche verdeckt war. Sie bückt sich unter den Tisch. Das Kabel kommt vom Rednerpult, verzweigt sich, führt entlang der Unterkante der Tische. An einem Tischbein hangelt es sich nach unten und endet hinter einer Vase mit üppigem Blumendekor, die Paula heute Morgen auf dem Frühstücksbuffet gesehen zu haben glaubt. Von dort aus führt es an einem anderen Tischbein wieder hoch zu einem Tablett mit Wasserflaschen und Gläsern, dann wieder hinunter, den Teppich entlang … und unter die Tür hindurch. Dr. Riedel schaut Paula tadelnd an, als sie wieder hochkommt.

»Haben Sie auf seinem Hinterkopf oder am Rücken Spuren eines Schlags entdeckt?« Spusen-Alis Worte reißen Paula aus ihren Gedanken.

Der Doc schüttelt den Kopf. »Vom Hinterkopf war leider nicht sonderlich viel übrig. Mit meiner Notausstattung kann ich dazu nichts Zuverlässiges sagen. Allerdings habe ich etwas anderes entdeckt. Und das ist wirklich interessant.«

Paulas Blick geht wieder an den Ausgangspunkt des Kabels: das Rednerpult. Und mit einem Mal sieht sie es. Ein winziges Mikrofon und eine Kamera. So klein, dass sie kaum zu entdecken sind.

Doc Fischgrät will weiterreden, doch Paula steht abrupt auf. »Stopp. Wir werden abgehört.«

COSMA

TOD AUF DEM NIL

Herr von Itzenplitz ist kreidebleich. »Oh Gott, wir wurden enttarnt.«

Eddi schaltet als Erster. Er drückt auf die Fernbedienung, das Bild aus dem Nebenraum verschwindet, der Fernseher wird schwarz. Gerade rechtzeitig, denn meine Tochter kommt reingestürmt. Sie gleicht einer Furie. Die Wangen rot vor Wut, die Augen blitzen. »Mutter … was machst du?«

Gerda starrt sie eine Schrecksekunde lang an, dann tippt sie wie verrückt auf ihre Traveller-Schreibmaschine ein.

»Wir arbeiten«, sage ich und versuche, so überzeugend wie möglich zu klingen. »Warum störst du uns?«

»Ihr habt den Raum nebenan verwanzt. Ihr hört uns ab!« Sie deutet auf den dunklen Monitor, der noch immer leise knistert.

»Unsinn, wir haben gerade eine Aufzeichnung von … *Tod auf dem Nil* gesehen. Als Inspiration. Ein hervorragender Film übrigens. Mit Peter Ustinov. Ich finde ja, dass er den Hercule Poirot am überzeugendsten darstellt.«

»Peter Ustinov interessiert mich nicht. Was ist das?« Paula deutet auf ein kleines schwarzes Gerät.

»Dat ist ein Receiver. Den hab isch zwischen den Lautsprechern und dem Fernseher jeschaltet.« Eddi klammert seine Finger ineinander und sieht Paula schuldbewusst an. Warum bin ich eigentlich nur von Menschen umgeben, die ein Problem mit gedehnter Wahrheit haben? Herr von Itzenplitz starrt auf den Flipchart vor sich und weicht Paulas Blick so penetrant aus, dass es mehr als auffällig ist.

»Ich will den Film sehen. Mach ihn an.« Meine Tochter verschränkt ihre Arme.

»Warum? Wir wissen, wer der Mörder ist. Ich hatte es mir übrigens gleich gedacht. Ihr Fehler war der zweite Mord. Das ist ja so oft so. Der erste Mord ist hervorragend geplant, hieb- und stichfest, und dann wird der Täter leichtsinnig, verübt einen zweiten Mord, und schon macht er einen Fehler.«

»Herr Meier-Zuhorst – machen Sie den Film an.« Es klingt nicht wie eine Bitte.

Eddi sieht mich verzweifelt an. Mir wird klar, dass ich handeln muss. »Wir haben den Film im Internet gesehen, über dieses Dings … da, wo die ganzen Filme sind. Eddi, nicht wahr?«

Eddi nickt. »Jenau. Moment, ich such dat da jleich mal raus.« Er tippt etwas in sein Laptop ein. Paula steht noch immer neben ihm, und ich habe das unbestimmte Gefühl, sie weiß mehr als wir. Eddi wird immer hektischer, murmelt etwas von *die Internetverbindung ist gerade schlecht.* Noch während er wild mit der Maus herumklickt, dringt plötzlich eine Stimme zu uns. »Ich habe übrigens auf der Landkarte gesehen, dass ein Stückchen den Wald hinein ein kleiner Teich ist. Vielleicht könnten wir heute Mittag einen Spaziergang dorthin unternehmen und uns die Amphibienbestände ansehen, Ali?« Verdammt. Eddi hat zwar geistesgegenwärtig den Fernseher abgeschaltet, aber nicht die Lautsprecher.

»Wenn das nicht innerhalb einer Minute abgebaut ist, gibt es hier gleich nicht nur *Tod auf dem Nil*«, knurrt meine Tochter. Ich bezweifle keine Sekunde, dass sie es ernst meint. Sie ist wirklich gefährlich, wenn sie wütend ist.

PAULA

INTERESSANTE BLUTWERTE

Das ist doch unfassbar!« Paula lässt sich auf den Stuhl neben Doc Fischgrät fallen. In der letzten halben Stunde hat Eddi Mei-Zu gefühlt hundert Meter Kabel aus dem Seminarraum entfernt. Zwischen den Flaschen und dem Blumengesteck waren Mikrofone versteckt, außerdem hatte Eddi vier Kameras aufgebaut, mit denen er jeden Winkel des Raumes filmen konnte. Paula hat Eddi das gesamte Equipment in eine Kiste packen lassen, die sie anschließend in den Schrank im Seminarraum eingeschlossen und diesen versiegelt hat. Eddi Mei-Zu hat fast geweint, als sie sagte, die gesamten Geräte seien konfisziert, und beim kleinsten Kratzer an der Versiegelung des Schrankes würde er sein Equipment nie wiedersehen.

Doc Fischgräts Augen blitzen amüsiert. Dann beugt er sich zu ihr rüber und flüstert: »Paula Pongs, du bist verdammt süß, wenn du dich aufregst. Du hast dann immer diese Apfelbäckchen.«

»Ich habe keine Apfelbäckchen!«

»Frau Pongs, Sie wollten etwas sagen?« Die Direktorin sieht Paula spitz an.

Sie atmet durch. »Ich wäre froh, wenn Herr Dr. Fischer nach dieser Unterbrechung mit seinem Bericht fortfahren würde.« Mit Blick auf Fischer fügt sie hinzu: »Wir sollten uns auf die Fakten konzentrieren.«

Ole grinst Paula an, dann steht er auf und wird ernst. »Bevor wir unterbrochen wurden, wollte ich auf die Blutuntersuchung eingehen, die ich bei dem Toten durchgeführt habe. Interessanterweise habe ich dort nicht nur Rückstände von Alkohol gefunden.« Er schaut in die Runde. »Es fanden sich auch Spuren von Prazepam, einem Benzodiazepin.«

Paula sieht ihn überrascht an. Ein Schlafmittel.

»Es war eine leichte Dosis, etwa zwanzig Milligramm. Dennoch war die Konzentration ausreichend, um ihn in gewissem Maße zu betäuben. Das erklärt seinen schleppenden Gang, die verwaschene Sprache. Obwohl die Dosis noch nicht ihre volle Wirkung erreichte, hätte er zweifelsohne die Nacht in einem komatösen Schlaf verbracht. Auf uns wirkte er betrunken, aber ich denke, die Symptome sind vor allem dem Prazepam geschuldet.«

KD Riedel tippt mit einem langen Fingernagel an ihre Lippen. »Wahrscheinlich hat er das Mittel selbst eingenommen. So etwas ist ja bekannt, denken Sie nur an Michael Jackson. Schlafstörungen, die mit Tabletten bekämpft werden. Tagsüber Wachmacher gegen die Müdigkeit, die ihrerseits wieder zu Schlafstörungen führen. Ein Teufelskreis. Mir war nicht klar, dass Kleinert darunter litt. Er wirkte immer so … energiegeladen.« Ihr Mienenspiel verrät, dass sie eher *anstrengend* meint.

Spusen-Ali blättert in seinen Unterlagen, seine Augenbrauen schieben sich zusammen, er überfliegt eine Liste. »Ich habe in seinem Zimmer keinen Hinweis auf

Schlafmittel gefunden. Weder Verpackungsreste noch eine Pillendose.« Er blättert um. »Auch im Mülleimer nichts dergleichen. Aber ich schaue noch einmal nach.«

Paula spürt ein Kribbeln in ihrem Magen. »Ich denke, es ist an der Zeit, die Ermittlungen aufzunehmen. Selbst wenn es ein Unfall war, müssen wir die Sachlage abklären.« Sie sieht zu Dr. Riedel.

Die wirkt nicht gerade begeistert. »Wenn es denn unbedingt sein muss. Sie übernehmen den Fall, bis wir ihn an die hiesigen Kollegen abgeben können. Aber ich möchte keinerlei Aufsehen. Sobald die Wege wieder frei sind und wir Zugang zum Rest der Welt haben, sind wir draußen.«

Auch wenn Paula ganz und gar anderer Meinung ist, sagt sie: »Selbstverständlich.« Im Kopf überschlägt sie, wie viel Zeit ihr bleibt. Vielleicht vierundzwanzig Stunden, möglicherweise etwas mehr. Nicht gerade viel. Paula steht auf. »Wenn Sie bitte draußen warten würden. Ich möchte jeden von Ihnen einzeln befragen.«

Dr. Riedel sieht sie entgeistert an. »Was soll das bedeuten? Wir sind Kollegen. Halten Sie uns etwa für verdächtig?«

Paula legt den Kopf schief, denkt über die Frage nach. Dann antwortet sie: »Allerdings.«

COSMA

DIE MACHT DES GESPROCHENEN WORTES

Haben Sie etwas entdeckt, mein Lieber?« Herr von Itzenplitz beugt sich interessiert zu Eddi, der vor seinem Tablet sitzt.

»Hmpf«, murmelt Eddi Mei-Zu. Die Gerüchte stimmen also. Das Internet führt zu einem Verlust der verbalen Kommunikation.

Herr von Itzenplitz nimmt den Teebeutel aus seiner Tasse und sieht sich nach dem Keksteller um, den der Hotelier uns hingestellt hat. Meine Tochter hat uns nämlich in die Bar verbannt. Walter steht mit verschränkten Armen an der Eingangstür und soll aufpassen, dass wir den Raum nicht verlassen. Allerdings ist er nicht ganz bei der Sache. Statt uns wie üblich mit griffbereiten Handschellen zu beobachten, geht sein Blick immer wieder sorgenvoll ins Leere. Mehr als einmal seufzt er laut auf.

Der nächste Seufzer, den ich höre, kommt aber nicht von Walter, sondern von Eddi. »Dat Internet jeht nischt. Dat jibt et doch nischt. Wir haben keine Verbindung.« Er klingt, als habe jemand ihm eine lebenswichtige Blutzufuhr gekappt. »Dat is unfassbar, isch kann keine einzige Seite aufrufen, die uns mehr über den Hintergrund von dem Profiler sacht.« Er starrt auf den Bildschirm, als könne er dort eine Antwort finden. Aber der ist leer.

»Vielleicht könnten wir eines der Videos ansehen, die ich auf dem Tablet abgespeichert habe«, sagt Gerda. Jedenfalls vermute ich, dass sie das sagt, denn sie hat den ganzen Mund voll mit Keksen.

Eddi sieht sie überrascht an. »Sie haben Videos abjespeichert?«

Gerda nickt verträumt. »Ich habe gestern für mein neues Buch recherchiert. Da geht es um einen Profiler, einen ganz unangenehmen Menschen, der Rebecca fast überführt. Aber dann bemerkt sie ihn noch rechtzeitig, betäubt und fesselt ihn, und als er wieder wach wird, führt sie eine Autopsie an ihm durch.« Sie lächelt. Ich starre sie an. Manchmal ist mir meine Mitbewohnerin unheimlich.

Eddi braucht auch eine Sekunde, bis er sich wieder gefasst hat. Allerdings aus einem anderen Grund als ich. »Sie haben Videos aus dem Internet auf *mein* Jerät runterjeladen?«

Alfred kommt mit erhobenem Schwanz zwischen Walters Beinen hindurch in die Bar, tänzelt um die anderen Menschen herum und springt auf Gerdas Schoß. Die streichelt ihn. »Da bist du ja, Alfred.«

Eddi starrt auf sein Tablet wie Gollum auf den magischen Ring. »Isch muss ein Virenprogramm starten, oh Jott, wat ich mir da allet einjefangen haben könnte.«

»Aber das kann doch warten – was sind das für Videos?«, frage ich.

Eddi zögert, doch dann überwiegt seine Neugier. Er öffnet den Ordner, den Gerda auf dem Desktop abgelegt hat. Kurz darauf beginnt eine Reportage über den Profiler. In der Eingangsszene steht Kleinert im weißen Schutzanzug vor einem abgeriegelten Tatort und erläutert seine Eindrücke vom Geschehen. Im Hintergrund erkenne ich den irren Spurenermittler mit den wurmartigen Augenbrauen, der sorgfältig mit der Pinzette kleine Fussel von einer Wolljacke sichert. Der Profiler tritt wieder ins Bild. »Das Einfühlen in die Psyche des Täters ist eine komplexe Aufgabe. Wir benötigen einen weiten Blick auf die Materie, und das können einfache Kriminalbeamte wie mein Kollege hier nicht leisten. Deswegen gibt es mich. Ich sehe mir den Bericht der Spurensicherung an, studiere den Obduktionsbericht und mache mir ein genaues Bild vom Tatort. Es sind viele kleine Einzelteile, die ich zu einem Ganzen montiere. Ich gehe der Frage nach, was hat sich wann wie zugetragen, und erstelle Hypothesen über das Warum. Das ist eine Kunst!«

Der Ermittler hinter ihm schaut kurz mit zusammengezogenen Augenbrauen auf, sein Blick ist hasserfüllt. Jedenfalls glaube ich das, so ganz kann ich es nicht sehen, diese Augenbrauen sind wirklich riesig.

»Der Herr sollte etwas mehr Kollegialität zeigen, das ist eine Frage der Solidarität«, sagt Herr von Itzenplitz kopfschüttelnd.

»Es geht hier nicht um Solidarität«, werfe ich ein, »sondern um Kompetenz und Fachkenntnis. Manchmal muss man anecken, um Erfolg zu haben. Es ist hart, wenn die eigenen Fähigkeiten immer wieder verkannt werden, man aus der Gemeinschaft ausgeschlossen wird und gezwungen ist, sich gegen alle zu erheben, um der Gerechtigkeit zum Erfolg zu verhelfen.« Ich fühle plötzlich eine tiefe Verbundenheit mit dem Profiler und schniefe.

Herr von Itzenplitz nimmt mir den Sekt weg, den mir der Hotelier hingestellt hatte. »Frau Cosma, Sie wissen, dass Sie den nicht vertragen, jedes Mal werden Sie bei Sekt melancholisch. Obwohl ich Ihre Ausführungen durchaus für relevant halte, vielleicht können Sie sie in Ihrem nächsten Manuskript verwenden.«

Ich schniefe abermals, nur lauter. Denn ich schreibe Detektivgeschichten, die auf wahren Begebenheiten beruhen. Wie soll ich kreativ werden, wenn uns jegliche Informationen zu unserem Fall vorenthalten werden?

Herr von Itzenplitz schiebt mir einen Tee rüber. Ich schnuppere an dem dunkelroten Getränk und sehe ihn fragend an. »Das ist Hagebutte. Sehr gesund.«

Ich schiele zum Sekt rüber, doch Gerda hat sich das Glas geschnappt und trinkt es in einem Zug aus. Alfred sitzt neben ihr und macht einen verkniffenen Eindruck.

Ich probiere den Tee. Er ist gar nicht so schlecht, vielleicht etwas sauer, aber nachdem ich drei Löffel Honig hineingegeben habe … durchaus trinkbar. Wir schauen uns den Film weiter an. Der Profiler wird jetzt in seinem Büro gezeigt, er ist offenbar dabei, ein Profil zu erstellen. Eine Stimme aus dem Off erläutert: »Die Arbeit Kleinerts ist nicht unumstritten. Jüngst wurden anonyme Vorwürfe laut, dass Kleinert Zeugen beeinflusst habe. Mit dem Innenminister stellte sich jedoch ein prominenter Vertreter hinter ihn.« Wir sehen nun den Innenminister vor dem Landtag. Er spricht in die Kamera. »Die Gerüchte sind nichts weiter als eine hinterhältige Hetzjagd. Kleinert leistet hervorragende Arbeit. Als Innenminister halte ich vorbehaltslos an dem Konzept der unterstützenden Fallanalyse fest. Wir brauchen Personen wie Kleinert, die einen Fall neu denken können und zu kreativen Lösungen kommen.« Wir sehen nun einen Reporter, der vor dem Polizeipräsidium steht. »Was genau hinter den Vorwürfen gegen Kleinert steckt, bleibt unklar. Fest steht jedoch, dass dies nicht das erste Mal ist, dass derartige Anschuldigungen auftauchen. Schon in der Vergangenheit wurde deutliche Kritik an dem Vorgehen und vor allem an der Person Kleinerts laut. Er mag in seiner Tätigkeit gute Ergebnisse erzielen, doch die Frage ist, wie lange seine Vorgesetzten es sich noch leisten können, seine oft rabiate Art im Umgang mit Zeugen und Kollegen zu tolerieren. Operative Fallanalyse ist ohne Zweifel eine wichtige Methode – doch wenn die Gerüchte stimmen sollten, muss sich das Innenministerium fragen, ob Kleinert der richtige Mann auf dem Posten ist.«

Herr von Itzenplitz streicht über sein Bärtchen. »Das gesprochene Wort kann unendliche Macht entfalten. Einmal in die Welt gesetzt, haftet es sich in den Gedanken fest und kann niemals zurückgenommen werden. Der anonyme Zeuge hat sein Ziel erreicht. Selbst wenn die Vorwürfe haltlos sind, bleibt ein Rest Misstrauen. Die Macht des Menschen ist gebrochen.«

Was ein interessanter Punkt ist. Insbesondere das

mit dem anonymen Zeugen. Wer mochte das gewesen sein? Jemand aus dem Umkreis des Profilers? Was, wenn es dem Zeugen nicht reicht, den guten Ruf des Profilers zu zerstören. Wenn er ihn vollständig vernichten wollte? Wenn er unser Mörder ist?

PAULA

ÜBERRASCHENDE ERKENNTNISSE

Die Ehefrau des Toten sieht sich im Seminarraum um, dann setzt sie sich auf einen der gepolsterten Lederstühle. Sie zieht ihr dünnes Jäckchen um sich, als würde sie frieren, dabei sind es in dem Raum mindestens achtundzwanzig Grad. Der Hotelier hat es gut gemeint und die alten gusseisernen Heizungen voll aufgedreht.

»Möchten Sie etwas trinken? Vielleicht einen Tee?« Walter sieht sie fragend an. Paula hat ihn von Cosmas Bewachung abgezogen, sie braucht ihn hier. Er setzt sich Janine gegenüber. Die schüttelt den Kopf, ihr Blick geht auf den Kuchen. »Könnte ich davon ein Stück haben?« Ihre Stimme ist leise. Sie lächelt entschuldigend. »Bei Aufregung bekomme ich immer Hunger.«

Walter springt auf, holt Teller und Gabel. »Er ist leider etwas zusammengefallen.«

»Das macht nichts.« Sie nimmt einen großen Bissen. Blickt dann beinahe erschrocken auf und kaut darauf herum. Paula ist über ihre Selbstbeherrschung erstaunt. Aus dem Team hatte jeder den Kuchen wieder ausgespuckt. Janine Kleinert lächelt Walter an, schluckt, dann setzt sie unauffällig ihren Teller ab, nimmt nun doch den Tee und trinkt einen großen Schluck. »Sie wollten mit mir sprechen?«, fragt sie heiser.

Paula setzt sich neben sie. »Wir würden gerne mehr über Ihren Mann erfahren. Wie war er?«

Janine zuckt mit den Schultern. »Er hat für die Arbeit gelebt. Wenn ein Fall anstand, hat er sich darin verbissen. Er war so gewissenhaft, aufopfernd.«

Aufopfernd ist jetzt nicht gerade das Adjektiv, das Paula zuvor von Spusen-Ali und anderen Kollegen gehört hat. Da ging es eher in die Richtung egoman, machtbesessen, gefühlskalt. »Gab es Probleme? Vielleicht mit Kollegen oder einem Fall?«

Janine stochert mit einer Gabel in dem Kuchen herum. »Nicht alle Kollegen konnten mit seinem Erfolg umgehen. Dazu noch die guten Kontakte zum Innenministerium – einige Kollegen habe ihm das geneidet. Aber über so was hat Ralf immer drübergestanden. Es war ihm egal, was andere von ihm dachten. Er wollte seine Arbeit machen, mehr nicht.«

»Können Sie sich vorstellen, wer ihn vom Balkon gestoßen haben könnte?«

Janine schüttelt den Kopf. »Er ist angeeckt, das schon. Aber ihn ermorden, nein, das traue ich keinem zu.« Ihr Blick liegt auf Walter, doch sie scheint ihn gar nicht wahrzunehmen. »Ich habe Ralf vor fünf Jahren auf einer Tagung kennengelernt. Damals war ich Praktikantin bei einer Frauenzeitschrift und sollte ihn interviewen. Ich fand ihn beeindruckend, sein Auftreten, die Relevanz seiner Tätigkeit. Noch bevor das

Interview zu Ende war, habe ich mich in ihn verliebt. Das hat sich bis heute nicht geändert. Wir sind vier Jahre verheiratet, aber die Flamme unserer Liebe loderte noch immer. Bis zum Schluss.«

Die Flamme der Liebe … oh Gott, wie kitschig. Unbewusst gleitet Paulas Blick zu Doc Fischgrät, der in der Ecke des Seminarraums seinen Bericht in den Computer tippt. Er hält inne, scheint über eine Formulierung nachzudenken. Dabei streicht er sich über seinen Dreitagebart.

»Paula?« Walters Stimme reißt sie aus ihren Gedanken.

»Entschuldigung.« Paula wendet sich wieder der Befragung zu. »Frau Kleinert, wir haben gehört, dass es Gerüchte gegeben hat, Ihr Mann würde seine Arbeit nicht korrekt ausführen.«

»Aber da war doch nichts dran. Es war ein Neider, da war sich Ralf sicher. Er ist mit seinen Kollegen nicht eben gut ausgekommen, aber das hat er sich nicht zu Herzen genommen.«

»Ihr Mann hat häufig getrunken, nicht wahr?«

Janine nickt. »Ich habe ihn so oft gebeten, damit aufzuhören, aber er hat es nicht geschafft. Das Merkwürdige ist, dass es jedes Mal schlimmer wurde, wenn er einen Fall abgeschlossen hatte. Ich glaube, er hatte Angst vor dem Leerlauf. Die Fallarbeit und auch seine Auftritte im Fernsehen haben ihm Halt gegeben. Je mehr er arbeitet, desto glücklicher ist … *war* er.«

»Wir haben im Blut Ihres Mannes ein Schlafmittel gefunden. Nahm er Tabletten?«

Sie presst ihre Lippen aufeinander, schüttelt den

Kopf. »Davon weiß ich nichts.« Sie schaut in die Ferne. »Er stand schon sehr unter Druck. Die viele Arbeit, und dann wollte er auch noch ein Fachbuch herausbringen.« Sie nestelt am Ärmel ihrer Bluse. »Vielleicht hat er sich etwas ohne mein Wissen besorgt.«

»Hatte sich sein Verhalten in der letzten Zeit verändert? War er vielleicht müde, depressiv?«

Sie schüttelt den Kopf. »Letzte Woche hat er einen Fall abgeschlossen, danach fällt er immer in ein kleines Loch, dann trinkt er mehr als gewöhnlich. Aber ansonsten ist mir nichts aufgefallen.«

»Hatte er vielleicht Streit?«

»Nicht mehr als gewöhnlich. Es war alles wie immer.« Doch plötzlich scheint ihr etwas einzufallen, ihre Augen weiten sich. »Doch, da war was! Ralf hat das ja nie ernst genommen. Er dachte, das war ein Spinner, der sich wichtigtun wollte. Aber vielleicht war doch etwas dran.«

»Was meinen Sie?«

Janine schaut sie an. »Ralf hat Drohbriefe erhalten.«

COSMA

DER MÖRDER IST UNTER UNS

Kaum haben wir durch das Video bahnbrechende Erkenntnisse über den Profiler und sein Ansehen im Düsseldorfer Polizeipräsidium gewonnen, füllt sich plötzlich die Hotelbar. Zuerst stromert der junge Bursche herein, Kriminalkommissar Kowacz. Ihm folgt mit gesenktem Kopf Doris Seifert. Sie nickt uns zu, seufzt und setzt sich dann auf die gegenüberliegende Eckbank. Dort holt sie ihre Kladde heraus und macht sich irgendwelche Notizen. Hin und wieder hält sie inne, kaut an ihrem Bleistift, schreibt mit der Zunge zwischen den Zähnen weiter.

Kurz darauf kommt Dr. Riedel herein. Die scheint nicht gerade bester Laune zu sein, ihre Lippen sind zusammengepresst, und ihre Augen funkeln. Sie sieht aus wie eine wütende Eidechse. Hinter ihr trottet Paulas Chef, er ist offenbar mit seinen Gedanken völlig woanders. Denn als sich die Direktorin abrupt zu ihm umdreht, läuft er fast in sie hinein. Stolpernd bleibt er stehen. Die Kriminaldirektorin hebt ihren Finger. »Sie haben versagt, und zwar auf ganzer Linie! Ich hatte Sie gebeten, ein Seminar auszurichten, bei dem sich Teamgeist formieren sollte. Und nun werden wir als Verdächtige festgehalten! Von Ihrer Mitarbeiterin!«

Da regt sich aber nun doch mein Mutterstolz. Endlich macht Paula sich mal ein paar Feinde. Bravo – sie greift die Familientradition auf.

Lorenz hebt entschuldigend die Hand. »Aber Frau Dr. Riedel, es ist das übliche Vorgehen. Meine Mitarbeiterin handelt völlig korrekt. Wer sonst sollte die Ermittlungen übernehmen? Im Augenblick sind wir hier eingeschlossen, wir können nichts tun, als die Zeit zu nutzen.« Seine Augen weichen denen der Direktorin aus.

»Unsinn. Es werden keine Ermittlungen nötig sein. Kriminalhauptkommissarin Pongs handelt völlig übertrieben. Ich bitte Sie: Auf welchen Fakten fußt, was sie hier tut? Das ist doch ein Witz: Der Doktor macht zwischen Schnitzeln und Rosenkohl eine Obduktion im Gefrierkeller. Sie helfen Dr. Nazik bei der Spurenermittlung, obwohl Sie keinerlei Erfahrung haben. Und die einzige Zeugin ist völlig unzurechnungsfähig. Frau Hauptkommissarin Pongs verbeißt sich da in was. Dabei liegt der Unfallvorgang so deutlich vor uns, als wäre es der Stern von Bethlehem: Ralf Maria Kleinert hat zu viel getrunken und ist über die zu niedrige Absperrung des Balkons gestolpert. Basta.« Jetzt ist sie mir noch unsympathischer als vorher. Was heißt denn hier, die Zeugin ist unzurechnungsfähig?

»Die Brüstung wurde vom TÜV abgenommen, das hat alles seine Ordnung. Wir haben Bestandsschutz, deswegen darf sie niedriger als die Norm sein«, mischt sich der Hotelier von der Bar aus ein. Er gähnt verstohlen, und mir fallen die dunklen Ringe unter seinen

Augen auf. Er wendet sich um und macht die Kaffeemaschine an. »Möchte jemand von Ihnen einen Espresso und ein paar Kekse?«

Gerda springt auf und geht zu ihm hinüber. »Sehr gerne!« Sie strahlt ihn an, was ihm eines seiner traurigen Lächeln entlockt.

»Mich würde ja nicht wundern, wenn jemand Kleinert gestoßen hätte. Der war ja nun nicht gerade beliebt.« Kowacz setzt sich zu Doris Seifert an den Tisch. Er nimmt sein Handy heraus und tippt darauf herum. »Mist, immer noch kein Empfang. Das ist hier wirklich eine gottverlassene Gegend.«

»Was wollen Sie mit Ihrer Bemerkung sagen, Kowacz?«, fragt die Direktorin lauernd.

Kowacz wirft sein Handy auf den Tisch. »Dass es hier nicht einmal Internet gibt.«

»Der Router scheint beim Blitzeinschlag etwas abbekommen zu haben. Ich habe ihn schon neu gestartet, aber es passiert nichts. Es tut mir wirklich sehr leid.« Der Hotelier sieht sorgenvoller aus denn je.

Doch die Riedel beachtet ihn nicht. Sie fixiert Kowacz. »Ich bezog mich auf Ihre andere Bemerkung.«

Kowacz lehnt sich breitbeinig zurück, die Arme über die Lehne der Bank ausgebreitet. »Kleinert hat nicht gerade den Preis des beliebtesten Kollegen gewonnen, der ist doch mit jedem angeeckt. Da kann schon mal dem einen oder anderen die Sicherung durchbrennen.« Er sieht zu Doris. »Was meinst du denn? Du hast schließlich direkt mit ihm zusammengearbeitet.«

Doris Seifert schaut von ihren Notizen auf, sie wirkt überrascht, überhaupt angesprochen worden zu sein.

»Nun ja, wir sind die meiste Zeit ganz gut miteinander ausgekommen.«

»Jetzt hör auf. Der hat dich behandelt wie den letzten Dreck. Für den warst du doch nur eine, die er ausnutzen konnte.«

Doris Seifert windet sich. »Nun ja, er war als Person nicht gerade einfach, das ist richtig.« Ihre Stimme ist kaum hörbar. Herr von Itzenplitz, der neben mir sitzt, dreht an seinem Hörgerät.

Kowacz richtet sich auf. »Sei doch einmal ehrlich gegen dich selbst: Er hat dich die Drecksarbeit machen lassen und die Lorbeeren geerntet. Er war ein Schwein.«

Doris Seifert legt ihren Bleistift beiseite, ihre Lippe bebt. »Wir waren ein Team. Auf euch mag es anders gewirkt haben, aber wir haben gut zusammengearbeitet. Er hat mich in alle wichtigen Entscheidungen einbezogen, wir haben die Fälle gemeinsam gelöst.« Sie blinzelt. Dann flüstert sie kaum hörbar: »Und du warst eifersüchtig auf ihn und seinen Erfolg.«

Wieder dreht Herr von Itzenplitz an seinem Hörgerät, schüttelt den Kopf. »Ich glaube, die Batterien sind alle.«

Kowaczs wütender Ausruf belehrt ihn eines Besseren. »Ich und eifersüchtig? Du spinnst wohl! Warum sollte ich eifersüchtig auf Kleinert sein? Ein Angeber war das, mehr nicht. Völlig talentfrei.« Eilig dreht Herr von Itzenplitz den Lautstärkeregler seines Hörgeräts wieder runter.

»Kowacz, reden Sie sich nicht um Kopf und Kragen.« Die kühle Stimme von Dr. Riedel wirkt, als habe jemand einen Eimer Eiswasser über Kowaczs Kopf ausgeschüttet. »Außerdem wissen wir alle, dass Sie nur zu gerne Kleinerts Nachfolge antreten würden. Dafür würden Sie fast alles machen.«

Kowacz zuckt zusammen, doch in seinen Augen blitzt Wut. »Sie müssen es ja wissen, Frau Direktorin«, stößt er hervor.

Dr. Riedel lächelt eiskalt. »Allerdings. Auch wenn Ihre Bemühungen ähnlich talentfrei sind, wie Sie es Kleinert vorwerfen.«

Ich muss sagen, inzwischen bin ich sehr froh, dass meine Tochter uns hierher verbannt hat. Hier ist es deutlich interessanter, als es in dem Seminarraum je sein könnte.

KD Riedel geht mit einem überaus zufriedenen Gesichtsausdruck zur Bar, setzt sich lasziv auf einen der Hocker und bestellt einen Espresso.

Doris Seifert schlägt ihre Kladde zu und geht zu ihr. »Frauke, ich habe mir Gedanken zum Täter gemacht und ein erstes Profil erstellt. Möchtest du es sehen?«

KD Riedel dreht sich auf dem Barhocker zu ihr um. »Doris, selbst dir dürfte nicht entgangen sein, dass wir alle als verdächtig gelten. Warum also sollte *ich* mir dein Täterprofil ansehen? Belästige Frau Hauptkommissarin Pongs mit deinen Ergüssen, nicht mich.« Sie dreht sich wieder um und nippt an ihrem Espresso, verzieht dann angewidert das Gesicht und stellt ihn ab. »Gott, Mann, haben Sie die Tassen nicht angewärmt? Das sollte selbst in einem Kaff wie diesem angekommen sein, dass Espressotassen angewärmt gehören.«

Ullmann scheint eine überaus friedvolle Natur zu

haben. »Oh, das tut mir leid. Darf ich Ihnen einen neuen machen?«

Die Direktorin nickt gnädig wie Heinrich der Achte bei einer Exekution.

Während aus der Espressomaschine mit lautem Getöse Dampf emporsteigt, setzt sich das Zimmermädchen zu uns. Sie hat einen Staubwedel in der Hand, mit dem sie vorher halbherzig die halb verhungerten Bauern an der Wand abgestaubt hat, während sie gespannt dem Gespräch gelauscht hat. Sie blickt zu ihrem Chef, der mit dem Rücken zu uns an der Espressomaschine hantiert, dann flüstert sie: »Ich hätte nicht gedacht, dass mein Ferienjob so spannend wird.«

»Mörder lauern überall«, lasse ich sie wissen.

Sie sieht mich mit glitzernden Augen an, die in ihrer Begeisterung ein ganz klein wenig irre wirken. Dann sieht sie sich um. »Glauben Sie, es war einer von denen?« Sie deutet zu den Gästen.

Ich nicke. »Davon gehe ich aus. Wer sonst? Der Täter muss noch anwesend sein, denn kurz nach dem Mord stürzte die Eiche vor den Eingang. Wir sind eingeschlossen. Niemand kommt raus, und niemand kommt rein. Ich bin mir sicher: Der Mörder ist unter uns.«

Hanna schüttelt sich. »Ich arbeite in einem Mörderhotel«, flüstert sie begeistert.

Der Hotelier muss Ohren wie ein Spitz haben, denn trotz des Lärms der Kaffeemaschine dreht er sich ruckartig um: »Hanna ... Haben Sie nichts zu tun? Machen Sie die Zimmer fertig, solange die Gäste hier unten sind.« Es ist das erste Mal, dass er die Contenance verliert. Und mit einem Mal wirkt er gar nicht mehr wie der traurige kleine Esel, der einsam auf dem Feld angebunden ist, sondern wie eine Raubkatze in einem Käfig, die sich bereitmacht, über ihren Wärter herzufallen. Doch schon im nächsten Augenblick hat er sich wieder im Griff und schiebt der Direktorin servil einen neuen Espresso rüber. »Bitte sehr, mit angewärmter Tasse.«

Herr von Itzenplitz hört auf, an seinem Hörgerät herumzufummeln. Stattdessen beginnt sein Bärtchen zu zittern. Als Hanna aufstehen will, hält er sie zurück. »Als Werktätige sind Sie nicht machtlos. Wehren Sie sich gegen solche rüden Anweisungen. Ich kann Ihnen die Adresse der Gewerkschaft geben. Die haben hervorragende Beratungsstellen.«

Hanna lacht und steht auf. »Der Chef ist in Ordnung. Ich mag den Job hier, ehrlich.« Sie zwinkert ihm zu. »Ich mache jetzt die leeren Zimmer schick.«

Leere Zimmer? Das bringt mich auf eine Idee.

PAULA

FEINGEFÜHL, EINFÜHLUNGSVERMÖGEN, DEMUT

Unter diesen Bedingungen eine vernünftige Spurenauswertung zu machen ist unmöglich. Es ist völlig primitiv hier, wir haben ja noch nicht einmal ein vernünftiges Mikroskop. Seien Sie froh, dass *ich* hier bin. Ein anderer hätte schon längst alles hingeschmissen.« Spusen-Ali sitzt mit der Lupe im Seminarraum, vor sich den Drohbrief, den Janine Kleinert ihnen gegeben hat. »Andererseits ist es vielleicht auch ein Glück, dass die Stümper aus dem Nettetal hier keinen Zugang haben. Wer weiß, wie die gewütet hätten. Wenigstens konnte sich die Ehefrau des Toten daran erinnern, dass sie einen der Drohbriefe als Lesezeichen in ihr Frauenmagazin gelegt hat.« Er blickt auf. »Herr Körbchen! Wird das heute noch mal was mit dem Klebestreifen?«

Walter versucht, Spusen-Ali ein Stück zu geben, das sich jedoch um seine Hand wickelt. »Moment, ich habe es gleich.«

»Gott, das gibt es doch nicht. Geben Sie mir das rüber, besser, ich mache es selbst.« Er schnappt sich die Packung, zieht geschickt die Folie ab und klebt sie auf den Brief, um einen Fingerabdruck zu sichern. Dann nimmt er wieder die Lupe. »Das ist wirklich unwürdig. Ich bräuchte ein Mikroskop, keine Lupe. Aber glücklicherweise habe ich immer einen kleinen Teil meiner Ausrüstung am Mann, sodass ich nicht völlig auf diese Ansammlung von Inkompetenz angewiesen bin.« Er verstummt, während er konzentriert den Fingerabdruck ansieht und ihn mit einer Aufnahme in seinem Handy vergleicht. »Also: Wir haben mehrere Fingerabdrücke von Kleinert. Er hat sich offenbar keine Mühe gegeben, vorhandene Spuren zu sichern. Um nicht zu sagen, er hat den gesamten Brief mit Abdrücken übersät. Außerdem haben wir zwei Abdrücke seiner Frau darauf. Und dann haben wir den unvermeidlichen Abdruck von Herrn Körbchen. Ich weiß nicht, wann ich zuletzt einen Tatort hatte, an dem ich nicht Ihre Spuren gefunden habe.«

Walter presst die Lippen zusammen. »Janine Kleinert hat mir den Brief in die Hand gedrückt, was sollte ich denn tun?«

»Handschuhe anziehen, bevor Sie etwas anfassen. Immerhin war Ihre Kollegin geistesgegenwärtig genug.«

»Was können Sie uns zu dem Brief an sich sagen?«, rettet Paula Walter, der inzwischen dreinschaut, als wollte er gleich losheulen.

»Leider ist der Umschlag weg, Kleinert war so geistesgegenwärtig, ihn zu entsorgen. Ich sage ja, er war ein Stümper durch und durch. Wir hätten aus dem Poststempel einiges herauslesen können. Vielleicht hätten wir DNA-Rückstände auf der Briefmarke gefunden.

Aber so müssen wir uns an das halten, was wir haben. Was nicht gerade viel ist.« Er hält den Brief vor sich. »Ein Lyriker hat den jedenfalls nicht formuliert. *Wenn Ihr Buch veröffentlicht wird, sind Sie ein toter Mann. Halten Sie Ihre Nase aus der Sache raus.* Also ehrlich: noch blöder geht es nicht.«

»Wissen Sie was über dieses Buch, das Kleinert schreiben wollte?«, erkundigt sich Paula.

»Dieses Projekt trug er seit Jahren mit sich rum. Er wollte signifikante Fälle veröffentlichen, zu deren Lösung er angeblich beigetragen hat. Hat sich schon auf der Bestsellerliste gewähnt. Ein Wunder, dass Dr. Riedel ihm das hat durchgehen lassen. Ich verstehe sowieso nicht, warum sie immer schützend die Hand über Kleinert hielt. Was hat der Mann schon für Dummheiten von sich gegeben, das geht auf keine Kuhhaut … Aber Konsequenzen? Keine. Im Gegenteil: Dr. Riedel hat sich bisher jedes Mal vor ihn gestellt. Unfassbar. Dabei konnte sie ihn nicht leiden und hätte alles dafür getan, ihn feuern zu können.« Vorsichtig legt er den Brief vor sich auf den Tisch.

Paula denkt über das Gehörte nach. Es ist wirklich merkwürdig, wie sehr Dr. Riedel Kleinert verabscheut und ihn gleichzeitig geschützt hat. Sie blickt auf den Brief. »Kann es sein, dass Kleinert mit seinen Recherchen jemandem auf die Füße getreten ist?«

»Dafür müsste er ja ernsthaft recherchiert haben. Bislang habe ich immer nur gehört, dass er ein Buch schreiben *will.* Etwas Fertiges habe ich nicht mal im Ansatz gesehen, und glauben Sie mir, wenn es da was gäbe, hätte Kleinert das mit stolzgeschwellter Brust herumgezeigt. Ich halte den Brief für einen Fake. So ein Drohbrief kann für enorme Publicity sorgen, und es sieht ihm ähnlich, schon jetzt einen großen Marketing-Coup zu planen, obwohl der Text noch nicht mal steht. Im Ernst: Wer sollte Kleinert bedrohen? Dieses Buch ist eine Farce. Er schreibt seit Ewigkeiten dran, und es wird nur eines zeigen, dass er ein Blender war. Seine Tatortprofile, die er uns an jedem Tatort ungefragt verkündete, hatten den Charakter von Wettervorhersagen. Mal trafen sie zu, mal lag er völlig daneben. Aber er hat immer getan, als ob es der Weisheit letzter Schluss war. Grundsätzlich halte ich den Einsatz von speziellen Tatortermittlern für eine sinnvolle Sache. Aber Kleinert hatte von dem Metier keine Ahnung.«

»Wie war er als Mensch?«

Spusen-Ali lehnt sich zurück. »Ein Narzisst. So jemand hat im Polizeidienst nichts zu suchen. Zur guten Polizeiarbeit gehört, dass man sich in jemanden einfühlen kann. Dazu braucht es Empathie.« Sein Blick fällt auf Walter, der noch immer mit dem Klebestreifen kämpft, der ihm inzwischen am Arm hängt. »Oh Gott, Mann, können Sie denn gar nichts?« Mit einem Ruck reißt Spusen-Ali den Streifen ab. Kleine Härchen sind darauf hängen geblieben. Walter reibt sich den Arm und sieht Spusen-Ali mit einem Ausdruck an, den Paula selten bei ihm sieht. Wut.

»Jedenfalls«, fährt Spusen-Ali ungerührt fort, während er den Klebestreifen mit spitzen Fingern in den Papierkorb wirft, »fehlte Kleinert alles, was einen guten Tatortermittler ausmacht: Feingefühl, Einfühlungsvermögen, Demut. Er war aufbrausend und egoman. Ich wiederhole: So jemand gehört nicht in den Polizeidienst.«

Walter sieht Spusen-Ali weiter wütend an und öffnet den Mund, um etwas zu sagen. Aber als er Paulas warnenden Blick bemerkt, schließt er ihn wieder. Sie kann sehen, wie schwer es ihm fällt.

Spusen-Ali tütet den Brief ein, steht auf und legt ihn auf einen Tisch, der behelfsmäßig als Asservatenkammer dient. »Viele Spuren haben wir nicht gerade. Bei den Voraussetzungen hier ist das ja kein Wunder. Noch dazu, wenn man nur von Laien umgeben ist.«

Walter steht langsam auf. »Seien Sie froh, dass Ihnen überhaupt jemand hilft«, presst er hervor. »Was ist eigentlich mit dem Smartphone des Toten? Haben Sie das ausgewertet?«

Oh, oh. Selten hat Paula Walter so wütend gesehen. Es ist völlig untypisch für ihn, aber mit jeder misslungenen Torte scheint er reizbarer zu werden. Nun steht er vor Spusen-Ali, die Wangen knallrot angelaufen. »So schwierig kann es ja nicht sein, ein einfaches Handy auszuwerten. Wenn Sie es nicht können, mache ich das eben.«

Paula sieht, wie Spusen-Ali erstarrt und sich dann langsam zu Walter rumdreht. Überraschung spiegelt sich in seinem Gesicht. »Bitte?«

Walter nestelt an seiner Brille. »Das haben Sie schon verstanden. Das Handy des Toten. Wen hat er angerufen? Hat ihn jemand vielleicht per SMS bedroht? Grundlagen der Polizeiarbeit. Oder ist das zu viel verlangt?« Er starrt dem Ermittler provozierend in die Augen.

Für einen Moment ist Spusen-Ali sprachlos. Dann fängt er schallend an zu lachen. »Herr Körbchen … Ich wusste doch, dass Sie irgendwann einmal aus sich rauskommen. Bravo!« Er klopft ihm auf die Schulter. Doch die beruhigende Geste währt nur kurz. Im nächsten Moment verengen sich seine Augen. »Kommen Sie mir bloß nicht in die Quere, Sie fassen das Handy nicht an. Ich kümmere mich darum, sobald ich mit dem Drohbrief fertig bin.« Dann dreht er sich zu der improvisierten Asservatenkammer um und beginnt, die Tüten zu sortieren.

COSMA

EIN DÜSTERES GEMÄLDE MIT GEHEIMNIS

Es ist wirklich wunderbar friedlich in so einem Hotel, wenn alle Gäste in der Bar oder im Seminarraum beschäftigt sind. Fast ausgestorben. Das Zimmermädchen hat sich einen Wagen mit Putzmitteln und einen Staubsauger geschnappt und ist, einen Popsong trällernd, in den ersten Stock gegangen. Womit uns die zweite Etage zur Verfügung steht. »Kommen Sie, das Zimmer des Toten ist gleich da vorne.« Ich deute über den Flur.

»Aber, Frau Cosma, Paula hat ausdrücklich gesagt, wir sollen in der Bar bleiben. Sie hat sicherlich nicht gewollt, dass wir das Zimmer des Toten untersuchen.«

»Ich finde es aufregend. Und du auch, nicht wahr, Alfilein?« Gerda tänzelt an uns vorbei, ihr folgt mit hoch erhobenem Schwanz unser Kater. Die beiden sind wahre Entdeckernaturen. An der Tür angekommen, zieht sie einen Eisenring mit Dietrichen heraus. »Soll ich?« Mit glänzenden Augen sieht sie mich an.

Herr von Itzenplitz stellt sich demonstrativ vor die Tür. »Die Polizei hat den Raum versiegelt. Ich denke, wir sollten dieses Zeichen der Staatsmacht respektieren.«

Einen solchen Einwand hatte ich erwartet. Aber rein zufällig kann ich Herrn von Itzenplitz Gewissen beruhigen. »Wir machen einfach nachher ein neues Siegel drauf.« Nicht ohne Stolz hole ich den Siegelstreifen aus einer der Taschen meines Capes.

»Woher haben Sie das?«

Ich zucke mit den Schultern. »Das hat die Polizei mir für solche Fälle überlassen.« Nun ja, überlassen ist vielleicht nicht der richtige Ausdruck. Aber das Siegel schaute aufreizend aus Walters Tasche, als er uns gestern Nacht in die Lobby gebracht hat.

Herr von Itzenplitz sieht nicht vollständig überzeugt aus. Aber in solchen Momenten hilft nur eins: Tatsachen schaffen. Ich schlüpfe an ihm vorbei, schiebe ihn ein wenig zur Seite und deute auf die Tür. »Gerda – walten Sie Ihres Amtes.«

»Jeht dat überhaupt mit nen Dietrich?«, fragt Eddi. »Dat is doch ein Checkkarteschloss.«

Ich werfe einen Blick auf die Tür. Verdammt. Er hat recht. Die Technik heutzutage ist wirklich eine Geißel der Menschheit.

»Und nun?« Alle sehen mich fragend an.

Ich überlege. Dann hebe ich den Finger. »Das Zimmermädchen. Sie hat eine Generalkarte. Wir müssten sie nur kurz ablenken, leihen uns die Karte aus, und schon können wir rein.«

Ich sehe Herrn von Itzenplitz an, dass er diesen Vorschlag ebenfalls nicht gutheißt. »Damit würden wir die junge Frau belasten. Ihr Arbeitgeber könnte sie deswegen verwarnen.«

»Wir würden ihr die Karte ja sofort zurückgeben«,

wende ich ein. »Der Hotelier wird es gar nicht merken.«

Herrn von Itzenplitz' Bärtchen fängt an zu zittern. »Frau Cosma – wir müssen das Proletariat stärken, es dahin führen, dass es sich seiner Macht bewusst wird. Und das junge Mädchen nicht schutzlos einem Ausbeuter ausliefern.«

»Wie ein Ausbeuter sieht mir der Hotelier eigentlich nicht aus.«

Herr von Itzenplitz öffnet den Mund, und ich fürchte schon, dass es zu einer Grundsatzrede kommt. Aber stattdessen wirft Eddi etwas ein. »Dat sollten wir auch anschaffen.«

Herr von Itzenplitz ist irritiert und ich zugegebenermaßen auch. »Was meinen Sie, Eddi?«

»Dat da vorne.« Er weist auf ein dunkles Ölgemälde mit einem Mann im schwarzen Anzug, der in Denkerpose an einem riesigen Schreibtisch sitzt und uns böse anstarrt.

»Sie möchten ein Ölgemälde?« Ich muss sagen, ich bin ein wenig überrascht. Bisher wusste ich nichts von Eddis Interesse an düsterer Kunst.

Eddi steht vor dem Porträt und betrachtet es begeistert. »Dat is der Wahnsinn.«

Alfred streicht um Gerdas Beine. Die nimmt ihn hoch, stellt sich neben Eddi und betrachtet das Bild. Dann sagt sie zu unserer Überraschung. »Das ist echt der Hammer. Absolut Bombe.«

Herr von Itzenplitz und ich sehen uns an. Mit Schaudern stelle ich mir vor, wie Gerda und Eddi ein düsteres Gemälde in unserer Küche aufhangen. Herr von

Itzenplitz muss den gleichen Gedanken gehabt haben. Er räuspert sich. »Nun ja, mein lieber Eddi. Es ist vielleicht ein wenig groß für unsere Wohnung.«

»Und dunkel«, ergänze ich. Ich bin ja für vieles offen. Aber nicht für ein Porträt, in dem Erdbraun schon als farbenfroh gelten muss.

»Nein, doch nicht dat Porträt«, sagt Eddi zu meiner großen Erleichterung. »Sondern dat da.« Er deutet auf das Gesicht des Mannes in Öl. Herr von Itzenplitz und ich treten näher.

Und dann sehen wir es auch.

Im Auge des Gelehrten ist die Linse einer Kamera versteckt.

COSMA

WIE SOLL MAN DENN SO BEWEISE SICHERN?

Die Kamera ist so winzig, dass sie kaum zu sehen ist. Sie wirkt wie ein Lichtglanz auf der Pupille.

»Dat is wirklisch der Wahnsinn«, sagt Eddi begeistert. »Die is noch kleiner als meine.«

Mir ist augenblicklich klar, was das für unsere Ermittlungen bedeutet: »Auf den Aufnahmen der Kamera muss zu sehen sein, wer in das Zimmer vom Profiler gegangen ist!«

Alfred springt sofort den Flur hinunter Richtung Treppe. »Wo will er denn hin?«, fragt Gerda erstaunt.

»Zur Rezeption natürlich«, erläutere ich. »Die Aufnahmen müssen im Büro des Hoteliers liegen.«

Herr von Itzenplitz streicht über sein Bärtchen, und ich mache mich auf Bedenken gefasst. Aber zu meinem Erstaunen sagt er: »Wir sollten die Videos sofort sichten!«

Mein Erstaunen muss sich in meinem Gesicht widerspiegeln, denn er ergänzt: »Zur Beweissicherung.«

»Absolut richtig, mein Lieber«, sage ich, auch wenn ich so gut wie sprachlos bin. Obwohl Herr von Itzenplitz ein Ermittlerherz hat, fällt es ihm doch hin und wieder schwer, die notwendigen Maßnahmen durchzuführen, insbesondere wenn sie die eine oder andere klitzekleine Gesetzesübertretung beinhalten. Umso mehr bin ich begeistert, dass er diesmal sofort mit von der Partie ist.

Wir eilen die Treppe hinunter Richtung Rezeption. Doch auf halber Strecke hören wir plötzlich Flüstern und stoppen sicherheitshalber. Ich linse um die Ecke. Das Zimmermädchen steht vor einer Besenkammer im ersten Stock. Neben ihr der Putzwagen, der noch ebenso unberührt wirkt wie der Staubsauger. Weit scheint sie bei der Zimmerreinigung nicht gekommen zu sein. Sie flüstert in ihre Hand, und ich brauche einige Sekunden, um zu begreifen, dass sie ihr Handy hält. »Nein, ich habe sie nicht gefunden. Sie sind wie vom Erdboden verschluckt.« Sie lauscht in ihr Telefon. Rollt dann mit den Augen. »Ist mir klar, dass die irgendwo sein müssen. Ich suche mir ja schon den Wolf. Aber das ist gar nicht so einfach … Moment.« Alfred schlängelt sich an ihr vorbei. Sie sieht ihm nach, sagt dann lauter ins Telefon: »Wie gesagt, ich bleibe dran, Chef. Sobald ich es gefunden habe, melde ich mich.« Sie packt das Handy weg, nimmt sich den Wagen und murmelt: »Niemand hat Handyempfang, und ausgerechnet mein Anbieter funktioniert. Als ob ich nichts Besseres zu tun hätte, als zu telefonieren.« Dann bemerkt sie uns. »Ich bin leider noch nicht fertig mit den Zimmern«, sagt sie entschuldigend. »Ständig hält der Chef mich auf. Ein Paar hat letzte Woche die Hochzeitsringe verloren, und jetzt liegt mir der Chef in den

Ohren, ob ich sie gefunden habe.« Sie schnappt sich den Staubsauger. »So, dann will ich mal.«

Ich frage mich, warum sie niemandem gesagt hat, dass sie noch Handyempfang hat. Die Kriminaldirektorin wäre bestimmt sehr erfreut darüber gewesen. Andererseits: Warum sollte sie der Direktorin einen Gefallen tun?

Herr von Itzenplitz nickt dem Mädchen zu. »Seien Sie unbesorgt. Wir werden Sie unterstützen.«

Hanna bleibt stehen. »Sie wollen staubsaugen?«

Ich schiebe Herrn von Itzenplitz die Treppe hinunter, bevor er noch etwas sagen kann. »Wir haben es leider eilig! Vielleicht später«, rufe ich. Eddi und Gerda folgen mir stante pede.

Alfred ist schon vor uns da. Mit einem eleganten Sprung hechtet er auf die Rezeption, läuft dort einmal auf und ab, als würde er etwas suchen. Plötzlich erscheint der Kopf des Hoteliers von unten. Ich kann meine Truppe gerade noch aufhalten und hinter eine Ecke drücken.

»Nanu, was machst du denn hier?« Der Hotelier streichelt Alfred sanft über den Rücken. Unser Kater beginnt zu schnurren. Er ist wirklich ein Superermittler, lullt den Verdächtigen ein. Auch wenn ich mir nicht sicher bin, mit welchem Ziel. Denn eigentlich hatte ich gehofft, dass der Hotelier in der Bar ist und nicht an der Rezeption. Er versperrt uns den Weg in sein Büro. Und da ist es wenig hilfreich, wenn Alfred ihn auch noch am Empfangstresen festhält. Der Hotelier streichelt ihn noch einmal. »Du suchst wohl Loretta, was? Die ist im Büro, da lasse ich dich bestimmt nicht rein.« Er krault Alfreds Ohren, der seinen Körper an ihn schmiegt.

Ich ziehe den Kopf wieder zurück und wende mich an meine Mannschaft. »Wir müssen den Hotelier von der Rezeption weglocken, damit wir in sein Büro können.«

Sie nicken. »Und wie?«

Gute Frage. Ich denke nach. Und dann habe ich plötzlich eine Idee.

COSMA

HERR VON ITZENPLITZ ÜBERRASCHT MICH

Ich soll *was*?« Gerda sieht mich mit großen Augen an.

»Sie müssen ihn nur bitten, ein wenig aus dem Hotelleben zu erzählen. Als Recherche für Ihren neuen Roman.«

»Der spielt nicht in einem Hotel.« Gerda verschränkt die Arme vor der Brust.

»Könnte er aber.«

»Ich will nicht.«

»Es ist doch nur ein Gespräch. Fragen Sie ihn, seit wann er das Hotel besitzt, wie die Gäste sind, was hier sonst noch passiert ist. Egal was. Hauptsache, Sie führen ihn weit weg von seinem Büro. Und vielleicht bekommen Sie auch noch etwas zu dem Fall raus. Was wäre, wenn der Profiler nicht das erste Opfer in diesem Hotel ist?« Gar keine schlechte Überlegung, wie ich finde. »Stellen Sie sich nur vor: Der Hotelier begrüßt seine Gäste freundlich, wirkt immer ein wenig traurig, sodass man fast Mitleid mit ihm hat. Aber in seinem Inneren tobt ein Monster, das danach lechzt, zu morden. Er wartet auf die Nacht, schleicht sich hoch zu den Zimmern … und tötet!«

Gerda schüttelt vehement den Kopf. »Ich will mich nicht mit ihm treffen!«

Vielleicht war es nicht so gut, meine Überlegungen laut auszusprechen. »Andererseits … er könnte auch ganz einfach ein kultivierter, einsamer Mensch sein, der in diesem verlassenen Moor lebt, mit Gästen, die kommen und gehen. Er sehnt sich nach Nähe, aber schlechte Erfahrungen in der Vergangenheit haben ihn vorsichtig werden lassen. Nur die Katze bleibt ihm als Gesellschaft.«

Gerda sieht mich nachdenklich an. »Meinen Sie?« Das klingt schon nicht mehr ganz so ängstlich.

»Ich halte es für wahrscheinlich.« Zumindest für genauso denkbar wie, dass er ein irrer Mörder ist, der nachts seine Gäste abmurkst.

Ganz überzeugt ist Gerda aber noch nicht. Deswegen ergänze ich: »Während ich mit Herrn von Itzenplitz in das Büro gehe, bleibt Eddi in Ihrer Nähe. So sind Sie völlig sicher, Ihnen wird nichts passieren.«

»Aber isch will dat Video auch sehen. Immerhin hab isch die Kamera entdeckt.«

»Irgendjemand muss aber auf Gerda aufpassen. Und dafür sind Sie bestens geeignet. Wer von uns sonst hat die Fähigkeit, wie ein Spion aus der Ferne zu observieren?«

Eddi nickt zögerlich. »Vielleicht keine so schlechte Idee. Isch hätte da wat, dat ich ausprobieren wollte.«

Aber Gerda zeigt sich noch bockig. »Ich will aber mit dem Hotelier nicht über Hotels reden. Das ist langweilig.«

»Sie könnten sich über Katzen unterhalten, meine

Liebe. Oder über Udo Jürgens«, wirft Herr von Itzenplitz ein. »Ich glaube, unser Hotelier hat ein Faible für Schlager.« Ich muss sagen, Herr von Itzenplitz überrascht mich heute. Ich hätte niemals erwartet, dass er Gerda zu einer derartigen Unternehmung überredet.

Gerda überlegt. Dann sagt sie gedehnt: »Also gut, ich mache es. Aber wenn er mich in einen finsteren Keller führt und abschlachtet, ist das Ihre Schuld.«

»Isch pass auf Sie auf«, versichert Eddi. Er zieht ein komisches Gerät aus der Tasche, das wie ein Feuchtigkeitsmesser aussieht, und hält es wie eine Waffe vor sich.

»Was ist das?«, frage ich misstrauisch. Denn ich bin Pazifist und lehne unnötige Gewalt grundsätzlich ab.

»Ein Elektroschocker.« Eddi strahlt mich an.

Ich beuge mich interessiert vor. »Ach wirklich? Darf ich mal?«

PAULA

DIE WIRKUNG VON MOORJITO

Dr. Frauke Riedel sitzt mit übereinandergeschlagenen Beinen an der Theke der Hotelbar. Vor ihr steht ein volles Cocktailglas mit Strohhalm und Schirmchen. Sie tippt auf ihrem Handy herum, schiebt es dann mit einem Ruck weg. »Verdammt.«

»Frau Dr. Riedel? Ich muss Sie sprechen.« Paula setzt sich zu ihr, Walter stellt sich neben sie, von der Auseinandersetzung mit Spusen-Ali noch immer hochrot. Er macht den Eindruck, als könne er nach wie vor nicht fassen, was er gerade getan hat. Auf dem Weg zur Bar hat er ständig wiederholt: *Ich muss lebensmüde sein. Lebensmüde. Er wird mich umbringen. Ganz sicher.*

Dr. Riedel nimmt mit spitzen Fingern das Schirmchen aus ihrem Cocktailglas, betrachtet es kurz, dann wirft sie es auf die Theke neben ihr Handy. »Von mir aus. Ich kann sowieso nicht arbeiten. Das WLAN funktioniert immer noch nicht. Noch nicht einmal ganz normales Telefon. Es ist wie in der Steinzeit in diesem verdammten Kaff!«

Paula legt Kleinerts eingetüteten Taschenkalender vor sich und blättert ihn auf. »Wir haben einige Fragen, bei denen Sie uns vielleicht helfen können. Wir sind in diesem Kalender auf viele Termine mit immer der gleichen Person gestoßen. Zum Beispiel hier: *21.10. 15 Uhr*, ebenso am *27.10. 20 Uhr*, am darauffolgenden Tag um *19 Uhr*. Alle Termine sind mit *FR* gekennzeichnet. Können Sie sich vorstellen, wer sich da mit wem getroffen hat?«

KD Riedel runzelt die Stirn. »Zeigen Sie mal her.« Sie blättert in dem Kalender, dann schnappt sie: »Das sind Termine mit mir. Und vermutlich haben Sie sich genau das gedacht, sonst wären Sie nicht hier.«

Walter wippt auf seinen Fußballen auf und ab. »Das waren aber ganz schön viele Termine. Da könnte man fast auf falsche Gedanken kommen.«

Im nächsten Moment breitet sich eisige Kälte im Raum aus. KD Riedel mustert Walter sehr geringschätzig und sehr langsam von oben bis unten und wieder zurück. »Wollen Sie damit etwas unterstellen?«

Walter macht einen Schritt rückwärts. »Ich mein ja nur. Ist halt auffällig, mehr nicht.«

»Ich hatte kein Verhältnis mit ihm, wenn Sie das andeuten wollen. Allein die Vorstellung führt bei mir zu Brechreiz. Kleinert war niemand, mit dem ich mehr Zeit als notwendig verbracht habe.«

»Trotzdem haben Sie sich allein im vergangenen Monat dreizehnmal getroffen«, wirft Paula ein.

»Gezwungenermaßen.« Riedel dreht das Schirmchen zwischen ihren sorgfältig manikürten Fingern. »Wissen Sie, mit wem Kleinert seit der Grundschule befreundet ist? Mit unserem Innenminister. Die beiden sind allerbeste Freunde, ein Herz und eine Seele. Kleinert sollte sich gegenüber dem Minister für eine meiner Ideen einsetzen. Politik fragt nun mal nicht nach Qualität, sondern wer wen kennt und wer wem noch einen Gefallen schuldet.« Es klingt verbittert. Sie nimmt einen großen Schluck von dem Cocktail.

»Um was ging es?«

Die Kriminaldirektorin wendet sich vollständig Paula zu. »Spezialteam M. Ich arbeite daran, dass wir als erstes Bundesland eine Spezialistentruppe aufstellen, die zu Morduntersuchungen hinzugezogen wird. Die Zeit ist längst reif für so einen Schritt, das weiß auch der Innenminister. Was noch lange nicht heißt, dass er den Vorschlag unterstützt, schließlich muss er erst einmal abwägen, ob sich damit parteipolitisch punkten lässt. Kleinert hat ihm aber bestens erläutert, wie gut sich das Thema gegenüber der Öffentlichkeit darstellen lässt: Als *effektive Waffe gegen Mörder und andere Verbrecher, endlich ein Minister, der was tut, statt nur zu reden.* Kleinerts Fürsprache hat beim Innenminister Interesse geweckt.«

»Und welchen Gefallen haben Sie Kleinert im Gegenzug getan?«

Frauke Riedel lacht auf. »Ich sehe, Sie wissen, wie es funktioniert.« Die Direktorin dreht ihr Cocktailglas. »Gott, Mojito mit Kräuterschnaps. Der Hotelier nennt es Moorjito. Grauenhaft.« Sie nimmt einen Schluck. »Wir alle wissen, wie geltungssüchtig Kleinert war. Deswegen ist er auch so versessen auf dieses Buchprojekt. Dass ich meine schützende Hand bei dem Projekt über ihn halte, war Teil unseres Deals. Er macht Gutwetter beim Innenminister für das Spezialteam M, ich genehmige, dass er – natürlich anonymisiert – echte Fälle verwendet.«

»Um was für Fälle handelt es sich dabei?«

Sie zuckt mit den Schultern. »Keine Ahnung, er hat mir eine Liste eingereicht, aber ich habe sie mir nicht genau angesehen. Solange er keinen Beteiligten namentlich nennt, hatte ich nichts einzuwenden.«

Paula fragt sich, ob KD Riedel das Buchprojekt wirklich so locker nimmt, wie sie vorgibt. Eigentlich ist sie dafür bekannt, jede Pressemeldung vor Erscheinen gegenzulesen und mit pingeligen Änderungen zu versehen. Warum also lässt sie Kleinert über reale Fälle der Polizeiarbeit berichten, ohne alles auf Herz und Nieren zu prüfen oder sich zumindest die Fälle anzusehen? Das passt so gar nicht zu ihr. Liegt es wirklich nur an Kleinerts Kontakten zum Innenminister? Oder steckt etwas anderes dahinter? Paula beschließt, das Thema fürs Erste fallen zu lassen und sich auf anderem Wege zu nähern. »Wie kam Kleinert mit den Kollegen aus?« Im Grunde weiß Paula die Antwort, aber sie will hören, welche Einschätzung die Direktorin dazu hat.

Die ist überraschend offen. »Kleinert war ein Egomane. Die Kollegen haben ihn im besten Fall ignoriert, im schlechtesten gehasst. Nur Doris kam halbwegs mit ihm aus, aber die zählt nicht, die könnte sogar mit Donald Trump zusammenarbeiten. Konflikte sind nicht ihre Stärke. Obwohl selbst sie zwischendurch genug hatte, sie hat einen Versetzungsantrag gestellt, aber keinen Tag später hat sie ihn wieder zurückgezogen. Ich wette, Kleinert hat sie um den Finger gewickelt. Mir war es recht. Zusammen sind die beiden einigermaßen tragbar. Sie ist ein schüchternes, aber fleißiges Bienchen, und er sorgt für den großen Auftritt. Doris ist vermutlich die Einzige, die den Tod Kleinerts bedauert. Sie fürchtet wahrscheinlich schon jetzt, wen wir ihr vor die Nase setzen.«

»Sie wird die Stelle von Kleinert nicht übernehmen?«, fragt Paula überrascht.

Die Direktorin bedenkt sie mit einem finsteren Blick. »Ich bitte Sie. Doris ist nun wirklich niemand, den ich in eine Pressekonferenz schicken kann. Wir brauchen für den Posten eine Persönlichkeit, keine graue Maus.« Sie dreht ihr Cocktailglas. »Als Ermittlerin ist sie gut. Ich werde ihr jemanden zur Seite stellen, der die repräsentativen Aufgaben übernehmen kann. Das ist für alle das Beste. Damit dürfte die Abteilung auch endlich aus der Schusslinie kommen.«

»Sie meinen wegen der Kritik an Kleinerts Arbeit?«

»Er hat einige spektakuläre Fälle gelöst und jeden spüren lassen, dass ihm niemand das Wasser reichen kann. Gegenüber der Presse hat er hervorragend agiert. Genau so jemanden brauchen wir. Als Polizei müssen wir heutzutage mehr denn je darauf achten, dass wir ein gutes Bild abgeben. Aber damit konnten einige Kollegen offenbar nicht umgehen.«

»Jemand im Speziellen?«

Die Direktorin schüttelt den Kopf. »Da kann sich fast das gesamte Präsidium anstellen. Kleinert war nicht gerade auf Kompromisse aus.« Ein Lächeln spielt um Riedels Lippen. Paula hat das Gefühl, dass jetzt eine Information kommt, die sich die Direktorin extra bis zum Schluss aufgehoben hat. »Haben Sie sich eigentlich mit Kleinerts Ehefrau näher unterhalten?«

Paula weiß, dass die Direktorin auf eine Antwort

wartet, aber sie hat keine Lust, das Spiel mitzuspielen. Wenn sie etwas weiß, soll sie es sagen. Betont gelangweilt wendet Paula den Blick ab. Sie bemerkt Doc Fischgrät, der draußen am Fenster vorbeigeht. Er hat einen von Alis Schutzanzügen an und steuert mit beschwingten Schritten Richtung Hof.

Frauke Riedel lässt die Pause kurz stehen, dann fährt sie fort: »Ich habe ja nie verstanden, dass er sich überhaupt auf sie eingelassen hat. Aber eines muss man Janine lassen: Sie ist ungemein schmückend. Genau das Richtige für Kleinerts Ego. Nicht zu viel Intelligenz, dafür ansehnlich. Selbst bei ihrer Vorgeschichte.« Die Rolle der missgünstigen Tratschtante steht ihr nicht besonders. Anscheinend war der Moorjito stärker als angenommen und lässt die kalte Selbstbeherrschung bröckeln, mit der sich Frauke Riedel sonst umgibt. »Der Fall ist natürlich nicht durch alle Gazetten gegangen damals, nur die wenigsten wussten davon.«

»Fall?« Paula sieht Riedel mit wachsender Ungeduld an.

»Janine war vor Kleinert mit einem sechzigjährigen Unternehmer verheiratet, den sie auf Ibiza beim Urlaub kennengelernt hatte. Angeblich die ganz große Liebe, innerhalb von drei Monaten waren die beiden verheiratet. Doch dann hat ihr Mann herausgefunden, dass er nicht der Einzige in Janines Leben war. Sie hat sich immer wieder mit anderen Männern getroffen. Er wollte die Scheidung. Janine hatte einen Ehevertrag unterschrieben, sie hätte vor dem Nichts gestanden.«

»Und?«

»Janine schwört, es war ein Unfall. Aber wenn Sie

mich fragen: Sie wollte sich das Erbe sichern. Das sich dann übrigens als nicht ganz so hoch wie erwartet herausgestellt hat. Der Unternehmer stand kurz vor der Pleite. Wenn das eher herausgekommen wäre, würde er vielleicht noch leben.«

Nun hat die Direktorin Paulas volle Aufmerksamkeit. KD Riedel schiebt ihr leeres Glas weg und wendet sich auf ihrem Sitz zu Paula um. »Janines Mann ist betrunken die Treppe hinuntergestürzt. Genickbruch, er war sofort tot. Interessant, wie die beiden Fälle sich gleichen, nicht wahr?«

PAULA

GERÜCHTEKÜCHE

Paula ist in Gedanken bei den Worten von Frauke Riedel, während sie durch die Lobby Richtung Westflügel zum Seminarraum geht. Janine Kleinerts erster Mann ist die Treppe hinuntergestürzt. Und nun ist ihr zweiter Mann ebenfalls bei einem Sturz umgekommen. Janine ist zwar um einiges leichter als Kleinert, aber er war betrunken und zusätzlich durch das Schlafmittel geschwächt. Bei der niedrigen Brüstung hätte ein Schubs gereicht. Was hatte Janine direkt nach der Tat gesagt? *Er ist so unausstehlich, wenn er diese Phase hat.* Es könnte einen Streit gegeben haben, sie versetzt ihm einen Stoß, er stürzt in den Tod.

»Frau Hauptkommissarin?« Paulas Chef steht plötzlich vor ihr. Er hat eine Anglerzeitschrift in der Hand und sieht sich suchend um. »Haben Sie den Kollegen Nazik irgendwo gesehen? Ich wollte ihm diesen Bericht über Kormorane zeigen.« Er hält das Heft hoch.

Paula braucht eine Sekunde, um sich zu sammeln. »Der ist im Seminarraum. Aber wo ich Sie hier treffe, ich habe eine Frage. Sie kennen Janine Kleinert doch schon länger.«

Ihr Chef zuckt mit den Schultern. »Wie man sich

halt so kennt. Ich hatte nie besonders viel mit ihr zu tun.«

»Wissen Sie etwas über den Unfall von Janine Kleinerts erstem Mann?«

Lorenz lässt die Anglerzeitung sinken. »Ach Gott, das hatte ich ganz verdrängt. Ich war damals in die Ermittlungen nicht involviert. Aber soweit ich weiß, war der Mann angetrunken und hat eine Stufe verfehlt. Brach sich beim Sturz auf einer Marmortreppe das Genick.«

»Gab es Zeugen?«

Der Kriminalrat schüttelt den Kopf. »Es gab nur Janines Aussage. Die Kollegen sind von Eigenverschulden ausgegangen, für einen anderen Verdacht gab es keinerlei Indiz. Kleinert hat Janine erst später kennengelernt, als der Fall längst abgeschlossen war.« Er sieht Paula an. »Lassen Sie mich raten, wer Ihnen die Geschichte erzählt hat: Kriminaldirektorin Riedel. Sie hat Kleinert nie leiden können.«

»Trotzdem hat sie eng mit ihm zusammengearbeitet.«

»So eng wie ein Wolf und ein Fuchs, die in einem Käfig sitzen. Hin und wieder hat sie sich der ausgezeichneten Kontakte Kleinerts zu unserem Innenminister bedient.« Er geht langsam den Gang entlang, in dem ein düsteres Porträt auf das nächste folgt.

»Ich hörte davon.« Paula hat das Gefühl, als würden ihr die Blicke der Porträtierten folgen. Ein eiskalter Schauer läuft ihr über den Rücken.

»Kleinert hat die Situation weidlich auszunutzen gewusst. Er hat Dr. Riedel damit immer wieder gerne unter Druck gesetzt. Warum sonst hätte sie ihm den Verlagsvertrag vermitteln sollen?«

»Frauke Riedel hat ihm den Buchvertrag vermittelt?« Paula bleibt überrascht stehen und sieht ihren Chef an.

Der zuckt mit den Schultern. »Dr. Riedels Bruder ist Lektor bei einer Verlagsgruppe. Und bei dem hat Kleinert sein Manuskript untergebracht. Kleinerts Buchprojekt war nicht das einzige Entgegenkommen Riedels. Es gab immer wieder kleine Gefälligkeiten. Aber da hat wohl eine Hand die andere gewaschen. Merkwürdig, dass sie dennoch versucht hat, Kleinert loszuwerden.« Sie sind an der ausladenden Eichenholztreppe angekommen.

Paula bleibt stehen. »Was meinen Sie damit?«

Ihr Chef streicht über sein Jackett. »Sie wollte ihn nach Hamburg abschieben. Ein Tauschgeschäft. Wir bekommen den Doc, die nehmen dafür Kleinert. Zuerst sah alles ganz gut aus, Kleinert sollte eine eigene Abteilung in der Hansestadt bekommen. Prestige und Ehre für ihn. Aber dann hat seine Janine sich geweigert, aus Düsseldorf wegzuziehen. Was ich gut verstehen kann. Wer tauscht schon das Wetter in Hamburg gegen das in Düsseldorf? Es geht nun mal nichts über unser mediterranes Rheinklima.«

Paula sieht, wie Ole in die Lobby kommt. Mit ihm wirbelt der Sturm Laub und Dreck von draußen herein, er wirft schnell die Tür zu. Der weiße Schutzanzug, in dem sie ihn vorhin über den Hof hat gehen sehen, ist völlig verdreckt. Er bleibt stehen, setzt sich auf die Eichenbank an Eingang und zieht den Anzug aus.

Lorenz ist Paulas Blick gefolgt. »Ah, der Kollege Fischer. Ein wirklich angenehmer Mensch. Mit ihm haben wir einen guten Fang gemacht. Und Gerüchte sind eben Gerüchte. Man sollte nichts darauf geben.«

Die Kriminaldirektorin kommt aus der Bar in die Lobby, in der Hand einen weiteren Moorjito mit Schirmchen. Sie sieht den Doktor und geht mit lasziven Schritten auf ihn zu.

»Was für Gerüchte?«, fragt Paula überrascht.

»Genaues weiß ich auch nicht, und wie gesagt, wir haben Glück gehabt. Fischer hat exzellente Qualifikationen, und mir erscheint er recht umgänglich. Da ist es doch egal, weswegen ihn Hamburg loswerden wollte und sogar Kleinert in Kauf genommen hätte. Schließlich dürften selbst die Kollegen im Norden von Kleinerts Ruf gehört haben.«

Das perlende Lachen der Direktorin klingt zu ihnen herüber und übertönt das Pfeifen des Windes. Sie scheint sich bestens mit Ole zu amüsieren, der inzwischen in Cordhose und Hemd dasteht, den Schutzanzug zusammengeknüllt in der Hand. Paula ignoriert das stechende Ziehen in ihrer Magengegend, als sie sieht, wie die Direktorin ihn ganz offensichtlich anflirtet. »Vielleicht fehlte denen ein versierter Profiler.«

»Nein, die haben doch Bunsenmeier dort, die sind bestens ausgestattet. Aber offenbar ist Fischer jemandem auf die Füße getreten. Um nicht zu sagen, mehreren Personen.«

»Und das heißt?«

»Genaues weiß ich auch nicht. Aber ich vermute, Frauengeschichten. Was sonst?«

COSMA

SÜSSE KÄTZCHEN

Gewalt ist wirklich keine Lösung«, sage ich mit zitternder Stimme und lehne mich an die grob geputzte Wand.

»Das sehe ich ganz genauso.« Herr von Itzenplitz schaut mich vorwurfsvoll an. Dann hebt er mit spitzen Fingern den Elektroschocker vom Terrazzoboden auf, nimmt die Batterien heraus und steckt sie ein. Anschließend hilft er Eddi hoch.

Unser Mitbewohner wirkt noch etwas benommen. »Wat ist passiert?«

»Sie sind versehentlich an das Gerät gekommen«, sage ich. Ich konnte schließlich nicht ahnen, dass das Ding sofort losgeht, wenn man den Knopf drückt. Das ist gemeingefährlich.

Eddi wirkt gar nicht wütend, sondern eher interessiert. »Ehrlisch? Isch wollte schon immer wissen, wie dat is.« Er nimmt Herrn von Itzenplitz den Elektroschocker ab und betrachtet ihn glücklich.

»Wir sollten das Gerät der Polizei übergeben«, sagt Herr von Itzenplitz.

Eddi drückt den Taser an sich. »Dat is janz legal erworben. Die Waffe kann doch nix dafür. Dat war doch nur ein Versehen.«

Er klingt wie Gerda, wenn sie Alfreds Benehmen entschuldigt.

»Es ist eine Waffe. Punkt.« Herr von Itzenplitz macht nicht den Eindruck, als würde er diskutieren wollen. Ich bin in diesem Fall einer Meinung mit ihm. Aber Eddi lässt den Taser in seine Tasche gleiten. »Wir sollten jetzt losgehen. Unsere Mission.« Er deutet schwankend Richtung Rezeption.

Herr von Itzenplitz sieht ihn zweifelnd an. »Sind Sie denn dazu in der Lage?«

Eddi nickt. »Dat jeht!« Er marschiert los.

»Aber, Eddi, die Rezeption ist in die andere Richtung!«

»Natürlisch.« Eddi macht auf dem Absatz kehrt. Wir können ihn gerade noch abhalten, um die Ecke zu stürmen.

»Stopp, er darf Sie doch nicht sehen.« Gerda zieht Eddi zurück.

Der lehnt sich an die Wand, gleitet dann sanft daran herunter. »Isch muss nur mal kurz verschnaufen.« Sein Blick ist glasig. Herr von Itzenplitz wirft mir einen weiteren vorwurfsvollen Blick zu.

Wir lassen Eddi noch eine Weile durchatmen und beobachten währenddessen den Hotelier. Er steht an der Theke und tippt etwas in seinen Rechner ein. Die Bürotür hinter ihm ist geschlossen. Alfred sitzt auf der Theke und starrt dorthin. Er ist wirklich ein abgebrühter Ermittler, unser Kater.

Herr von Itzenplitz ist in Gedanken schon bei unserer Mission. »Meinen Sie, er hat Video 2000? Mit VHS kenne ich mich nicht so gut aus.«

Eddi stemmt sich an der Wand hoch. »Isch denke,

wir sollten umdisponieren. Herr von Itzenplitz jeht mit Frau Gerda mit, ich unterstütze Frau Cosma.«

Gerda zögert einen Moment, dann sagt sie: »Ich glaube, ich komme zurecht. Er sieht ganz harmlos aus.« Dann geht sie um die Ecke. Wenn sie erst einmal einen Plan gefasst hat, ist sie ähnlich unerschrocken wie Alfred. Wir schauen ihr nach. Sie geht schnurstracks zur Rezeption, dort streichelt sie unseren Kater, beginnt ein Gespräch mit dem Hotelier. Kurz darauf verschwinden Alfred, Gerda und Ullmann in Richtung Hotelbar. Das nenne ich mal eine gelungene Aktion!

Wir nutzen die Zeit und sprinten zur Rezeption. Na ja, sprinten ist zu viel gesagt. Eddi ist nicht so sicher auf den Beinen.

Dort angekommen, öffne ich behutsam die Bürotür. Und werde angegriffen.

Entsetzt schreie ich auf. Herr von Itzenplitz ist sofort an meiner Seite. Er packt sich die Angreiferin gerade rechtzeitig. Krallen fahren haarscharf an meiner Nase vorbei. Die Hotelkatze schlägt wild um sich, während Herr von Itzenplitz sie so weit wie möglich von sich hält. Die Ärmel seines Anzuges sehen deutlich derangiert aus.

Ich versuche, zu Atem zu kommen, denn viel Zeit bleibt uns nicht. Ich husche in das Büro. Meine Mitbewohner folgen mir, Herr von Itzenplitz hält Loretta zur Tür hinaus, wirft sie vorsichtig ein Stück von sich und ruft: »Jetzt!« Eddi wirft die Tür zu. Im nächsten Moment springt Loretta gegen die Glasscheibe. Das war knapp. Ich sehe die Katze noch einige Male vor der Tür auf und ab laufen, dann verschwindet sie. »Wir müssen uns beeilen. Wenn der Hotelier sie sieht, weiß er, dass jemand im Büro ist.«

Wir schauen uns um. Der Raum ist klein und aufgeräumt. Ein Schreibtisch aus rotem Kirschholz mit einem Lederbesatz, davor ein unbequem wirkender Stuhl, auf dem sich Herr von Itzenplitz niederlässt. Er starrt auf den flackernden Bildschirm. »Hm.«

»Was ist?«, frage ich leise. »Öffnen Sie das Programm für die Kamera.«

Herr von Itzenplitz nickt und schaut weiter auf den Bildschirm. Ich meine, eine gewisse Hilflosigkeit festzustellen.

»Dat da ist dat Videoprogramm. Sie müssen auf die Kacheln drücken. Mit der Maus.«

Herr von Itzenplitz blinzelt. Dann steht er auf. »Es ist wohl besser, Sie übernehmen das.«

Eddi lässt sich auf den Stuhl gleiten. Professionell nimmt er die Maus und klickt auf das Programm. Kurz darauf öffnet sich die Datei.

»Jetzt wird es spannend!«, raune ich.

Das Video startet, ich halte die Luft an. Zuerst ist alles dunkel, doch dann sehen wir in die riesigen Augen eines Katzenbabys. Es liegt in einem riesigen Körbchen, ein Dobermann steht daneben und traut sich nicht auf seinen Platz. Er schaut immer wieder Hilfe suchend zur Kamera.

Eddi räuspert sich. »Dat scheint nicht dat richtige zu sein. Isch probiere mal dat hier.« Er klickt auf die nächste Datei. Zuerst sehen wir Rauschen, aber dann stabilisiert sich eine Aufnahme vom Hotelflur.

»Das ist es!«, rufe ich. Gespannt beugen wir uns vor.

PAULA

EIN TÄTERPROFIL

»Der Backofen unten in der Küche hat antiquarischen Wert, da ist es kein Wunder, wenn der Kuchen verbrennt. Ein Elektroherd von Miele, Jahrgang 1972. Der hat noch nicht mal Umluft oder eine Backstufe.« Walter betrachtet missmutig sein letztes Backwerk. Ein einfacher Sandkuchen, der oben völlig verbrannt ist. »Zu Hause könnte ich meinen Profiherd nutzen. Mit Dampffunktion und Backsensor. Aber nein, wir müssen ja auf ein Seminar fahren. Und nun sitze ich hier fest, ohne die Möglichkeit, mich auf den Wettkampf vorzubereiten. Otger Hohusen arbeitet nur halbtags. Ich wette, der steht ab vierzehn Uhr in der Küche und backt eine Torte nach der anderen. Wie soll ich den denn in der Meisterschaft schlagen, wenn ich hier mit einem vorsintflutlichen Elektroherd auskommen muss, der zuverlässig jeden Kuchen ruiniert!« Walter schiebt den Teller mit dem verbrannten Kuchen weit von sich und seufzt laut auf. Sein Blick geht zum Fenster, als könnte von da eine Antwort kommen, aber dort ist außer Nebel kaum etwas zu sehen.

»Du kriegst das schon hin«, antwortet Paula abgelenkt. Sie scrollt auf ihrem Laptop und findet endlich die gesuchte Stelle. *Versetzungsgrund: Eigener*

Wunsch. Keine ausführliche Begründung, Belege oder sonstiges. Nichts. Kein Hinweis, warum der Doc aus Hamburg nach Düsseldorf gewechselt ist. Das gibt es doch gar nicht.

»Was machst du da eigentlich?« Walter steht plötzlich neben ihr. Bevor sie es verhindern kann, hat er in der Datei gelesen. Seine Augen werden groß. »Hast du etwa den Versetzungsantrag vom Doc auf deinem Laptop gespeichert? Spinnst du? Das sind Interna!«

Paula klappt ihren Rechner schnell zu. »Ich muss im Präsidium versehentlich auf Speichern gedrückt haben. Ich wollte es gerade löschen.«

Walter stemmt seine Hände in die Hüften. »Paula, du bist schlimmer als deine Mutter!«

»Bin ich nicht. Es ist wirklich aus Versehen passiert.«

»So, du hast also gerade zufällig seine Personalakte geöffnet und gelesen? Da darfst du doch gar nicht dran! Woher kennst du überhaupt das Passwort?«

»Kenne ich ja gar nicht.«

Walter verschränkt die Arme und sieht sie an.

»Ich habe nur mal so aus Spaß *Karpfen* eingegeben, und schon war ich drin. Es war keine Absicht.«

Walter hebt seinen Zeigefinger. »Paula, Paula, du kannst doch nicht ...« Er verstummt abrupt, als Spusen-Ali reinkommt. Ohne ein Wort geht Ali zum Asservatentisch.

Walter richtet sich auf und schiebt seine Brille zurecht. Er atmet tief durch. »Was wolltest du mir vorhin sagen, Paula?« Er klingt völlig ruhig, und würde Paula ihn nicht so gut kennen, hätte sie das wütende Funkeln in seinen Augen nicht bemerkt. Sie nimmt sich vor, die Datei umgehend zu löschen. Sie atmet durch. »KR Lorenz sagt, dass es beim Tod von Janine Kleinerts erstem Mann keine Hinweise auf Fremdverschulden gab.«

Es klopft, und Doris Seifert schiebt sich herein. »Hallo, ich wollte nicht stören.« Ihre Stimme ist kaum hörbar.

»Das haben Sie schon.« Spusen-Ali sieht sie so finster an, dass sie zurückweicht.

Paula dagegen ist dankbar für die Unterbrechung. »Kommen Sie ruhig rein. Worum geht es?«

Doris wirft einen ängstlichen Blick auf Spusen-Ali. »Ich ... ich habe ein Täterprofil erstellt.« Sie wird rot und hält mit einer zitternden Hand ihre Kladde hoch.

Spusen-Ali grunzt abfällig, während sein Blick immer noch über die Asservate gleitet. Paula jedoch ist überrascht. »Ein Täterprofil? Aber Sie haben doch kaum Informationen.«

Doris zuckt mit den Schultern. »Ich habe einiges gehört und mir daraufhin was zusammengereimt ... Jedenfalls habe ich mir Gedanken zum Täter gemacht. Möchten Sie es hören?« Angstvoll blickt sie Paula an.

»Gerne. Vielleicht hilft es uns weiter.«

Doris schlägt ihre Kladde auf. »Es ist natürlich nur eine Annäherung. Für ein genaueres Profil müsste ich mehr wissen. Aber na ja ...« Ihre Stimme erstirbt. Dann fährt sie fort. »Kleinert wurde, soweit ich weiß, mit einem heftigen Schlag vom Balkon gestoßen. Durch Alkohol und ... Medikamente ...«, ihr Blick geht zu Walter, »war er geschwächt und verletzlich. Der Täter muss nicht besonders stark sein. Ich vermute, dass die Tat eine Überreaktion im Affekt war, der Täter hatte nicht die Absicht, zu töten. Dennoch war er überlegt genug, um seine Spuren zu verwischen und anschließend zu fliehen. Dieses Verhalten weist darauf hin, dass er intelligent ist und gelernt hat, sich selbst in schwierigen Situationen zu beherrschen.«

Spusen-Ali grunzt abermals abfällig. »Wenn er so kontrolliert war, warum hat er dann den Hut hinuntergeworfen?«

Doris denkt einen Moment nach. »Vielleicht wollte der Täter ein Zeichen setzen. Seine Wut ist in dem Moment so groß, dass er überreagiert. Er fühlt sich machtvoll und wirft den Hut hinterher.« Sie wirkt sehr zufrieden mit ihrer Überlegung. »Möglicherweise sehnt sich der Täter unbewusst danach, überführt zu werden.« Sie seufzt und blättert in ihrer Kladde. »Wir können jedenfalls davon ausgehen, dass Kleinert den Täter kannte. Ralf hat ihn in sein Zimmer gelassen, einen Raum, der gemeinhin als Privatsphäre gilt. Noch dazu um die Uhrzeit. Das zeigt, dass sich Ralf sicher war, dass von dem Täter keine Gefahr ausging.«

»Da hat er sich wohl getäuscht«, wirft Spusen-Ali grimmig ein.

Mit für ihre Verhältnisse fester Stimme fährt Doris fort: »Ralf muss es außerdem nicht ungewöhnlich erschienen sein, dass der Täter zu so später Stunde zu ihm wollte. Ansonsten hätte er sich vielleicht mit ihm draußen auf dem Flur getroffen. Aber er war arglos. Er ist sogar mit ihm auf den Balkon gegangen. Es muss jemand sein, dem er vertraut ist.«

Spusen-Ali dreht sich zu ihr um. »Also war es jemand vom Team oder jemand vom Hotel. Na, darauf wäre ich auch von allein gekommen, ist ja sonst niemand hier.«

Doris wird wieder rot. »Ich, ich …«

»Vielen Dank, Frau Seifert. Ich fand Ihre Erläuterungen wirklich sehr hilfreich«, wirft Paula ein. Sie bemüht sich, Doris aufmunternd anzusehen, auch wenn sie einer Meinung ist mit Spusen-Ali. »Sie haben mir wichtige Anregungen gegeben, die ich bei der weiteren Ermittlung berücksichtigen werde.«

Doris lächelt zaghaft. »Wenn ich detaillierte Informationen hätte, könnte ich natürlich ein genaueres Profil erstellen. Das war nur eine erste Einschätzung.«

»Die ich sehr gut fand«, beeilt sich Paula zu sagen. »Ich sehe, Sie haben eng mit Kleinert zusammengearbeitet und kennen sein Verhalten. Er war kein ganz leicht zu nehmender Kollege, oder?«

Doris lässt ihre Kladde sinken. »Nun ja, es sind nicht alle mit ihm ausgekommen.« Ihr Blick geht zu Spusen-Ali. »Aber ich habe uns immer als Team gesehen, jeder von uns hatte seine Schwächen und seine Stärken.«

»Trotzdem wollten Sie sich versetzen lassen?«

Doris wird rot. »Das war eine Affekthandlung. Ich habe überreagiert. Das ist mir schon am gleichen Tag klar geworden. Ralf hat lange mit mir gesprochen und mir versprochen, mich zu unterstützen, von den Kollegen als vollständiges Teammitglied anerkannt zu werden. Das war mir sehr wichtig.« Ihre Lippe zittert.

»Wussten Sie von dem Drohbrief, den Kleinert erhalten hat?«

»Was für ein Drohbrief?« Doris schaut auf ihre Kladde. »Aber das passt ja gar nicht in mein Täterprofil. Ein Drohbrief?«

Spusen-Ali nimmt den Brief vom Tisch und hält ihn Doris vor die Nase. Die überfliegt den Inhalt. »Oh mein Gott. Davon hat er mir gar nichts erzählt. Vermutlich wollte er mich schützen.« Ihre Augen schwimmen in Tränen, und sie überfliegt nochmals den Text. *Wenn Ihr Buch veröffentlicht wird, sind Sie ein toter Mann. Halten Sie Ihre Nase aus der Sache raus.* Paula sieht förmlich, wie es in ihr arbeitet. »Der Brief wirft ein neues Licht auf unseren Täter. Er fürchtet, mit einer der Taten, die Ralf in seinem Buch beschreibt, in Verbindung gebracht zu werden. Und ganz offensichtlich ist der Täter bereit, Gewalt anzuwenden oder zumindest anzudrohen. Wir können davon ausgehen, dass es jemand ist, der mit Gewalt vertraut ist.« Sie blickt Paula mit glänzenden Augen an. »Ich werde das Profil sofort überarbeiten!« Sie huscht aus dem Raum.

»Gott sei Dank ist die weg. Wir brauchen nicht noch mehr Stümper, die unseren Fall verhunzen.«

»Ich finde sie ganz nett«, sagt Walter. »Immerhin hat sie uns ein Täterprofil erstellt. Sie hat sich wirklich Mühe gegeben.«

Spusen-Ali schnaubt. »Dass ich nicht lache. Auf die Überlegungen sind wir selbst auch schon gekommen. Es steht außer Frage, dass es einer von den Anwesenden war. Da ist es keine Hexerei, zu vermuten, dass Kleinert seinen Mörder kannte. Er hätte selbst mich reingelassen, wenn ich vor seinem Zimmer gestanden hätte.«

»Ach!«

Spusen-Ali wendet sich langsam zu Walter um. »Wollen Sie mir etwas sagen?«

»Was suchen Sie eigentlich die ganze Zeit?«, unterbricht Paula den aufkommenden Streit. Das Letzte, was sie jetzt gebrauchen kann, ist eine neue Runde Spusen-Ali versus Walter.

Spusen-Ali starrt Walter weiter an. »Das Handy von dem Toten. Das hat jemand offenbar weggenommen.«

Walters Augen werden groß. »Ich habe es eingetütet und zu den anderen Sachen gelegt. Sie haben doch die ganze Zeit neben mir gestanden und mir jeden einzelnen Handschlag erläutert, als wäre ich ein Kleinkind. Sie müssen es gesehen haben.«

»Es ist aber nicht mehr da.«

Walter geht zum Asservatentisch. »Es lag direkt neben dem Aschenbecher.«

»Da ist es aber nicht.«

»Es war aber da.«

Paula steht auf, geht zum Tisch. Ihre Augen überfliegen die Beweisstücke. Nichts. »Hast du es vielleicht für irgendwas gebraucht?«

»Was soll ich denn mit Kleinerts Telefon? Ihn musst du fragen. Er wollte doch die Fingerabdrücke sichern und die Daten auswerten.« Walter deutet empört auf Spusen-Ali.

»Damit wollte ich jetzt beginnen. Aber offensichtlich haben Sie das Beweisstück verlegt.«

Mit großen Schritten geht Walter zum Tisch, greift sich die dort liegende Liste. »Da steht es: Smartphone, Samsung Galaxy. Das Handy war hier. Und wer außer Ihnen sollte es nehmen?«

Paulas Blick geht zur Tür. »Vielleicht war es jemand anders. Der Täter. Die Tür ist nicht gerade gut gesichert. Wir haben alle Zeugen hier vernommen. Einer von ihnen könnte die Gelegenheit genutzt und in einem unbemerkten Moment zugegriffen haben.« Verdammt, sie ärgert sich über sich selbst. Wie konnte sie nur so leichtsinnig sein? Sie hat sich benommen wie eine Polizeianwärterin. Irgendwie hat ihr das Zimmer eine falsche Sicherheit vermittelt. Sie versucht, die laute Stimme zu ignorieren, die sagt: *Das kommt davon, wenn die Gedanken statt um die Sicherung von Beweisstücken um niedliche Tattoos und bernsteinfarbene Augen kreisen.* Fieberhaft denkt sie nach. »Neben den Zeugen waren auch noch das Zimmermädchen und der Hotelier hier drin. Das Zimmermädchen hat sauber gemacht, da war ich dabei. Und der Hotelier hat den Kaffee aufgefüllt, er kam heraus, als ich hier ankam. Das heißt, er war ohne jede Aufsicht hier.«

Spusen-Ali stürmt zur Tür. »Mit dem fangen wir an. Ich werde das sofort überprüfen. Meine Beweisstücke stiehlt niemand!«

COSMA

EIN BLICK AUF DEN HOTELFLUR IN DER NACHT DES MORDES

Tatsächlich, Eddi Mei-Zu hat endlich die richtige Aufnahme aus dem Hotelflur gefunden. Wir sehen die Zimmertür des Toten in der Mordnacht. Spannend!

Herr von Itzenplitz nimmt sich Bleistift und Papier. Konzentriert starrt er auf den Bildschirm. »Nun werden wir beweisen, dass das Zimmermädchen zu lange arbeitet.«

Augenblicklich wird mir klar, warum Herr von Itzenplitz so begierig war, die Videos zu sichten. »Aber mein lieber Itzenplitz – wir wollen doch den Mörder überführen«, erinnere ich ihn.

»Verbrechen ist Verbrechen«, murmelt Herr von Itzenplitz.

»Pssst!«, mahnt Eddi. »23:30 Uhr. Nur noch eine halbe Stunde bis zum Mord.«

Zuerst passiert nichts. Der dunkle Flur, ansonsten keine Bewegung. Doch plötzlich geht Festbeleuchtung an. Der zu dem Zeitpunkt noch lebende Tote kommt, auf seine Frau gestützt, über den Flur. Er gestikuliert wild und scheint zu singen. Seine Frau bricht unter seinem Gewicht fast zusammen. Sie machen an seiner

Zimmertür halt, Janine nimmt ihrem Mann die Schlüsselkarte ab, öffnet die Tür, und beide gehen hinein.

»Sie ist die Mörderin!«, rufe ich. »Natürlich: ein persönliches Motiv. Es ist immer jemand in der unmittelbaren Nähe des Toten.« Dass es so einfach ist, hätte ich allerdings nicht gedacht.

Doch ein paar Minuten später werde ich eines Besseren belehrt. Janine verlässt das Zimmer wieder. Sie zieht die Tür hinter sich zu, schaut auf ein Blatt Papier in ihrer Hand und sieht ziemlich wütend aus. Sie wirft einen Blick auf die Tür, der sich gewaschen hat. Dann verschwindet sie in ihr eigenes Zimmer.

Das Licht auf dem Flur geht wieder aus. Wir warten weiter. 23:51 Uhr. »Da ist jemand!« Eddi deutet auf eine Gestalt auf der Treppe im hinteren Bereich des Flures. Es ist Hanna, das Zimmermädchen. Sie trägt einen riesigen Wäschekorb aus Plastik unter dem Arm. Vor der Zimmertür des Profilers bleibt sie stehen und scheint zu lauschen. Dann schaut sie sich nach allen Seiten um. Ich halte die Luft an. Hanna zieht eine weiße Plastikkarte hervor, den Generalschlüssel. Doch dann hält sie in der Bewegung inne. Fast habe ich das Gefühl, sie sieht uns direkt an. Dann steckt sie die Karte weg und verschwindet zur Treppe nach unten. Verdammt!

Kurz darauf nehmen wir eine weitere Gestalt auf dem Flur wahr. Heino Ullmann. »Auf so einem Hotelflur ist mehr Betrieb als inne Düsseldorfer Altstadt an einem Wochenende«, murmelt Eddi Mei-Zu. Der Hotelier hat eine Flasche Wein in der Hand. Vor der Tür des Profilers bleibt er stehen. »Das ist ja der Wahnsinn«, raune ich. »Tatsächlich ein mordender Hotelier, ein

Massenmörder. Er wartet, bis der Profiler schläft, geht rein, zerrt sein wehrloses Opfer auf den Balkon … und wirft den Mann eiskalt hinunter.« Viel besser als eine langweilige Ehefrau als Mörderin. Ich wette, im Keller des Hotels finden wir Hunderte von Leichen. Heino Ullmann ist der Norman Bates des Nettetals. Aufgeregt verfolge ich das Geschehen auf dem Bildschirm. Der Hotelier hebt die Hand, um zu klopfen. Ich halte die Luft an. Was wird nun passieren? Wird er mit der anderen Hand ein Messer ziehen? Aber zu meiner Enttäuschung sinkt seine Hand plötzlich kraftlos nach unten. Ullmann sammelt sich offenbar für seine Tat. Dann hebt er in einer entschlossenen Bewegung die Hand, klopft. Wenige Sekunden später erscheint der Kopf des Profilers an der Tür. Er schaut heraus, seine Hand schnappt nach dem Wein. Der Hotelier will etwas sagen, aber da ist die Tür schon wieder zu. Ullmann bleibt noch einen Moment stehen. Auf dem Gesicht einen Ausdruck, den ich nur schwer deuten kann. Ist das Mordlust? Ganz neutral betrachtet, sieht es eher aus wie Erleichterung.

Der Hotelier dreht sich um, geht über den Flur davon. Wieder kein Täter. Ich zweifle langsam am Sinn von Videoüberwachung.

Kurz darauf sehen wir Dr. Riedel über den Flur gehen. Mit ausladenden Schritten eilt sie zu ihrem Zimmer. Als sie an der Tür des Profilers vorbeikommt, wirft sie einen Blick darauf, der ziemlich eindeutig ist: Hass. Doch im gleichen Moment öffnet sich eine der hinteren Zimmertüren. Die Kriminaldirektorin huscht in ihr Zimmer. Jemand anderes ist auf dem Flur, eine dunkle Gestalt, die im Schatten steht. Das muss der Mörder sein!

Ich beuge mich vor. Im gleichen Moment bricht die Aufnahme ab. Bevor ich mich darüber wundern kann, dröhnt eine laute Stimme von der Tür: »Was machen Sie hier?«

Ich schaue auf und blicke auf zwei wirklich sehr buschige Augenbrauen. Irgendetwas sagt mir, dass es jetzt gewaltigen Ärger gibt.

PAULA

ESKALATIONSSTUFEN

»Mutter – du öffnest auf der Stelle die Tür!«

»Erst wenn der Irre weg ist.«

»Das ist unser Spurenermittler, und das weißt du sehr genau! Mach die Tür auf.«

»Er mag Spurenermittler sein, wie er will, deswegen ist er noch lange nicht ungefährlich. Wir bleiben hier in Sicherheit, bis er weg ist. Er wollte uns angreifen.«

»Sie hat die Tür einfach zugeschlagen.« Spusen-Ali reibt sich die Stirn. Dann schreit er gegen die geschlossene Tür: »Das war Körperverletzung nach Paragraf 223 Strafgesetzbuch!«

Durch die geschlossene Tür ist eine besorgte Stimme zu hören: »Frau Cosma, glauben Sie nicht, wir sollten der Aufforderung Folge leisten?«

»Unsinn, lassen Sie sich nicht einschüchtern. Die haben gar nichts gegen uns in der Hand. Es ist nicht gegen das Gesetz, sich als erwachsener Mensch in einem Raum einzuschließen.«

»Mutter. Du öffnest jetzt. Sofort.«

»Nein.«

Spusen-Ali starrt auf die Tür. »Ich hole den Kuhfuß aus dem Auto und breche die Tür auf.«

»Ach du je … Was ist denn hier los?« Der Hotelier

kommt mit großen Schritten zu ihnen geeilt. »Ich war gerade mit Frau Rommstätter unterwegs, und wir haben laute Schreie gehört.«

Cosmas Mitbewohnerin Gerda taucht hinter ihm auf, Alfred auf ihrem Arm. Sie blickt von Spusen-Ali zu der geschlossenen Tür und wieder zurück. Paula hat den Eindruck, dass sie sehr genau weiß, wer in dem Raum ist.

Paula deutet auf die Tür. »Können Sie bitte diese Tür öffnen, Herr Ullmann?«

»Augenblick.« Der Hotelier greift in seine Hosentasche, zieht eine Chipkarte hervor.

»Und Sie treten zurück«, sagt Paula zu Spusen-Ali und deutet unmissverständlich ein ganzes Stück weit weg in die Lobby.

Spusen-Alis Augenbrauen heben sich. Doch Paula schüttelt den Kopf. »Nein, keine weitere Eskalation.«

Spusen-Ali sieht für einen Moment so aus, als würde er einfach die Tür eintreten. Doch dann dreht er sich abrupt um und setzt sich in der Lobby auf einen Stuhl. Sein Fuß wippt auf und ab, als er dem Hotelier dabei zusieht, wie er die Chipkarte vor das Schloss hält und die Tür öffnet.

Spusen-Ali springt auf.

COSMA

EINE GEISTERHAFTE BEGEGNUNG

Ich finde es so gemein, dass sie sich auf die Seite dieses Irren stellt, anstatt mich zu unterstützen.« Ich kicke einen Stein über die Holzplanken, der mit einem leisen Geräusch im Moor versinkt. Die Halogenleuchten am Steg durchdringen den dichten Nebel kaum. Trotzdem gehe ich weiter. »Ständig muss sie diese Platzverweise erteilen. Wo sollen wir denn hin in dieser Einöde?«

»Sie hat ja nur gesagt, dass wir ein wenig spazieren gehen sollen«, wirft Herr von Itzenplitz ein.

»Ja, *möglichst weit weg vom Hotel.* Genau das waren ihre Worte.« Ich kicke einen weiteren Stein ins Wasser. »Dabei ist es dort gerade so aufregend.«

»Aber es ist bestimmt besser für uns«, wendet Gerda ein. »Dieser Spurenermittler hat wirklich den puren Wahnsinn im Blick gehabt. Es war mutig von Alfred, sich ganz allein mit diesem Mann anzulegen.« Sie tätschelt unseren Kater. Der sitzt bei ihr auf dem Arm und schaut ungemein stolz.

Ich nicke, denn Gerda hat recht. »Heroisch«, bestätige ich und streichle ebenfalls über Alfreds Kopf. »Dieser Irre wird es sich überlegen, uns noch einmal anzugreifen. Ich hätte nicht gedacht, dass Alfred so schnell zuschlagen kann. Phänomenal.« Unser Kater fängt an, zu schnurren. Offensichtlich schwelgt er in Erinnerungen.

»Nichtsdestotrotz gehört dieser Mann zu den Ermittlern. Wir hätten Frau Paula sofort von den Videos erzählen müssen«, merkt Herr von Itzenplitz an. Dennoch scheint er mir nicht unzufrieden. Er streicht über sein Bärtchen. »Zumindest konnte ich Ihrer Tochter alle Hinweise bezüglich des Arbeitsrechtsverstoßes geben. Das Zimmermädchen muss an dem Tag mindestens zwölf Stunden gearbeitet haben. Ich hoffe, Ihre Tochter wird dieses Vergehen umgehend ahnden.«

Ich bin mir ganz sicher, dass der Fokus meiner Tochter gerade nicht auf einem Arbeitszeitverstoß liegt. Außerdem ist sie immer so eigen mit ihren Ermittlungen. Ich wette, wenn wir sie informieren, sagt sie uns noch nicht mal, was noch alles auf der Aufnahme des Hotelflurs in der Mordnacht zu sehen ist, denn wir konnten sie ja bedauerlicherweise nicht zu Ende schauen. Aber andererseits bin ich nicht auf ihre Ergebnisse angewiesen, ich habe genug gesehen. »Jeder Einzelne, der über den Flur gegangen ist, sah mordlustig aus, nicht wahr?«

»Unbedingt«, bestätigt Eddi. »Isch wüsste nur zu jerne, wer die Aufnahme ausjemacht hat.«

Ich sehe ihn fragend an. »Was meinen Sie damit?«

Eddi zuckt mit den Schultern. »Na, jerade sehen wir noch die Polizeipräsidentin … und dann war nur noch Rauschen.« Rauschen? Das hatte ich wegen der Ankunft des irren Spurenermittlers völlig vergessen. Ich denke über Eddies Beobachtung nach, und dann fällt mir eine Antwort ein: »Heino Ullmann. Was, wenn er die Kamera ausgestellt hat, um ungestört zu morden?«

Eddi nickt. »Dat is jut möglisch.«

»Dann ist er unser Mörder!«, schlussfolgere ich.

»Niemals!«, ruft Gerda aus. »Er ist eine verlorene Seele, ein einfühlsamer, einsamer Mensch.«

Herr von Itzenplitz zieht eine Augenbraue hoch. Offenbar zweifelt er an Gerdas Beobachtungsgabe. Ich kann es ihm nicht verdenken. Immerhin hat Gerda vor einigen Jahren die Hälfte ihres Erbes einem Heiratsschwindler überlassen. In Bezug auf Männer hat sie nicht immer ein glückliches Händchen.

Gerda bemerkt Herrn von Itzenplitz Gesichtsausdruck. Sie bleibt stehen. »Heino Ullmann ist ein wirklich netter Mensch, er würde nie jemanden ausnutzen.« Sie bekommt einen glasigen Blick. »Heino hat es schwer genug gehabt im Leben.«

Am Ende des Weges leuchten plötzlich grüne Augen im Nebel auf. Alfred windet sich aus Gerdas Armen und verschwindet mit erhobenem Schwanz über den Steg. Ich warte auf ein Fauchen, aber es bleibt ruhig.

»Ich glaube, Alfred hat sich doch noch mit der Hotelkatze angefreundet.« Gerda lächelt und schlendert weiter. »Heino hat das Hotel vor einigen Jahren gekauft, weil er sein Dorf verlassen musste.«

»Warum denn das?«

Gerdas Blick geht in die Weite des Moores, auch wenn da nur Nebel liegt. »Vermutlich wegen einer unglücklichen Liebe«, haucht sie. »Als Heino das Hotel übernommen hat, versicherte ihm der Vorbesitzer, dass es eine Goldgrube sei. Wanderer würden sich die Klinke in die Hand geben. Doch der prämierte Wanderweg führt gar nicht am Hotel vorbei, und Heino hat es sehr schwer, Gäste zu bekommen.« Sie sieht wieder in die neblige Ferne. »Er hat so etwas Verletzliches, finden Sie nicht auch?«

Bevor ich zu einer Antwort komme, sehe ich eine Gestalt an der Gabelung des Steges. Mit einer Armbewegung halte ich meine Mitbewohner auf. Nebelschwaden ziehen über den Steg, für einen Moment sind wir vollkommen von Weiß umgeben. Doch dann reißen die Schwaden auf. Es ist eine Person in dunklen Gewändern.

»Ein Jeist«, flüstert Eddi mit einer Stimme zwischen Angst und Begeisterung.

Ein heulender Wind zerrt an den Kleidern der Gestalt. Sie steht ganz nah am Rand des Steges und blickt auf einen Gegenstand, den sie in ihren Händen hält. Dann lässt sie ihn unvermittelt in das Moor fallen. Etwas platscht auf und versinkt. Die Gestalt sieht noch einmal auf das Moor, dann schwebt sie wie ein Geist davon.

Ich sprinte vor bis an die Stelle, wo die Gestalt gestanden hat. Und springe ins Wasser.

PAULA

EINE INTERESSANTE AUFNAHME

Paula gähnt ausgiebig und räkelt sich. Sie sitzt seit einer Stunde im Büro des Hoteliers und sichtet das Videomaterial. »Es war wirklich ein Glück, dass ich Spusen-Ali noch aufhalten konnte, bevor irgendwas passiert ist. Nicht auszudenken, wenn die beiden aufeinandergetroffen wären. Dass sie sich aber auch ständig einmischen muss.« Wie immer, wenn sie an ihre Mutter denkt, spürt Paula ihren Blutdruck steigen. Obwohl Paula gut trainiert ist, ist es nicht leicht gewesen, gleichzeitig Spusen-Ali in Schach zu halten und ihre Mutter des Zimmers zu verweisen. Letztlich begleitete Walter Cosma nach draußen und empfahl ihr, erst einmal einen schönen Spaziergang im Moor zu machen. Paula hofft inständig, dass sie sich da auch noch befindet … irgendwo im Moor.

Walter sitzt neben Paula am Schreibtisch und malt kleine Törtchen auf die Papierunterlage. »Ich kann deine Mutter gut verstehen. Ich hätte auch nicht aufgemacht, wenn Spusen-Ali vor meiner Tür gestanden hätte. Außerdem kannst du froh sein, ohne deine Mutter hätten wir die Kameras nie entdeckt.«

»Die hätten wir schon noch gefunden. Früher oder später. Außerdem ist so viel gar nicht zu sehen.«

»Och, ich fand das ganz interessant. Insbesondere die Aufnahme vom ersten Stock. Wie du mit dem Doc an deiner Zimmertür …«

Paula presst die Lippen aufeinander. »Das hat mit der Sache gar nichts zu tun. Und die Videos an sich haben auch nicht viel gebracht, die Aufnahme bricht ja genau da ab, wo es spannend wird. Das ist schon seltsam, oder? Da muss doch jemand manipuliert haben. Wir haben von jedem Flur im Hotel Aufnahmen, und alle enden gleichzeitig, und zwar kurz vor dem Mord.«

Walter schraffiert eine Torte aus, in die er ein großes Messer gezeichnet hat. Gemalte Blutstropfen rinnen an der Torte herunter. »Der Hotelier sagt, das sei ein Fehler im System, hätte er schon öfter gehabt.« Walter schiebt seine Brille auf der Nase hoch und betrachtet seine Zeichnung. Dann beugt er sich wieder vor und zeichnet einen Totenkopf auf den Rand des Kuchens.

»*Fehler im System* … sicher. Und dass er vergessen hat, uns von der Aufnahme zu erzählen, das war wohl auch nur ein Fehler im System.«

»Ist doch nachvollziehbar.« Walter blickt wieder hoch, ergänzt noch ein paar Striche an seinem Bild. »Er hat die Anlage vor Jahren installiert, die Aufnahmen löschen sich automatisch. Da vergisst man schon mal, dass sie da sind. Ich fand das glaubwürdig.« Er blickt zu Paula und schiebt ihr das Torten-Bild hin. »Und? Wie findest du die?«

»Walter, du sollst keine Torten malen, sondern mit mir den Täter ermitteln.«

»Das mach ich doch. Seit einer geschlagenen Stunde habe ich mir mit dir die Aufnahmen angesehen. Ich meine, was gibt es Langweiligeres als leere Flure? Das Zeichnen stärkt meine Konzentration.« Er verschränkt die Arme vor der Brust.

»Ist dir nichts aufgefallen?«

Walter blickt wieder auf sein Bild. »Der Totenkopf ist zu viel Drama, oder?«

Paula rollt mit den Augen. »Ich meine bei den Aufnahmen. Und ja: Der Totenkopf ist zu viel.«

»Ich wusste es.« Walter seufzt laut auf und wirft den Bleistift auf den Schreibtisch. »Ich kann es nicht mehr. Nichts klappt. Ich habe einfach keine Idee, womit ich Hohusen schlagen kann.«

»Vielleicht solltest du dich einfach mal mit was anderem beschäftigen als mit deinem Konkurrenten Hohusen. Mit unserem Fall zum Beispiel.«

»Mach ich doch die ganze Zeit.«

»Ach? Und was sagst du zu der Sache mit Janine?«

Walter sieht Paula mit großen Augen an. »Welche Sache?«

»Oh Mann, Walter, du musst auch aufpassen! Ständig bist du in Gedanken bei deinen Torten.«

»Es ist einfach nicht mehr lang hin bis zur Meisterschaft – ich habe Stress. Wenn ich dieses Wochenende zu Hause gewesen wäre, an meinem Herd, das wäre was anderes. Aber nein, wir müssen in diese Einöde fahren, ein Seminar abhalten, dann wird auch noch jemand ermordet, und zur Krönung des Ganzen zieht ein Sturm auf, und wir sitzen hier fest!« Walters Stimme überschlägt sich. Dann sackt er in sich zusammen. »Ach, Paula, was soll ich denn nur machen? Es geht gar nichts mehr. Nicht mal ein Sandkuchen.«

»Das ist doch kein Wunder. Du setzt dich mit der Meisterschaft viel zu sehr unter Druck. Lass für dieses Wochenende das Backen sein. Du hast keinen vernünftigen Ofen, nicht die richtigen Zutaten und vor allem nicht die Muße – also lass es.«

Walter will Einwand erheben. Doch Paula spricht weiter. »Pausen sind wichtig für die Kreativität. Du wirst sehen, dann kommt eine Idee von ganz allein.«

Walter schaut auf. »Meinst du?«

Paula nickt.

»Also gut. Was ist denn mit dieser Janine?«

Paula lächelt. Tatsächlich glaubt sie, dass Walter eine Pause guttut. Mal abgesehen davon, dass sie seine Hilfe braucht. Sie startet das Video. Ein leerer Flur erscheint auf dem Bildschirm. »Das ist eine Aufnahme vom zweiten Stock an dem Nachmittag, als wir angereist sind. 15:44 Uhr, jetzt muss es gleich kommen.«

Auf dem flackernden Bildschirm tauchen zwei Menschen auf, Kleinert und seine Frau Janine. Kleinert schleift einen großen Lederkoffer hinter sich her. Er gestikuliert wild mit seiner freien Hand. Janine folgt ihm und bleibt stehen, Wut im Gesicht. Sie weist mit ihrer Hand auf Kleinerts Koffer, dann stampft sie mit dem Fuß auf. Ihr Mann ist hochrot angelaufen, schüttelt den Kopf. Janine macht einen Schritt vor und sagt etwas zu ihm. Er wird noch wütender. Dann dreht er sich um und geht in sein Hotelzimmer, Janine blickt ihm nach, die Augen zu Schlitzen verengt. Dann schnappt sie sich ihren kleinen Rollkoffer und verschwindet in ihrem Zimmer.

»Jesses, da ging es aber hoch her. Was ist denn mit dem Ton?«

Paula schüttelt den Kopf. »Haben wir nicht, leider. Aber warte, hier …« Sie spult vor, bis kurz vor Ende des Streits. Die Kamera zeigt Janine Kleinert. »Achte auf ihre Lippenbewegung. Siehst du, was sie sagt?«

Walter beugt sich vor, formt mit den Lippen die Bewegungen von Janine nach. Dann sieht er erstaunt zu Paula.

Die nickt. »Genau. Sie sagt: *Du unterschreibst. Oder ich bringe dich um.*«

PAULA

WAS SICH IM MÜLL SO ALLES FINDET

Ich habe total Hunger, hoffentlich gibt es was Richtiges zum Mittag.« Walter lässt sich an einem Vierertisch im Speisesaal nieder.

Paula setzt sich ihm gegenüber. »Laut Speisekarte gibt es heute Salat mit frischen Beeren und Nüssen.«

Walter sieht sie mit großen Augen an. »Waaaaas?«

Sie lacht. »Es gibt Schnitzel mit Pommes. Keine Sorge.«

»Paula, wenn es ums Essen geht, macht man keine Scherze. Das solltest du wissen!« Walter starrt sie böse an.

Das Zimmermädchen kommt auf sie beide zu. Sie trägt ein schwarzes Kleid mit altmodischer Spitzenschürze, die so gar nicht zu ihren blonden Rastalocken mit den Plastikperlen passen will. Sie stellt Weißbrot und Butter auf den Tisch und zückt einen Bleistift. »Darf ich schon mal die Getränke aufnehmen?«

»Hallo zusammen.« Doc Fischgrät kommt zu ihnen und setzt sich neben Paula.

»Oh, Dr. Fischer!« Hanna starrt ihn an wie ein Welpe seinen Kauknochen. »Für Sie den Chardonnay?«

»Gerne.« Er sieht zu Paula. »Du auch?« Seine Stimme klingt warm. Er riecht nach Orange. Abrupt wendet sie sich ab und nimmt sich ein Stück Brot. Dabei bemerkt sie das breite Grinsen auf Walters Gesicht. »Was?«, fährt sie ihn an.

»Nichts, alles gut.« Walter schaut demonstrativ weg, nimmt sich dann ebenfalls eine Scheibe Brot, drückt ein wenig darauf herum und legt sie angewidert zurück in den Korb. »Das ist ja Fabrikware.«

»Also, was darf ich notieren?« Das Zimmermädchen strahlt Paula nicht im Mindesten so an wie zuvor den Doktor.

»Für mich stilles Wasser.«

Walter verschränkt die Arme. »Ich nehme ein Bier. Stilles Wasser am Wochenende, so weit kommt das noch.«

Kaum ist Hanna weg, wendet Ole sich an Paula. »Der Hotelier hat mir erzählt, im Souterrain ist ein Schwimmbad mit Sauna. Hast du Lust?« Er schaut ihr tief in die Augen. Für einen Moment sieht sich Paula mit Ole im Wasser, er drückt sie an den Beckenrand, küsst sie. Dann kommt Paula wieder in das wirkliche Leben zurück. Und bemerkt, wie Walter mit offenem Mund von Ole zu Paula und zurück blickt und dann grinst. Als er Paulas Blick bemerkt, schaut er weg und schiebt sich eine ganze Scheibe Brot auf einmal in den Mund.

Paula faltet betont langsam ihre Serviette auseinander und versucht, ihr holperndes Herz unter Kontrolle zu bekommen. Arbeit, Neutralität, sie sind Kollegen, mehr nicht. Sie atmet durch. »Wir müssen arbeiten.«

Ole nickt. Wenn er enttäuscht ist, lässt er es sie nicht spüren. »Ich habe übrigens heute Nachmittag etwas herausgefunden.«

»Und was?«

»Der Wirkung nach zu urteilen, hat Kleinert das Schlafmittel vermutlich eingenommen, als er unten in der Bar war. Ali Nazik sagt, er habe keine Tablettenpackung oder Ähnliches in Kleinerts Zimmer oder in dessen Kleidung gefunden. Deswegen habe ich überlegt, dass wir vielleicht eine leere Verpackung in der Bar finden. Da Dr. Nazik im Moment schon genug zu tun hat, habe ich ihm angeboten, das zu überprüfen. Da wusste ich ja auch noch nicht, was das bedeutet. Dass ich mal Müll durchwühlen würde, hätte ich nie gedacht. Aber ich war erfolgreich.«

Paula richtet sich auf. »Du hast etwas gefunden?«

Er nickt. »Ich bin zunächst davon ausgegangen, dass er die Tabletten genommen und dann die Packung in einen Mülleimer in der Bar geworfen hat. Also habe ich mir den gesamten Müll angesehen. Aber da drin war nichts.«

Sie sieht ihn an, legt den Kopf schief. »Das machst du extra, oder?«

»Was denn?« Er sieht sie unschuldig an.

»Mich auf die Folter spannen.«

Doc Fischgrät nimmt sich ein Brot und beugt sich dabei zu ihr vor. »Du glaubst gar nicht, was ich sonst noch alles mit dir machen möchte«, flüstert er.

Paula fühlt, wie sie rot anläuft. Sie setzt sich gerade hin. »Also: Was hast du herausgefunden?«

Der Doc beißt von dem Brot ab, seine Augen glitzern

amüsiert. Er kaut langsam, schluckt dann hinunter. »Das Schlafmittel wurde Kleinert offensichtlich untergemischt.«

Paula sieht ihn mit großen Augen an. »Wie kommst du da drauf?«

»Ich habe keine Verpackung gefunden. Aber etwas anderes war im Müll. Die Weinflasche. Chianti Classico, die Flasche war zerschlagen, aber der Boden ist ganz geblieben. Und darin war ein winziger Rest von dem Wein. Nicht viel. Aber genug, um Spuren des Prazepam nachzuweisen.«

Paula geht in Gedanken blitzschnell den gestrigen Abend durch. »Die Flasche stand die ganze Zeit auf dem Tisch. Der Täter musste nur kurz vorbeigehen, ein kurzes Gespräch führen – und schon wäre das Mittel drin gewesen.«

Der Doc nickt.

Hanna Eilers schlängelt sich mit einem vollen Tablett zwischen den Tischen auf sie zu und weicht dabei geschickt Doris Seifert aus, die hereinkommt.

»Respekt«, sagt Ole, als das Zimmermädchen bei ihnen ist. »Das sah ganz schön sportlich aus.«

»Ich habe früher Ballettunterricht gehabt und gute Reflexe.« Hanna ist sichtlich erfreut. Sie beugt sich unnötig tief zu ihm hinunter, als sie ihm die Wasserflasche reicht. »Vielleicht zeige ich Ihnen bei Gelegenheit mal, wie gelenkig ich bin.« Sie zwinkert ihm zu.

Doc Fischgrät lacht amüsiert auf. Paula spürt einen Stich in ihrer Magengegend. Die Worte ihres Chefs kommen ihr in den Sinn. *Frauengeschichten.*

Nachdenklich blickt Paula hinaus in den Flur. Und sieht gerade noch, wie ihre Mutter triefnass vorbeihuscht.

PAULA

EIN BAD IM MOOR

»Mutter, was hast du gemacht?« Mit einem Satz ist Paula aufgesprungen und im Flur.

Der Trupp mit ihrer Mutter und deren Mitbewohnern bleibt stehen. Cosma sieht Paula an. »Kind, ich plaudere ja wirklich gerne mit dir, aber jetzt ist es gerade schlecht.« Sie wendet sich zum Gehen, doch Paula versperrt ihr mit einem Schritt den Weg. »Du bist klatschnass.«

»Und? Ich war baden.«

»Im Moor?« Sie zieht ihr eine Wasserpflanze vom Kopf.

»Das ist ein Erlebnis. Du solltest es auch mal versuchen. Allein im Kampf gegen die Natur … herrlich.« Cosma niest lautstark und beginnt zu schlottern.

»Sie hätten wirklich nicht reinspringen sollen, Frau Cosma. Wenn wir sie nicht sofort rausgezogen hätten, hätten Sie darin versinken können.« Herr von Itzenplitz zieht sein Jackett aus und legt es Cosma um die Schultern. Dabei meidet er auffällig Paulas Blick. Eddi Mei-Zu betrachtet intensiv die Speisekarte am Eingang zum Speisesaal, während seine kleinen Kieselaugen immer wieder zu Paula huschen. Gerda sieht sich nach Alfred um.

Paula verschränkt ihre Arme vor der Brust. »Mutter, warum warst du schwimmen?«

»Nur so. Ich mache das eben manchmal.« Cosma niest erneut.

Paula hebt den Zeigefinger. »Von wegen: Du ermittelst! Und dabei bist du ins Wasser gefallen. Wie oft soll ich dir noch sagen, dass du dich nicht einmischen sollst! Du siehst doch, was passiert.«

»Wir können später plaudern, mein Kind. Jetzt möchte ich duschen. Vielleicht gehe ich nachher noch in die Sauna. Da solltest du übrigens mal mit deinem Doktor hingehen, eine Sauna ist ein wunderbarer Ort, um sich näher kennenzulernen. Überhaupt solltest du dich mehr um ihn kümmern, sonst schnappt ihn dir das Zimmermädchen weg.« Sie deutet in Richtung Speisesaal. Paula dreht sich um. Dort steht Hanna am Tisch und plaudert mit Doc Fischgrät. Hanna dreht ihre Haarsträhne auf einen Finger, lacht und himmelt den Doc unumwunden an.

Langsam dreht sich Paula wieder zu ihrer Mutter. Doch vor ihr auf dem Boden ist lediglich eine Pfütze, ihre Mutter ist verschwunden.

PAULA

WIE MAN VERSCHWUNDENE GEGENSTÄNDE ENTDECKT

Sie hat wieder irgendwas ermittelt. Hundertprozentig.« Paula stiert auf ihre Mutter, die frisch geduscht und paillettenglitzernd vor zehn Minuten an einem der Tische im Speisesaal Platz genommen hat. Cosma bemerkt ihren Blick und winkt ihr freudestrahlend zu. »Ich wette, sie hat irgendwas entdeckt.«

»Wie kommst du darauf?« Walter wendet sich auf seinem Stuhl um.

»Herr von Itzenplitz, Gerda und Eddi Mei-Zu sind vorhin meinem Blick ausgewichen. Und jetzt schon wieder. Sie starren auf die Tischdecke.«

»Vielleicht haben sie Hunger. Ich habe jedenfalls welchen. Jetzt sitzen wir schon seit einer halben Stunde hier, und das Essen ist immer noch nicht da.« Walter trommelt missmutig auf der Tischdecke.

»Ich fand das hier bisher nett.« Der Doc legt den Kopf schief und betrachtet Paula. Ein Lächeln liegt auf seinen Lippen. Tatsächlich hat sie sich in der letzten halben Stunde ganz gut mit ihm unterhalten. So gut, dass sie kurzfristig ihre Mutter und alles andere vergessen hat. Dabei hat sie noch etwas Wichtiges vor.

Der Hotelier kommt herein, der Kopf ist vor Anstrengung hochrot. »Entschuldigung, dass es etwas länger gedauert hat.« Er stellt ein großes Tablett mit Schnitzeln auf den Rand der Theke. »Ich bringe gleich Erbsen und Pommes frites.«

»Ich bin am Verhungern!«, sagt Walter und schnappt sich einen Teller. Er ist allerdings nicht der Erste am Buffet. Cosma steht bereits vor ihm und lädt drei Schnitzel auf ihren Teller. »Todesgefahr macht hungrig«, sagt sie zu Herrn von Itzenplitz, der sich hinter Walter angestellt hat.

Paula lässt ihren Blick durch den Raum schweifen. Inzwischen sind alle Gäste anwesend. Doris Seifert war als Erste gekommen. Sie hatte sich an einen Ecktisch gesetzt, ihre Kladde hervorgezogen und eifrig darin geschrieben. Paula vermutet, dass sie ein neues Täterprofil erstellt. Kurze Zeit später waren Spusen-Ali und Kriminalrat Lorenz hereingekommen, beide in ein Gespräch vertieft. Während sie vorbeigehen, schnappte Paula auf: »Keineswegs vernichten Kormorane den gesamten Fischbestand in einem Teich, Kollege Lorenz. Vielmehr sorgen sie dafür, dass die natürliche Population erhalten bleibt. Die meisten Gewässer sind heutzutage völlig überbesetzt.«

»Trotzdem müssen wir die Bestände eindämmen. Sie fischen uns Anglern die besten Fische weg.«

Ihnen folgte die Kriminaldirektorin in einem dunklen Seidenkostüm. Die ließ ihren Blick über die Anwesenden schweifen und setzte sich dann an einen Zweiertisch. Als der junge Polizist hereinkam, deutete sie mit dem Kinn auf den leeren Stuhl ihrem gegenüber. Doch

Benny Kowacz setzte sich zu der überraschten Doris, die rot anlief, hektisch ihre Kladde zur Seite schob und dabei fast ihr Wasserglas umstieß. Die beiden versuchten ein mühsames Gespräch, das nach kurzer Zeit zum Erliegen kam. Als Letzte kam die Ehefrau des Toten in einem eleganten Kleid, das eher zu einem Galadinner auf dem Traumschiff als in das Moorhotel gepasst hätte. Sie setzte sich nach langem Zögern zu der Kriminaldirektorin und starrt sie seitdem wortlos an.

Walter kommt an den Tisch zurück und setzt sich. »Die Schnitzel sehen super aus, oder? Ich habe gehört, das Hotel bezieht alles vom örtlichen Schlachter, nur beste Qualität.« Er schneidet sich ein großes Stück ab, tunkt es in die Pilzrahmsauce, steckt es sich in den Mund und kaut zufrieden. »Du solltest dir auch schnell was holen, sonst ist alles weg, Paula.«

Ullmann kommt wieder herein, diesmal mit einem Servierwagen, auf dem eine weitere Platte mit Schnitzeln, eine große Schale Erbsen und Kartoffeln stehen. Paula wirft noch einmal einen prüfenden Blick in die Runde. Dann beugt sie sich vor. »Walter, jetzt wäre es ideal.«

Walter schaut sie mit großen Augen an, dann wieder auf sein Schnitzel. »Jetzt? Aber, Paula, ich habe gerade mit dem Essen angefangen.«

Paula lächelt. »Wie alle. Einen besseren Zeitpunkt gibt es nicht.« Sie kramt in ihrer Tasche.

Doc Fischgrät sieht Paula neugierig an. »Was habt ihr vor?«

Paula zieht ihr Handy heraus und strahlt. »Ermitteln.«

Walter stöhnt auf und schiebt sich noch schnell ein Stück Fleisch in den Mund. Mit vollem Mund murmelt er: »Genauso schlimm wie ihre Mutter.«

Paula tippt eine Nummer in ihr Handy ein und lauscht. Zuerst ist es durch das Klirren von Besteck und das zufriedene Gemurmel hindurch kaum hörbar, doch dann vernimmt sie es immer deutlicher. *Für dich soll's rote Rosen regnen.* Das Klingelzeichen von Ralf Maria Kleinerts Handy. Das Handy, das aus der improvisierten Asservatenkammer verschwunden ist. Es ist also tatsächlich hier im Raum, genau wie sie vermutet hat.

Paulas Blick gleitet zu Janine Kleinert, die bei den Tönen zusammenzuckt, über die Kriminaldirektorin, dann zu ihrem Chef, der sein Gespräch mit Spusen-Ali unterbricht und sich fragend umsieht, dem Zimmermädchen, das die Teller beim Buffet stapelt, dem Hotelier, der hektisch die Schnitzelplatte neu belegt. Ihr Blick bleibt in der Ecke hängen, in der Doris Seifert und Benjamin Kowacz sitzen. Das Klingeln wird durchdringend laut. Plötzlich springt der junge Polizist auf, hebt entschuldigend die Hände. »Es ist alles ganz anders, als es aussieht!«

PAULA

SKLAVENMARKT UND GREIFVÖGEL

»Ich möchte lieber nichts sagen.« Benny Kowacz sitzt zusammengesunken auf dem Stuhl im Seminarraum. Er hat die Hände auf dem Schoß gefaltet und starrt vor sich hin, offenbar den Tränen nahe.

Paula nimmt einen Stuhl und bedeutet Walter, das Gleiche zu tun. Der setzt sich mit seinem Schnitzelteller Kowacz gegenüber. »Auch was? Ich habe extra eins mehr draufgepackt. Die Panade ist übrigens mit einem ganz klein wenig Parmesan. Wirklich sehr, sehr lecker.«

Kowacz schüttelt den Kopf. Walter blickt auf den Teller und scheint zu überlegen, ob er während des Verhörs ein Schnitzel essen darf. Paula schüttelt ganz leicht den Kopf, und Walter stellt den Teller mit Märtyrermiene auf den Tisch. »Die sind auch kalt noch gut.« Er klingt nicht sehr überzeugt.

»Warum hatten Sie Kleinerts Handy?«, wiederholt Paula ihre Frage an Kowacz.

Der knibbelt an seinem Fingernagel, schüttelt den Kopf, aber Paula sieht, dass er nachdenkt. Sie wartet ab. Und tatsächlich, nach einem kurzen Augenblick beginnt er zu reden. »Ich wusste, dass es nicht richtig ist. Aber was sollte ich denn tun? Nach all dem anderen war das jetzt auch egal. Eigentlich bin ich froh, dass alles rauskommt. Viel länger hätte ich das nicht ertragen. Diese Nächte, wenn …« Ein energisches Klopfen unterbricht ihn. Bevor Paula antworten kann, wird die Tür aufgerissen.

»Frau Pongs, ich verlange, dass Sie mir auf der Stelle sagen, was das zu bedeuten hat!« Die hagere Gestalt der Kriminaldirektorin schiebt sich in den Raum.

Verdammt! Paula blickt wütend auf. Kowacz wollte gerade anfangen zu reden. Aber jetzt sitzt er in sich zusammengesunken auf seinem Stuhl und knibbelt an einem blutigen Nagelbett. Seine Augen bewegen sich hektisch hin und her.

Paula bemüht sich, ihre Wut gegenüber KD Riedel nicht zu zeigen. »Wir führen ein Gespräch mit Herrn Kowacz, das ist alles.«

Dr. Riedel stemmt ihre Hände in die dürren Hüften. »Ein Verhör, so ganz ohne Rechtsbeistand, ohne Protokoll, ohne alles? Das wird uns jeder Staatsanwalt sofort um die Ohren hauen.«

»Es ist lediglich eine Befragung. Herr Kowacz hatte das Handy des Toten, und wir möchten wissen, wie er dazu gekommen ist. Vielleicht gibt es ja eine ganz harmlose Erklärung.« Paula sieht Kowacz aufmunternd an, und auch Walter scheint Mitleid mit dem jungen Mann zu haben. Er tätschelt ihm unbeholfen die Schulter. »Wird schon wieder.«

Die Augen der Kriminaldirektorin funkeln. »Sie verhören einen jungen, unerfahrenen Polizisten. Ich verlange, anwesend zu sein, allein schon um etwaige Nachfragen des Staatsanwalts bereits im Vorfeld zu verhindern.«

»Staatsanwalt?« Benny schreckt hoch. Für einen Moment hat Paula das Gefühl, dass er schauspielert. Doch dann sinkt er wieder in sich zusammen.

Die Kriminaldirektorin steht plötzlich neben Kowacz und legt ihm die Hand auf die Schulter, ihre Finger wie die Krallen eines Greifvogels. »Keine Sorge, Kowacz, ich regele das.« Sie wendet sich an Paula: »Frau Pongs, Sie bringen unser Team in Verruf. Was glauben Sie, was passiert, wenn diese Vorgänge nach außen dringen? Wenn womöglich der Innenminister davon erfährt?« Kalt blickt sie auf Paula hinunter. »Ich sage es Ihnen: Dann ist die Idee von einem Spezialteam M gestorben. Ein für alle Mal. Und das werde ich nicht zulassen. Kowacz, mitkommen.« Sie schaut den jungen Mann mit einem Blick an, der keinen Widerspruch duldet. Für einen Moment fühlt sich Paula an einen Sklavenhändler erinnert, der soeben auf der Versteigerung ein junges Mädchen gekauft hat. Kowaczs Lippe beginnt zu zittern, seine Augen füllen sich mit Tränen. »Ich … ich kann das nicht mehr. Ich …«

»Seien Sie still, Kowacz«, faucht KD Riedel ihn an. »Ich regele das. Nun kommen Sie schon!«

Kowacz erhebt sich so langsam wie ein alter Mann. Paula will gerade protestieren, als sich die Tür erneut öffnet. Ali Nazik kommt herein, schaut vollkommen überrascht, als er die Direktorin und Kowacz erblickt. Doch er fängt sich schnell: »Frau Dr. Riedel – was für ein glücklicher Umstand, dass Sie hier sind. Ich wollte

Sie eben rufen.« Er hält das eingetütete Handy des Toten in die Höhe. »Ich habe hier etwas gefunden, das Sie sich ansehen sollten.«

COSMA

TÄTERPROFILE

»Frau Cosma, ich bin mir nicht sicher, ob das richtig ist. Wir sollten nicht noch mehr Ärger heraufbeschwören«, gibt Herr von Itzenplitz zu bedenken, während er wie der Rest der WG hinter mir hereilt. Ich habe es nämlich eilig. Wir müssen unseren Plan noch während des Abendessens ausführen. Was für ein Glück, dass meine Tochter diesen Kowacz abgeführt hat, sie hätte uns sonst nie aus den Augen gelassen.

Mein Blick geht zur Uhr. Wir haben vielleicht noch eine Viertelstunde, bis das Abendessen beendet ist und sich die anderen Räume des Hotels mit Leben füllen. »Mein lieber Itzenplitz, wir können den Mord nicht ungesühnt lassen. Und jetzt sollten wir uns beeilen.« Ich schnaufe ein wenig bei diesen Worten, denn wir erklimmen die Treppe zum zweiten Stock.

»Das ist alles so aufregend!« Gerda hüpft mit Alfred an mir vorbei. Ihre Wangen sind gerötet, und ihre Augen glänzen.

Eine Treppenstufe hinter mir höre ich: »Aber den Mörder hat dat Paula doch vorhin verhaftet.« Eddi Mei-Zu schiebt seinen kugelrunden Körper an mir vorbei. Ich bleibe stehen. Nicht etwa, weil ich keine Luft mehr bekomme, sondern allein, weil ich Herrn von Itzenplitz die Gelegenheit geben möchte aufzuholen. Er ist eben nicht mehr der Jüngste.

»Ist Ihnen nicht wohl, meine Liebe?«, sagt er, als er kurz darauf an mir vorbeigeht. Er wirkt munter wie Johannes Heesters bei seiner Abschiedsrevue.

»Alles bestens!«, antworte ich, während ich versuche, zu Atem zu kommen. Offenbar hat mich mein Sprung ins Moor gesundheitlich ein wenig angegriffen. Doch nach einigen Minuten geht es wieder, und wir setzen unseren Weg fort. Ich greife Eddis Bemerkung auf: »Benjamin Kowacz kann nicht der Täter sein. Er passt nicht auf das Täterprofil, das ich erstellt habe. Motiv, Mittel, Gelegenheit. Was für ein Motiv sollte der junge Mann gehabt haben? Außerdem muss ich Ihnen doch nicht erläutern, dass der erste Verdächtige, der präsentiert wird, niemals der Mörder ist.«

»Nun ja, aber manchmal ist genau das der Fall.« Gerda dreht eine ihrer grauen Locken über den Finger. »Der Leser hakt die Person ab, es werden weitere Verdächtige präsentiert, und dann wird klar, dass es doch der erste Verdächtige gewesen sein muss.«

»Es schadet jedenfalls nicht, alle Anwesenden zu überprüfen. Ich bin mir sicher, dass in den Zimmern der Gäste der eine oder andere Hinweis zu finden ist. Denn der erste Schritt für ein gutes Täterprofil ist, die Umgebung des Toten und der Verdächtigen genau kennenzulernen. Deswegen fangen wir mit der Ehefrau an.«

Der Logik dieser Überlegung kann sich niemand entziehen. Meine Mitbewohner nicken. Wir stehen inzwischen vor der Zimmertür der Ehefrau. »Aber wie sollen wir reinkommen?«, fragt Gerda. »Die Tür kriege ich doch mit dem Dietrich nicht auf.«

»Darüber habe ich bereits nachgedacht. Und tatsächlich habe ich eine Lösung für dieses Problem. Denn als wir heute Morgen im Büro des Hoteliers die Kameraaufzeichnung angesehen haben, habe ich das hier entdeckt.« Ich greife in meine Tasche und ziehe die Generalschlüsselkarte daraus hervor.

COSMA

WAS SICH SO ALLES IN EINEM ZIMMER FINDET

Bevor wir in das Zimmer der Ehefrau gehen, werfe ich einen Blick auf meine Uhr. Die Gäste dürften inzwischen beim Nachtisch angelangt sein. Dann haben wir noch ungefähr zehn Minuten, bis die Ersten sich auf den Weg nach oben machen. Ich hoffe, die Ehefrau des Toten hat einen guten Appetit.

Ihr Zimmer sieht jedenfalls genauso aus wie meins. Ein Eichenbett mit rot karierter Biberbettwäsche. Daneben ein Nachtschränkchen, auf dem eine Frauenzeitschrift liegt. Der Schreibtisch am Fenster ist bis auf eine Lampe leer. An der Seite steht wie anscheinend überall ein Schrank. Ich öffne die Tür.

»Oh, was für hübsche Kleidchen!«, staunt Gerda. Sie zieht ein geblümtes Kleid heraus, hält es vor sich, schwingt damit herum und summt *Siebzehn Jahr, blondes Haar.*

»Wat suchen wir eijentlich?«, fragt Eddi.

»Das wissen wir erst, wenn wir es gefunden haben.«

Er nickt, hält dann aber inne. »Wat is, wenn sie jeheime Fallen einjebaut hat? Ich denke an James Bond, *Dr. No.*«

Ich sehe ihn fragend an. Er seufzt, dann erläutert er: »James Bond überprüft anhand von Haaren, ob sein Zimmer durchsucht wurde.«

Ich denke kurz nach, dann sage ich: »Das Risiko müssen wir eingehen.«

Eddi ist mit der Antwort zufrieden und beginnt mit der Durchsuchung. Ich ebenfalls. Als Erstes sehe ich mir die Zeitschrift am Bett an und blättere sie durch. In der Mitte ist ein interessanter Artikel über Gifte im Garten, aber ansonsten: enttäuschend. Ich schaue unter die Sofakissen, unter den Sessel und das Bett: nichts. Mein Blick fällt auf das Ölgemälde an der Wand, eine Kuh auf einer Alpenwiese. Bei mir hängt eine Heidelandschaft mit zwei krüppeligen Birken. Es sieht aus wie ein echter *Bob Ross*. Wie gerne habe ich seiner beruhigenden Stimme im Fernsehen zugehört, während er rasend schnell eine Kiefer an einem See malte.

Ich versuche, mich wieder auf meine Mission zu konzentrieren, und nehme das Bild vorsichtig vom Haken. Drehe es um. Nichts. Es ist zum Mäusemelken.

»Haben Sie etwas gefunden?«, frage ich meine Mitbewohner und werfe noch mal einen Blick auf meine metallene Casio. Die Stoppuhr zeigt mir an, dass wir schon acht Minuten zweiunddreißig suchen. So langsam müssen wir etwas finden! Eddi Mei-Zu turnt auf einem Stuhl und untersucht die Deckenlampe. Allerdings kann er nur von unten auf das Glas schauen, trotz Stuhl ist er zu klein. Da aber die Ehefrau des Toten ungefähr Eddis Größe hat, denke ich, dass dieses Versteck ausscheidet. Herr von Itzenplitz ist im Badezimmer und hat sich den Frisierschrank näher angesehen. Fragend betrachtet er nun einen Augen-Make-up-Entferner und das Glätteisen. Gerda steht noch immer vor dem Schrank, nimmt ein Kleid nach dem nächsten heraus und mustert sich damit im Spiegel. Gerade hält sie ein dunkles Kleid vor sich, streicht über den weichen Stoff und schwingt damit vor dem Spiegel hin und her. Im gleichen Augenblick erkenne ich es. »Gerda … Das ist die Bekleidung der Moorgestalt!«

Gerda hält abrupt in ihrer Bewegung inne. »Was ist das?«

Eddi schaut von oben auf uns herunter. »Dat is ja dat Jewand von dene Jeist, den wir vorhin im Moor jesehen haben!«

Gerda hält es von sich. »Es ist sehr elegant.«

»In der Tat.« Herr von Itzenplitz kommt zu ihr und befühlt den Stoff. »Seidensamt. Nicht gerade günstig. Für meine Krawatten verwendet der Schneider den gleichen Stoff.« Er hüstelt verlegen, denn er mag nicht gerne zugeben, wie viel Wert er als überzeugter Kommunist auf exklusive Kleidung legt.

»Dann war die Ehefrau der Geist im Moor«, schlussfolgere ich. Im gleichen Moment piept meine Casio-Stoppuhr. »Wir müssen uns beeilen. Irgendwo muss sie doch was versteckt haben.«

»Vielleicht sollten wir uns das hier mal ansehen?«, fragt Gerda und deutet auf einen Koffer. Eine gute Idee!

Herr von Itzenplitz zieht das Gepäckstück aus dem Schrank.

Gerda ballt freudig die Fäuste. »Das ist immer so aufregend, einen fremden Koffer zu öffnen!«

Herr von Itzenplitz zieht den Reißverschluss auf, doch ich halte ihn mit einer Handbewegung auf. Denn draußen ist ein Geräusch zu hören.

PAULA

EIN VORSTELLUNGSGESPRÄCH

Spusen-Ali steht direkt vor der Kriminaldirektorin. Er lächelt ein breites Lächeln, das sogar Paula einen Schauer über den Rücken laufen lässt. »Es wird Sie interessieren, was ich auf Kleinerts Handy gefunden habe. Wirklich.« Er macht das Gerät an, tippt darauf herum und hält das Handy hoch, direkt vor die Augen der Direktorin. Paula stellt sich neben sie. Erst spiegelt sich das Licht der Neonröhren auf dem Display. Doch als sie sich etwas zur Seite bewegt, erkennt sie, dass ein Video läuft.

»Moment, wir brauchen noch den Ton.« Spusen-Ali drückt an der Seite auf einen Knopf.

Die Stimme der Kriminaldirektorin erklingt aus dem Gerät. »Sie müssen sich überlegen, was Sie für Ihre Zukunft wollen. Möchten Sie ins Spezialteam M aufgenommen werden? Sind Sie bereit, dafür das zu tun, was nötig ist? Oder möchten Sie lieber in der Masse untergehen?« Dr. Riedel sitzt in dem Video auf einem Sessel in ihrem Büro, die Beine übereinandergeschlagen, und mustert ihr Gegenüber von oben bis unten. »Ich denke, Sie wären ein geeigneter Kandidat.«

Es ist Benny Kowacz, der ihr gegenübersitzt. »Ich bin mir nicht sicher, ob ich Sie richtig verstehe.«

»Nun ja, es ist Ihre Entscheidung. Ich dachte nur, die Stelle würde Sie interessieren. Aber wenn Sie sich lieber begriffsstutzig zeigen möchten …«

»Nein«, beeilt sich Kowacz zu sagen. »Ich möchte dabei sein.«

Die Kriminaldirektorin lehnt sich zurück. Ihr Blick gleitet so langsam Kowacz' Beine hinauf, als würde ein Pferdehändler seinen Kauf abschätzen. »Nun, die Personalabteilung legt Wert auf meine Meinung. Ich könnte Sie natürlich empfehlen … aber dafür müsste ich Sie ein wenig besser kennenlernen.« Sie steht auf, kommt zu ihm herüber. Ihre dürren Finger fahren über seine Hose. Erreichen seinen Schritt. »Also … Wie entscheiden Sie sich?«

Kowacz sieht die Direktorin wortlos an. Dann nickt er. »Ich bin dabei.«

Die Direktorin lächelt und streicht ihm über den Kopf. »Dann überzeugen Sie mich von Ihrem Können.« Sie drückt ihn an sich.

»Machen Sie das sofort aus!«, kreischt die Kriminaldirektorin. Mit hochrotem Kopf steht sie vor Spusen-Ali, versucht, sich das Handy zu schnappen.

Der zieht es geschickt zur Seite, tritt einen Schritt zurück. »Ziemlich belastend, das Video, würde ich sagen.«

»Die Aufnahme ist nicht verwertbar. Sie wurde heimlich gemacht. Ich verlange, dass Sie sie sofort löschen!« Frauke Riedel stampft mit dem Fuß auf. Wie ein feuerspeiender Drache steht sie vor Spusen-Ali und starrt funkelnd auf ihn herunter. »Sie haben Ihre letzte

Spurenermittlung bei der Polizei gemacht. Dafür sorge ich!«, zischt sie.

Paula fasst ihre Vorgesetzte am Arm und deutet auf einen freien Stuhl. »Dr. Riedel, ich denke, wir müssen uns unterhalten. Setzen Sie sich!«

Riedel wehrt Paula mit einer ruckartigen Armbewegung ab. »Lassen Sie Ihre Finger von mir. Sie haben gar nichts gegen mich in der Hand. Er wollte unbedingt, dass ich seine Karriere fördere. Angefleht hat er mich. Es war ein Geschäft auf Gegenseitigkeit. Er wusste, worauf er sich einlässt.«

Kowacz ist aufgestanden. Er zittert am ganzen Leib. »Sie hat mich gezwungen. Immer wieder verlangt, dass ich ihr zu Diensten bin. Jeden Abend stand sie beim Umkleideraum und hat auf mich gewartet, damit ich mit in ihr Büro komme, um …« Seine Stimme versagt.

Frauke Riedel sieht ihn kalt an. »Was bist du für ein schlechter Schauspieler. Ich hätte es von Anfang an wissen sollen. Du wolltest nur eine geile Karriere und sonst nichts. Und jetzt machst du hier auf Opferlamm.«

Kowacz schaut sie mit großen Augen an, dann beginnt er zu zittern. »Du hast mich gezwungen«, flüstert er.

»Jammerlappen!«

»Frau Riedel – das reicht!« Paula packt ihre Vorgesetzte am Arm und drückt sie auf den Stuhl. Sie nimmt ihr Handy aus der Hosentasche, betätigt die Diktierfunktion. »Frau Dr. Riedel, wir zeichnen ab jetzt das Gespräch auf. Jede weitere Beleidigung, die Sie gegenüber Herrn Kowacz äußern, werde ich der Staatsanwaltschaft zu Gehör bringen.«

»Das können Sie nicht machen«, zischt die Kriminaldirektorin.

Paula richtet sich auf. »Oh doch, das kann ich. Sie wissen sehr gut, dass sexuelle Nötigung nach § 189 Strafgesetzbuch strafbar ist.«

KD Riedel prustet abfällig. »Sexuelle Nötigung. Lächerlich.« Doch sie scheint sich ihrer Sache nicht mehr ganz so sicher zu sein.

»Ich werde gegen sie aussagen.« Benny Kowacz steht kerzengerade im Raum. Seine Hände sind zu Fäusten geballt, seine Augen mit Tränen gefüllt, und trotzdem wirkt er entschlossen. »Jetzt sofort. Ich werde alles erzählen. Ich hätte das schon viel früher machen sollen, vielleicht wäre Kleinert dann noch am Leben.«

Paula setzt sich auf den Stuhl neben Benny Kowacz. Der hat die Hände wieder auf dem Schoß gefaltet, sein Fuß wippt auf und ab. Sein Blick geht zu Frauke Riedel, die mit verkniffenem Gesicht in der Ecke steht und von Spusen-Ali bewacht wird. Mit Abscheu betrachtet er seine Vorgesetzte.

»Kaffee?«, fragt Walter und drückt Kowacz einen dampfenden Becher in die Hand. »Ich habe noch etwas Kakaopulver auf den Schaum gemacht.« Er lächelt ihm zu.

Kowacz nickt dankbar und nimmt einen kleinen Schluck. »Ist sehr lecker«, flüstert er kaum hörbar. Dann atmet er tief durch. »Es ist Kleinert, der an allem Schuld ist. Er hat mich eines Abends nach der Arbeit abgefangen und mich auf ein Bier eingeladen. Dann hat er mir von Spezialteam M erzählt. In schillernden

Farben hat er mir ausgemalt, wie die Truppe landesweit Mordfälle löst, ein Spezialistenteam, das immer dann gerufen wird, wenn andere nicht weiterkommen. Beim dritten Bier sagte er, ich würde gut in die Truppe passen: jung, ehrgeizig, bereit, Einsatz zu zeigen.« Kowacz dreht den Becher in seiner Hand. »Wir haben uns öfter getroffen, und immer wieder hat Kleinert von der Truppe erzählt. Irgendwann fing ich an, mir vorzustellen, wie es wäre, dabei zu sein.« Er räuspert sich. »Kleinert wusste ganz genau, welche Stellschrauben er bei mir drehen musste. Dann kam er darauf zu sprechen, dass ja nicht er, sondern Frau Dr. Riedel die Personalentscheidung treffen würde. Und dass er gehört hat, wie man sie für sich einnehmen kann. Sie hätte nämlich bei der Personalauswahl manchmal ein besonderes Auswahlkriterium.«

Die Kriminaldirektorin in der Ecke schnaubt auf. »Dieser Schmierenkomödiant. Jetzt hat er auch noch Tränen in den Augen … dass ich nicht lache.«

Doch als Spusen-Ali näher an sie herantritt, verstummt sie. Mit verbissenem Blick verfolgt sie, wie Kowacz weiter seine Aussage macht. »Vor einigen Wochen hat mich Kleinert nach meinem Dienst abgefangen. Er meinte, Dr. Riedel sei heute allein im Büro, und er hätte schon mal vorgefühlt, was sie von mir halten würde. Er sagte, ich hätte gute Chancen. Ich müsste nur bereit sein, der Riedel die eine oder andere Gefälligkeit zu erweisen. Genauso hat er es gesagt. Gefälligkeit.« Fest umklammert er den Kaffeebecher. »Mir ist dann ziemlich schnell klar geworden, was das für eine Gefälligkeit war. Ich habe gedacht, es ist ja nur dieses eine Mal. Aber es ging immer weiter. Ihr dürres Klappergestell unter mir, das laute Stöhnen, ihre Fingernägel auf meiner Haut …« Er verstummt.

Riedel prustet. »Elender Schauspieler!«

Kowacz beachtet sie nicht. Er ist völlig versunken: »Kleinert hat genau gewusst, was Frauke von mir wollte. Er hat eine Kamera installiert und uns gefilmt. Nicht nur einmal. Ich wusste nichts davon, ich habe ihm sogar mein Herz ausgeschüttet und ihm gesagt, dass ich sie nicht mehr ertrage. Aber er hat gesagt, ich soll einfach weitermachen, dabei die Augen schließen und an jemand anderen denken.« Er schüttelt den Kopf. »Ich habe das alles nicht durchschaut. Kleinert hat immer mit seinem Handy gespielt, wenn Dr. Riedel in der Nähe war. Ich habe ja nicht gewusst, dass er uns damit gefilmt und sie erpresst hat. Sonst hätte ich auch nie zugestimmt, das Handy aus dem Ermittlungsraum zu stehlen.«

»Lügner!«

Paula sieht Kowacz fest in die Augen. »Sie wollen sagen, Dr. Riedel hat Sie angewiesen, das Handy aus unserem Seminarraum zu stehlen?«

Kowacz nickt und starrt auf seine Finger. »Sie hat gesagt, ich soll das holen.«

»Haben Sie sich denn nicht gefragt, warum sie das Handy braucht?«

»Doch, schon. Sie hat gesagt, dass sie Kleinerts Kontaktdaten benötigt, um die Sache mit dem Minister voranzutreiben. Kleinert kannte ja Gott und die Welt, deswegen habe ich ihr geglaubt. Er war wirklich ein ausgesprochenes Arschloch. Er hat mich eiskalt ausgenutzt.«

Paula rückt ein Stück vor. »Herr Kowacz, haben Sie Kleinert vom Balkon gestoßen? Vielleicht aus Wut, weil er Sie an Dr. Riedel … äh … vermittelt hat?«

Kowacz blickt wieder auf die Tasse in seiner Hand. Dann schüttelt er den Kopf. »Nein«, sagt er leise. »Ich war das nicht.«

»Wer war es dann?«

»Ich weiß es nicht.«

»Nach dem Mord kamen Sie verspätet in die Hotelbar. Haben Sie wirklich nichts mitbekommen und die Aufregung verschlafen?«

Kowacz presst seine Finger an die Tasse. Er atmet tief durch. Dann antwortet er: »Ich war in Dr. Riedels Zimmer. Ich musste bei ihr meinen *Dienst* versehen.«

Nachdem Dr. Riedel wutschnaubend den Raum verlassen hat und auch Kowacz gegangen ist, um sich ein wenig hinzulegen, ist die Atmosphäre im Raum gedrückt. »Ich kann nicht glauben, wie sie den jungen Kowacz ausgenutzt hat. Es ist wirklich furchtbar. Wenn ich mir das vorstelle, mit der Riedel … igitt!« Walter schüttelt den Kopf.

Paula sieht aus dem Fenster in den Nebel, der über dem Moor liegt. Ein schwaches Licht scheint vom Eingang des Hotels auf die weiße Masse und gibt ihr eine irreale Plastizität. Paula denkt an das blasse Gesicht des jungen Polizisten. Daran, wie er während seiner Aussage konzentriert versuchte, an Dr. Riedel vorbeizusehen. Und doch: Er ist einfach zu perfekt gewesen, eine Spur Misstrauen ist in Paula zurückgeblieben. Es war dieser letzte Blick, den Kowacz Riedel zugeworfen hatte, als sie aus dem Raum ging. Triumphierend. Oder hatte sie sich das nur eingebildet?

Wie dem auch sei. Ein Fakt blieb: Sowohl Kowacz als auch Riedel hatten ein Alibi für die Zeit des Mordes. Paula denkt über Kowaczs Aussage nach. »Kleinert hat also Dr. Riedel erpresst. Was ist, wenn unsere Kriminaldirektorin nicht die Einzige war, die erpresst wurde?« Sie wendet sich an Spusen-Ali, der nervös durch den Raum tigert. »Gab es noch weitere Filme auf dem Handy? Fotos? SMS-Nachrichten?«

Zu ihrer Enttäuschung schüttelt Spusen-Ali den Kopf. »Kurze Nachrichten an den Innenminister, SMS an seinen Verleger, Anrufe im Büro. Nichts Auffälliges.«

Paula nimmt sich Walters Bleistift und tippt damit auf den Tisch. »Er könnte auch etwas auf seinem Laptop gespeichert haben. Er erpresst jemanden damit, der stößt ihn vom Balkon und verschwindet mitsamt dem Laptop.« Sie hört selbst, wie dünn die Erklärung ist. Sie wirft den Bleistift auf den Tisch. »Wir brauchen dieses verdammte Laptop.«

Spusen-Ali schnappt sich seinen Metallkoffer. »Ich schaue mir jetzt jedes einzelne dieser Hotelzimmer an. Irgendetwas werde ich finden.«

COSMA

KANN MAN DENN NICHT EINMAL UNGESTÖRT SEINER ARBEIT NACHGEHEN?

Es ist ganz klar jemand auf dem Flur draußen vor dem Zimmer. Ich lege mein Ohr an die Eichentür und höre ein Quietschen, dann Schritte. Sie stoppen. Eine Stimme dringt durch das Holz. »Nein, ich weiß nicht, was das für uns bedeutet.« Es ist Hanna, das Zimmermädchen, und sie klingt ziemlich genervt. Vorsichtig luge ich durch den Türspion. Sie steht direkt vor unserer Tür, neben sich den Putzwagen mit Eimer und Abfallbehältern. Während sie telefoniert, schiebt sie ihn gedankenverloren hin und her wie einen Kinderwagen. »Es war einer dieser Kriminalpolizisten, die hier sind. Kowacz, glaube ich. Die eine von denen hat ihn angerufen und so rausbekommen, dass er das Handy hat. Diese Pongs scheint mir ziemlich clever zu sein, die lässt sich so leicht nichts vormachen.« Sie lauscht in das Telefon. »Natürlich versuche ich mein Bestes.« Sie klingt genervt. Mit einer Hand greift sie in ihre Tasche, nimmt sich ein Bonbon heraus, wickelt es aus und schiebt es sich in den Mund. Sie schließt kurz die Augen und seufzt. Dann wendet sie sich wieder ihrem

Telefonat zu. »Ja, mach ich. Ich melde mich wieder.« Sie legt auf, schiebt ihr Handy in die Hosentasche und blickt missmutig auf den Putzwagen vor sich. »Na dann los.«

Wir halten den Atem an. Ich suche in Windeseile nach Gründen, warum wir in dem Raum sind. Leider fällt mir auf die Schnelle nichts ein. Hanna wendet sich unserem Zimmer zu, hält dann aber stirnrunzelnd inne. Schließlich dreht sie sich um und geht mit dem Putzwagen davon.

»Das war knapp«, seufze ich und wische mir den Schweiß von der Stirn. »Was hat sie wohl aufgehalten?«

»Ich habe das *Bitte nicht stören*-Schild rausgehängt«, sagt Gerda abwesend, während sie nachdenklich mit einem Bademantel vor dem Spiegel steht. »Der ist ganz schön kurz.« Doch plötzlich stutzt sie. »Was ist denn das?« Sie zieht mehrere sorgfältig gefaltete Bögen Papier aus der Seitentasche, faltet sie auseinander, überfliegt sie und steckt alles wieder zurück.

»Was war das?«, frage ich.

»Nur Bürokram.« Sie betrachtet den Bademantel nachdenklich und schwingt damit hin und her.

Wieder höre ich Schritte auf dem Flur. Diesmal laute, energische. Das ist keinesfalls Hanna.

»Frau Gerda, würden Sie die Zettel einmal zeigen?«, fragt Herr von Itzenplitz. Gerda nickt, greift in die Tasche und gibt ihm das Papier.

Die Schritte haben direkt vor unserer Tür aufgehört. Ich hoffe, dass auch dieser Besucher durch das *Bitte nicht stören*-Schild abgeschreckt wird.

Herr von Itzenplitz überfliegt die Schriftstücke. »Das ist ja ungemein interessant.« Er schaut zu mir. »Frau Cosma … Das müssen Sie sich ansehen!«

Doch dazu bleibt keine Zeit. Das Türschloss klickt.

COSMA

DASS MEINE TOCHTER SICH IMMER SO AUFREGEN MUSS

Ich verstehe nicht, warum der sich so anstellt. Wir haben uns hier nur ein wenig umgesehen.« Ich verschränke meine Arme und funkele den Mann böse an. Wirklich. Dieser Spusen-Heini braucht sich gar nicht so aufzuspielen. Was kann ich dafür, dass er ausgerechnet dann das Zimmer der Ehefrau durchsuchen will, als wir drin sind. Soll er sich halt hinten anstellen oder früher aufstehen.

»MUTTER – ZUM LETZTEN MAL: IHR HABT NICHT ZU ERMITTELN!«, schreit mich meine Tochter an.

»Du solltest dich entspannen, die Sauna unten ist geöffnet. Gönne dir eine Auszeit mit dem netten Arzt.«

Irgendwie scheinen meine Worte Paula nicht zu beruhigen. Im Gegenteil: Sie fängt vor Wut regelrecht an zu zittern. Walter tritt vor. »Wirklich, Frau Cosma, Sie müssen sich raushalten. Ermittlungen sind unsere Sache.«

»Aber wir sind ganz gut darin«, mischt Gerda sich von hinten ein. Grundsätzlich finde ich super, dass sie sich für uns einsetzt. In diesem Fall ist es allerdings etwas hinderlich. Denn augenblicklich starrt mich meine Tochter an. »Was habt ihr gefunden?«

Ich weiche ihrem Blick aus. »Nichts. Warum sollten wir etwas gefunden haben?«

Sie tritt noch näher auf mich zu, ich spüre ihren Atem in meinem Gesicht. In ihren Augen sehe ich genau das gleiche irre Glitzern, wie es dieser Spusen-Ali hat, sobald er mich erblickt. Offenbar scheint Reizbarkeit eine typische Eigenschaft von Kriminalpolizisten zu sein. Klar, der Stress, diese dauernden Morde.

»Was – habt – ihr – gefunden?«, stößt sie nochmals hervor. Ihr linkes Augenlid zuckt.

Ich entscheide, dass es vielleicht besser ist, unsere Erkenntnisse zu teilen. »Wenn du es unbedingt wissen möchtest, Paula. Wir haben das hier entdeckt.« Ich übergebe ihr unseren Fund.

Meine Tochter überfliegt den Inhalt des Dokuments und blickt überrascht auf. »Der Tote hat eine Lebensversicherung abgeschlossen? Über zwei Millionen Euro? Zugunsten seiner Frau?«

Da die Antwort auf diese Fragen ziemlich offensichtlich Ja lautet, bin ich still. Außerdem sehe ich gerade, wie die Ehefrau des Toten um die Ecke kommt. Und wie ihre Augen riesig werden, als sie die Versicherungspolice in Paulas Hand sieht.

PAULA

KEKSE

»Ich würde das nicht essen.« Walter blickt mit Abscheu auf die Dose mit Industriekeksen, die der Hotelier in ihr improvisiertes Büro-Asservatenkammer-Verhörraum-Zimmer gestellt hat. »Das ist doch nur Zucker mit Mehl. Überhaupt kein Geschmack.«

»Egal. Nach meiner Mutter brauche ich was Süßes«, murmelt Paula und nimmt sich mehrere Kekse auf einmal. Dann hält sie die Dose der Ehefrau des Toten hin. »Sie auch?«

Janine Kleinert schüttelt den Kopf. Sie sitzt aufrecht auf dem Stuhl, auf dem vor knapp einer Stunde noch Benny Kowacz gesessen hat. Paula steckt sich einen Keks in den Mund. Walter beobachtet sie mit einem Blick, als würde er jeden Moment erwarten, dass sie tot umfällt. Da das jedoch ausbleibt, wendet er sich an Janine Kleinert. »Backen Sie auch so gerne? Es ist ja nicht mehr lang bis Weihnachten, und ich habe zu Hause schon einen ganzen Stapel an Rezepten, die ich unbedingt ausprobieren muss. Am liebsten mag ich zu Weihnachten Vanillekipferl. Und Sie?«

Während die Verdächtigen sich normalerweise bei Walters Geplauder entspannen, scheint Janine Kleinert mit jeder Sekunde angespannter zu werden. »Ich verstehe wirklich nicht, was Sie von mir wollen«, wendet sie sich an Paula.

Paula schluckt den trockenen Keks hinunter. »Ihr Mann hat am Tag seines Todes eine Lebensversicherung zu Ihren Gunsten abgeschlossen. Warum haben Sie uns das verschwiegen?«

»Ich konnte ja nicht ahnen, dass Sie das interessiert.«

Paula lässt das unkommentiert. »Warum hatte er die Police überhaupt bei sich? Er hätte sie doch auch zu Hause unterschreiben können.«

»Hat er aber nicht. Fast zwei Monate laufe ich nun schon damit hinter ihm her, und immer hatte er Wichtigeres zu tun. Wir haben uns ständig deswegen gestritten. Sogar als wir hier angekommen sind. Er wollte überhaupt nicht einsehen, dass er mich absichern muss. Für ihn war das Unterzeichnen einer Lebensversicherung, als ob er sein eigenes Todesurteil unterschreibt. So ein Unsinn. Als ob er tot umfallen würde, nur weil er eine Versicherung hat.«

Sie verstummt urplötzlich. Vermutlich ist ihr aufgegangen, dass die Befürchtungen ihres Mannes exakt eingetroffen sind.

»Aber es ist schon merkwürdig, dass Ihr Mann unmittelbar vor seinem Tod unterzeichnet hat.«

Janines Augen füllen sich mit Tränen. »Ich hatte die ganze Zeit das Gefühl, dass er in Gefahr schwebt. Dieser Drohbrief …« Sie schluchzt.

Walter sieht Hilfe suchend zu Paula. Die lässt sich von der Darstellung nicht beeindrucken. »Ich hatte den Eindruck, dass der Drohbrief Sie nicht sonderlich beunruhigt hatte. Sie hatten ihn sogar fast vergessen.«

»Verdrängt, nicht vergessen«, flüstert Janine.

Paula blickt auf die Versicherung. »Wann genau hat Ihr Mann die Police denn unterschrieben?«

»Ich weiß nicht genau. Sein plötzlicher Tod hat alles so verschwommen gemacht.« Janines Stimme ist zu einem traurigen Flüstern geworden.

Paula beugt sich vor. »Ich kann Ihrem Gedächtnis vielleicht ein wenig auf die Sprünge helfen. Denn wissen Sie, die Hotelflure werden mit Kameras überwacht. Und wir haben eine Aufnahme, wie Sie kurz vor dem Tod Ihres Mannes aus dessen Zimmer kommen. Auf dieser Aufnahme wirken Sie ziemlich wütend. Sie haben ein Dokument in der Hand. Ich wette, dass es die Police ist.«

»Mein Mann hatte bereits am Nachmittag unterschrieben. Und an dem Abend war ich wütend, weil er so viel getrunken hatte. Das habe ich Ihnen doch schon gesagt.«

»Und was hatten Sie in der Hand?«

Janine zuckt die Schultern. »Irgendwas. Ich kann mich nicht erinnern.«

Paula glaubt ihr kein Wort. Eine Bewegung hinter dem Glasfenster der Tür erregt ihre Aufmerksamkeit. Sie sieht, wie Doc Fischgrät über den Flur schlendert, über die Schulter ein Handtuch geworfen. Offenbar ist er auf dem Weg in die Sauna. An seiner Seite das Zimmermädchen mit einem Stapel Handtücher. Paula nimmt sich zwei Kekse auf einmal. Walter schüttelt tadelnd den Kopf.

Ist Ole mit dem Zimmermädchen in der Sauna, oder hat sie nur zufällig die gleiche Richtung? Sie ist attraktiv. Schlank, sportlich und mit außerordentlich guten Reflexen versehen. Paula sieht die beiden vor sich in der Sauna. Nackt. Schweiß perlt auf ihrer Haut. Das Zimmermädchen hat von der Hitze gerötete Wangen, ihre Rastalocken liegen feucht um ihre nackten Schultern. Der Doc schiebt die Haare sanft beiseite, beugt sich vor und … Paula will nach den Keksen greifen, doch Walter schiebt die Dose aus ihrer Reichweite. »Paula, du wolltest doch noch was fragen, oder?«, sagt er nachdrücklich und legt den Kopf auffordernd schief.

Paula schließt die Augen und versucht, sich zu konzentrieren. Genau aus diesem Grund ist es nicht gut, näher mit dem Doc befreundet zu sein. Er lenkt sie ab. Konzentration. Der Fall, sonst nichts … ob Ole dem Rastalocken-Mädchen mehr zu seinem Tattoo erzählt?

»Paula!« Sie zuckt zusammen, öffnet die Augen. Walter macht eine unmissverständliche Geste Richtung Ehefrau. Die blickt verloren aus dem Fenster in den Nebel. Ihre Hände liegen auf ihrem Schoß, sie dreht ihren Ehering und scheint in Gedanken so weit weg zu sein wie Paula eben.

Paula räuspert sich. Cosma kommt ihr in den Sinn, wie sie triefnass vor ihr steht. »Frau Kleinert, wir haben Zeugen, die Sie heute Mittag im Moor gesehen haben.«

Ruckartig wendet Janine ihren Kopf zu Paula. »Zeugen? Welche Zeugen?«

Paula lässt die Frage unbeantwortet und wartet ab. Janine streicht ihre Haare nach vorn. »Das muss eine Verwechslung sein. Ich war nicht im Moor.«

»Die Zeugen waren sich sehr sicher. Nach deren Aussagen trugen Sie ein dunkles Kleid und standen an einer Biegung des Steges. Die Zeugen haben sehr deutlich beobachtet, dass Sie etwas in das Wasser warfen.«

Cosma hat zwar hoch und heilig geschworen, dass sie nicht gesehen hat, was es war. Aber Paula ist sehr wohl aufgefallen, wie deutlich in diesem Moment die gesamte WG demonstrativ auf den Fußboden geschaut hat.

Janines Augen gehen hektisch hin und her. »Ach, der Spaziergang, den habe ich ganz vergessen. Ich war so in Gedanken.«

»Und was haben Sie bei Ihrem Spaziergang ins Wasser geworfen?«

Janine richtet sich auf. Sie braucht einen Moment, bis sie antwortet. »Es war ein Stein, den ich gefunden hatte. Ein Abschiedsgruß an meinen Mann.«

Jetzt ist sich Paula sicher: Janine lügt.

»Einen Stein im Moor als Abschiedsgruß. So ein Quatsch.« Walter rückt seine Brille zurecht und starrt zur Tür, durch die Janine Kleinert soeben verschwunden ist.

»Das war nicht gerade glaubwürdig, aber leider auch nicht zu widerlegen.« Paula dreht die Keksdose vor sich. Sie wirft einen Blick auf die Versicherungspolice. »Wäre gut, wenn Spusen-Ali sich die ansieht.«

»Darum kann sich mein Team kümmern, wenn der Weg in die Zivilisation wieder frei ist«, dröhnt es von der Tür, wo Ali Nazik gerade hereingekommen ist. In der Hand trägt er seinen Metallkoffer, den er in die Ecke pfeffert. »Ich will endlich wieder Zugang zu einem Mikroskop, meiner Ausrüstung und meinem Team!

Warum dauert das denn so ewig, die paar Bäume wegzuräumen? Wann kommt die Kavallerie und holt uns hier raus?«

»Das ist genauso wie bei dem großen Pfingststurm.« Walter putzt seine Brille mit seinem Pullover. »Wissen Sie noch, wie viele Bäume da in Düsseldorf umgestürzt sind? Es hat ewig gedauert, die wegzuräumen. Im Grafenberger Wald haben sie sogar Panzer eingesetzt.« Er lächelt bei der Erinnerung daran.

Doch Walters Bemerkung hebt Spusen-Alis Laune nicht gerade. »Ich erinnere mich sehr gut. Mein neues Auto stand an der Straße, und als ich am Morgen losfahren wollte, war ein Baum draufgestürzt.«

»Haben Sie in den Zimmern was gefunden?«, versucht Paula, ihn auf andere Gedanken zu bringen.

»Ich habe mir alle Gästezimmer angesehen«, knurrt er. »Neun Zimmer von der Holzvertäfelung bis zur Sockelleiste durchsucht. Und das Ergebnis: keine Spur von dem verschwundenen Laptop und den Akten.«

»Aber irgendwo müssen sie sein.« Paula schüttelt den Kopf.

»Wenn mein Team hier wäre, könnten wir das Hotel von oben bis unten auseinandernehmen. Aber wir haben ja nicht mal Telefonkontakt!« Spusen-Ali hat sich in Rage geredet. »Das ist übelste Provinz hier. Kein Handyempfang, kein Internet, kein gar nichts. Wie soll man da ermitteln?«

Es klopft zaghaft an der Tür. »Wer stört?«, brüllt Spusen-Ali.

Doris Seiferts Kopf erscheint. »Ich wollte nicht stören … Entschuldigung.«

Spusen-Ali hebt zu einer lautstarken Antwort an, doch bevor er dazu kommt, nickt Paula Doris freundlich zu. »Frau Seifert ... Was können wir für Sie tun?«

Doris zögert mit Blick auf Spusen-Ali, kommt dann aber doch rein. »Ist es jetzt okay? Oder besser später? Später, nicht wahr? Es ist nur ... weil ich dachte, es könnte Sie interessieren. Es ist auch zu blöd, dass mir das erst jetzt eingefallen ist. Vermutlich ist es gar nicht wichtig, und ich habe Ihr Gespräch unnötig unterbrochen. Das tut mir leid. Sie haben ja auch viel zu tun. Den Mord aufklären ... und die ganzen Gespräche, die Sie führen müssen. Ich wäre auch gar nicht gekommen, aber dann habe ich gedacht, dass es vielleicht doch besser ist, wenn ich es Ihnen sage.«

Paula atmet tief durch. »Nein, jetzt ist es okay, Frau Seifert. Worum geht es?«

Doris Seiferts ängstlicher Blick geht zu Spusen-Ali und dann wieder zu Paula. »Ich kann auch noch mal wiederkommen. Das wäre überhaupt kein Problem.«

»Nein, es passt gerade.« Paula ignoriert Spusen-Alis abfälliges Schnaufen und versucht, ihre eigene Unruhe zu unterdrücken.

Doris sieht auf ihre Hände. »Nun, ja, es ist nur ...« Sie stockt.

»Ja-ha?« Paula lächelt sie wieder an. Wenn auch bemüht.

»Ich habe ja schon die ganze Zeit gedacht, ich kenne ihn von irgendwoher. Aber es ist mir partout nicht eingefallen. Damals war er ja auch noch jünger, und ich hatte natürlich nur das erkennungsdienstliche Foto von ihm gesehen, darauf sehen ja die meisten Menschen etwas fremd aus. Aber als ich eben an dem Täterprofil gearbeitet habe, da ist es mir plötzlich eingefallen.«

Paula sieht sie verwirrt an. »Von wem reden Sie?«

Doris wird rot. »Oh, das passiert mir immer. Ständig erzähle ich etwas und sage nicht, worum es geht. Es tut mir so leid.«

Ungeduldig nickt Paula. »Ist schon gut.«

Doris strafft sich. »Es geht um den Hotelier. Heino Ullmann. Ich habe sein Foto schon einmal gesehen. In den Akten, die Ralf für sein Manuskript zusammengestellt hat.«

Paula sieht sie überrascht an. »Sie haben ein Foto von Ullmann in Vernehmungsakten gesehen?«

Doris nickt. »Deswegen dachte ich ja, dass ich es Ihnen besser sage. Wenn es mir doch nur schon eher eingefallen wäre, aber er war auf dem Foto noch so viel jünger, deswegen konnte ich ihn nicht gleich zuordnen. Es tut mir wirklich leid, ich …«

Paula unterbricht Doris mit einer Handbewegung. »Moment. Um welche Akten ging es?«

»Es war die erste Ermittlung, die Ralf als verantwortlicher Analytiker übernommen hat. Klar, dass er den Fall in sein Buch aufnehmen musste, die Leser interessiert das natürlich. Der erste große Fall. Und dann gleich so einer. 1992 ist das gewesen, ein kleiner Ort in der Eifel. Ralf hat Ullmann vor der versammelten Dorfgemeinschaft verhaftet. Das war auf dem Schützenfest damals. Durch das Fest ist Ralf ja erst draufgekommen. Wegen der Waffe. Und Ullmann hatte keine. Jedenfalls hat das ganze Dorf gesehen, wie Ralf ihn abgeführt hat.«

Paula hebt genervt die Hand. »Frau Seifert. Bitte nur ein Satz: Worum ging es bei dem Fall?«

Doris sieht sie mit großen Augen an. Sie öffnet den Mund, um sich zu entschuldigen. Paula hebt die Hand. Doris' Mund geht wieder zu. Sie atmet durch. Schließt die Augen, öffnet sie wieder. »Mord«, sagt sie schließlich knapp und konzentriert. »Es ging um Mord. Und Ullmann war der Hauptverdächtige.«

COSMA

LORETTA WILL ETWAS VON UNS

»Ich finde, das haben wir super gemacht, da haben wir uns das hier wirklich verdient!« Ich hebe mein Glas und proste meinen Mitbewohnern zu. Ein Glas Altbierbowle, ein Kräuterschnaps, eine rosafarbene Sektflöte und eine Tasse Earl Grey werden erhoben. »Hurra!«

Zufrieden lehne ich mich auf der Bank in der Hotelbar zurück und fische eine Scheibe Pfirsich aus meiner Bowle. »Was kann Paula von Glück reden, dass es uns gibt. Ohne uns wäre sie völlig hilflos und hätte das mit der Versicherungspolice niemals herausgefunden.«

»Aber sind Sie denn sicher, dass Janine Kleinert ihren Ehemann vom Balkon gestoßen hat? Sie wirkt so zerbrechlich.« Herr von Itzenplitz nimmt den Beutel aus seinem Tee und legt ihn sorgfältig auf die Untertasse.

»Mörder zeigen nicht immer ihr wahres Gesicht. Sie sind Meister darin, sich zu verstellen«, überlege ich und nippe an meiner Bowle. Ich denke an die großen braunen Augen der Ehefrau, ihre geisterhafte Erscheinung im Moor. »Sie hat eine Lebensversicherung auf ihren Mann abgeschlossen. Das sagt doch wohl alles. Für mich ist sie schuldig.«

Gerda stellt ihre Sektflöte ab und sieht sich um. »Wo

ist eigentlich Alfred? Es ist doch längst Zeit für sein Abendbrot.«

»Vermutlich ist unser getigerter Freund irgendwo im Moor unterwegs«, überlegt Herr von Itzenplitz. Geschickt gibt er flüssige Sahne in seinen Tee und beobachtet die sich bildenden Wölkchen. Nachdem er einen Schluck probiert und zufrieden genickt hat, bemerkt er mit Blick auf unsere Getränke: »Aber in der Tat, es ist merkwürdig, dass unser Kater nicht hier ist.«

Jetzt, wo ich darüber nachdenke, gebe ich ihm recht. Normalerweise ist Alfred nie weit entfernt, wenn Alkohol im Spiel ist.

Eddi nimmt die Flasche mit dem Kräuterschnaps und schenkt sich großzügig ein. Anschließend zieht er sorgfältig einen Strich auf unserem Deckel. Wir müssen uns nämlich selbst bedienen, Heino Ullmann bereitet gerade das Abendessen vor. Er tat mir ein wenig leid, als er uns mit Schweiß auf der Stirn die Tür zur Bar aufgeschlossen hat. Den ganzen Tag über rennt er schon hin und her und versucht, die Wünsche seiner Gäste zu erfüllen. Das Zimmermädchen scheint ihm jedenfalls keine große Hilfe zu sein, die habe ich seit Stunden nicht gesehen.

»Aber gleich ist Abendessen-Zeit, und außer den paar Würstchen beim Frühstück hat er noch nichts gefressen.« Gerda kniet sich auf die Bank und schaut aus dem Fenster hinter sich. Aber dort ist außer nebliger Dunkelheit nichts zu sehen. Moore sind meines Erachtens völlig überbewertet. Entweder man schaut auf eine mehr als langweilige Landschaft aus Wasser und trockenem Gras, oder es ist so neblig, dass man sich genauso gut vor eine frisch gestrichene Hauswand stellen könnte, um die Aussicht zu genießen.

»Isch jlaub, dat er mit dat Loretta unterwechs is.« Eddi kippt seinen Schnaps hinunter.

»Meinen Sie?« Gerda dreht sich um, setzt sich wieder und sieht Eddi Mei-Zu zuversichtlich an.

Aber ich muss ihre Hoffnung zerstören. »Die Hotelkatze sitzt da vorne«, sage ich und deute mit dem Kinn auf die grünen Augen, die uns anstarren. Loretta ist vor etwa einer Minute hereingekommen und hat sich an den Eingang der Bar gesetzt. Seitdem fixiert sie uns mit hypnotischem Blick.

»Sie sieht aus, als wolle sie uns etwas sagen«, flüstert Gerda.

Loretta sitzt da wie eine zum Leben erweckte altägyptische Katzenstatue. Die Haare in meinem Nacken stellen sich bei dem Anblick auf. Die Hotelkatze, deren Schwanz hin und her schlägt, fixiert dagegen Gerda. Dann schlüpft sie durch die offene Tür. Unvermittelt steht Gerda auf und geht ihr nach. Wir sehen uns überrascht an, dann folgen wir ihr. Was auch gut ist, denn nur eine Sekunde später hätten wir Gerda aus den Augen verloren. Ohne auf den Weg zu achten, folgt sie dem hocherhobenen Schwanz der Hotelkatze, der uns wie der Schirm einer Fremdenführerin über den Hotelflur, die Treppe hinab, weiter bis zu einer unscheinbaren Tür im hinteren Bereich des Ostflügels. Vor uns liegt eine Treppe.

»Die führt bestimmt zum Keller«, raune ich, während wir versuchen, mit Gerda und Loretta Schritt zu halten. Die beiden hasten die Treppe hinunter. Atemlos laufen wir hinterher, biegen um die Ecke … und bleiben überrascht stehen.

Der Weg vor uns ist leer. Gerda und Loretta sind weg.

»Aber sie waren doch gerade noch hier!« Ich sehe mich um. Vor uns liegt ein Kellergang, ein winziges Fenster aus Glasbausteinen lässt buntes Licht von außen hereinscheinen. An der Seite hängt ein großer Wandteppich mit Gebirgslandschaft und einem röhrenden Hirschen. Es riecht modrig, als hätte sich die kalte Luft von draußen hier gesammelt und in jeder Pore Schimmel hinterlassen.

Eddi sieht sich mit großen Augen um. »Und wenn et hier Jeister jibt?«, flüstert er.

»Unsinn, es gibt keine Geister. Für ihr Verschwinden wird sich eine logische Erklärung finden. Denken Sie an den *Hund von Baskerville.* Es gibt immer eine logische Erklärung«, sage ich ohne große Überzeugung. Meine Stimme klingt dumpf in dem Gemäuer. Feuchtigkeit hat sich auf meiner Kleidung niedergelegt. Sorgfältig schaue ich mich im Dunkel um.

Plötzlich glaube ich etwas zu hören. Ein scharrendes Geräusch direkt hinter mir. Im gleichen Augenblick fühle ich, wie sich eine kalte Hand auf meine Schulter legt.

PAULA

SCHÜTZENBRÜDER

Es muss doch hier irgendwo Internet geben«, flucht Paula. Das Handy in die Höhe gereckt, geht sie das Hotel ab. Doch egal, wo sie ist, die Balken, die die Internetverbindung anzeigen, bleiben leer.

»Das können Sie sich sparen«, vernimmt sie. Ihr Chef sitzt in der Hotelbar vor einem großen Weizenbier, neben sich eine Anglerzeitung. »Wo ist denn der Kollege Nazik? Wir wollten gemeinsam ins Moor. Ich habe meine Angelausrüstung dabei. Er lehnt das als Tierschützer natürlich ab, aber wir wollen trotzdem mal versuchen, ob wir was fangen. Das wäre doch eine schöne Überraschung für das Abendessen, so abgeschnitten, wie wir von der Welt sind.«

Paula setzt sich zu ihm. Vielleicht braucht sie gar kein Internet, um weitere Informationen zu bekommen. »Sie haben Kleinert doch damals eingestellt, oder?«

KR Lorenz nickt und nimmt einen Schluck Weizen. Er wischt sich mit der Hand über den Mund. »Auf Geheiß des Innenministers. Ihnen kann ich es ja sagen: Kleinert hatte nicht gerade die beste Reputation. Aber selbst Dr. Riedel war ganz heiß auf ihn. Sie wollte unbedingt einen Fallanalytiker, aber ihre Begeisterung hat sich schnell gelegt, als sie ihn kennengelernt hat.«

»Ich bin auf der Suche nach Informationen über den ersten Fall, den Kleinert bearbeitet hat. Wissen Sie etwas darüber?« Paula spielt mit dem Pappuntersetzer.

»Ach Gott, das war, bevor er zu uns kam, da gehörte er noch zu Köln.« Lorenz beobachtet nachdenklich einen Wassertropfen, der sich auf seinem Weizenglas einen Weg nach unten bahnt. »Aber ich habe den Fall damals verfolgt. Was wollen Sie wissen?«

»Alles, was Sie mir dazu sagen können.«

Lorenz runzelt die Stirn. »Wo genau das war, weiß ich nicht mehr, in irgendeinem Kaff in der Eifel. Ein Mann ist während des Schützenfestes erschossen worden. Kleinert sollte das Team vor Ort unterstützen. Wie ich gehört habe, hat er sich benommen wie eine Möwe unter hundert Touristen mit Fischbrötchen in der Hand. Wahllos hat er sich jemanden herausgepickt und so lange bearbeitet, bis der gestanden hat. Der Verdächtige war ein junger Schützenbruder, kaum zwanzig Jahre alt. Kleinert hat ihn stundenlang verhört, der Junge soll völlig mit den Nerven fertig gewesen sein und nur aus Verzweiflung gestanden haben. Am nächsten Tag hat er prompt widerrufen. Kleinert hielt ihn aber weiterhin für schuldig. Und genau das hat er bei den Schützenbrüdern durchsickern lassen. So was geht natürlich überhaupt nicht. Sie können sich vorstellen, was in einem so kleinen Dorf passiert ist, als der junge Mann von der Befragung kam: Er wurde von allen geschnitten.«

»Haben Sie jemals mit dem Verdächtigen gesprochen? Oder ihn gesehen?«

Zu Paulas Enttäuschung schüttelt ihr Chef den Kopf. »Wie gesagt, das war, bevor Kleinert zu uns kam. Soweit ich weiß, hat ein paar Tage später der Schützenkönig gestanden. Der hatte nach seinem Sieg ordentlich Bier und Schnaps ausgegeben. Am späten Abend kam es zwischen ihm und dem später tot aufgefundenen Mann zum Streit darüber, ob beim Wettschießen nachgeholfen worden war. Jedenfalls ist der Schützenkönig mit seinem Kontrahenten in die Schießhalle. Betrunken, wie die beiden waren, wollten sie ein erneutes Wettschießen starten. Der Kontrahent ist auf die Schießscharte, um die Reste vom Vogel aufzuhängen. Der Schützenkönig hatte aber schon angelegt und direkt geschossen. Ein beachtlicher Treffer: mitten ins Herz seines Vereinsbruders.«

»Und was hat Kleinert dazu gesagt?«

»Er hielt daran fest, dass der erste Verdächtige involviert war. Dabei bestand an dem Tathergang und der Täterschaft wirklich kein Zweifel. Der Junge hat es danach wohl nicht leicht gehabt im Dorf. Sie wissen, was die Leute in so einem Fall denken: Da wird schon was dran gewesen sein. Es war unverantwortlich von Kleinert, den jungen Mann zu beschuldigen.« Ihr Chef nimmt noch einen großen Schluck Weizen. »Aber so war Kleinert nun einmal: Sein Ego stand ihm immer im Weg.«

»Was wurde aus dem jungen Mann?«

Ihr Chef zuckt mit den Schultern. »Wie ich gehört habe, wollte der wenige Wochen später heiraten. Doch seine Verlobte hat sich von ihm getrennt, kurz darauf hat er seinen Job verloren und ist irgendwann weggezogen.« Er blickt auf. »Warum fragen Sie?«

»Vielleicht hat sich der junge Mann von einst jetzt gerächt«, murmelt Paula nachdenklich.

COSMA

UNTER SPINNEN, RATTEN UND NACKTSCHNECKEN

»Was schreien Sie denn so?« Gerda sieht mich mit großen Augen an.

Plötzlich stand sie hinter mir im Kellergang, da hätte jeder geschrien. »Wo kommen Sie her?«, stoße ich hervor. Mein Herz rast so schnell wie der Bass unseres zwanzigjährigen Nachbarn.

Gerda deutet auf den Wandteppich hinter sich. Der hat sich ein wenig verschoben.

»Ein Geheimgang!«

Gerda nickt nachdrücklich. »Loretta ist da hineingelaufen. Ich glaube, sie will uns zeigen, wo Alfred ist. Vielleicht ist ihm etwas zugestoßen.« Sorgenvoll legt sie beide Hände auf die Brust.

»Wir werden nach ihm suchen.« Herr von Itzenplitz klopft ihr beruhigend auf die Schulter.

Ich stehe noch immer wie angewurzelt vor dem Wandteppich. Meine Gedanken überschlagen sich. »Das ist ja unglaublich. Ein Geheimgang! Wie in dem Horrorhotel.«

Gerda sieht mich mit großen Augen an. »Sie meinen das von diesem Holmes? Das mit dem Folterkeller?«

Ich strahle sie an. »Genau!« Dass ich das noch erleben darf: Ein Folterraum in einem Hotel. Ich will gerade mein Diktiergerät herausholen, um ein paar Eindrücke festzuhalten, da schluchzt Gerda auf. »Aber wo ist Alfred?« Sie läuft los in den finsteren Gang.

»Frau Gerda … warten Sie!« Wir stürzen hinterher.

Im Gang schlägt mir der Geruch nach zerquetschten Nacktschnecken entgegen. Spinnen haben dichte Netze gewebt und starren uns von oben herab an. Für eine winzige Sekunde glaube ich, eine Wasserratte neben mir entlanghuschen zu hören. Aber ich habe keine Zeit, genauer hinzusehen, denn die anderen sind ein Stück voraus, schon kann ich sie in dem dunklen Gang nicht mehr sehen. Ich haste hinterher, eine Spinnwebe verfängt sich an meinem Gesicht, ich spüre ein Krabbeln in meinem Nacken. Und plötzlich höre ich einen Schrei. Er kommt von Gerda!

Ich beschleunige meine Schritte, hechte durch den Gang und versuche, die Seitenstiche und das widerliche Krabbeln im Nacken zu ignorieren. Mein Atem geht keuchend, und mehr als einmal habe ich das Gefühl, ein Stückchen flaumiges Moos eingeatmet zu haben. Ich haste vorwärts, drehe mich noch einmal kurz um – und pralle frontal gegen ein Hindernis.

»Frau Cosma!« Eddi sitzt auf dem kalten Boden und reibt sich seinen dunklen Haarkranz. »Sie haben misch umjerannt!«

Ich liege auf dem Steinboden und brauche einige Zeit, bis ich verstehe, was er meint. Meine Stirn pocht, als würde mir ein Folterknecht einen Nagel hineintreiben. Ich lege meine Hand dorthin, und es würde mich nicht wundern, eine klaffende Wunde zu ertasten. Wenn man mit gefühlten fünfundfünfzig Stundenkilometern auf ein stehendes Hindernis stößt, dann kann das üble Folgen haben. Aber offenbar ist alles ganz geblieben. »Warum stehen Sie denn mitten im Weg rum?«, frage ich meinen Mitbewohner.

Der steht umständlich auf, hilft mir hoch und deutet auf den Gang. »Weil et hier nisch mehr weiterjeht.«

Erst jetzt erkenne ich, dass wir vor einem Bretterverschlag stehen.

Ich sehe die anderen an, ein Grausen lässt mich frösteln. »Das muss das Folterzimmer sein«, flüstere ich.

»Dat sieht mir eher aus wie ein janz jewöhnlicher Keller«, sagt Eddi Mei-Zu, noch immer seinen Kopf reibend.

»Seien Sie still. Ich glaube, ich höre was!« Gerda kniet vor dem Bretterverschlag und legt ihr Ohr auf das Holz.

Jetzt höre ich es auch. Ein ganz leises Miauen.

Gerda dreht sich mit großen Augen zu uns um. »Das ist Alfred!«

Loretta streicht an dem Bretterverschlag auf und ab, reibt ihren Kopf daran, während sie seltsame Geräusche von sich gibt.

»Ich glaube, die Katze ist … nun, Sie wissen schon, in einer empfängnisbereiten Zeit«, bemerkt Herr von Itzenplitz und wird rot.

Gerda steht auf. »Wir müssen da rein!« Sie deutet auf die Tür des Verschlages, die mit einem Vorhängeschloss versehen ist. Das Maunzen von drinnen wird lauter. Offenbar hat Alfred uns gehört und will zu uns gelangen. Ich sehe seine Pfote unter dem Verschlag hindurchblitzen.

Gerda streckt mir auffordernd ihre linke Hand entgegen.

»Was?«, frage ich.

»Der Dietrich. Ich brauche den Dietrich.«

Zwar ist es so, dass ich normalerweise meine wichtigen Utensilien immer in meinem Cape mit mir führe. Doch leider musste ich heute Morgen noch einige von diesen leckeren Plätzchen, die uns der Hotelier hingestellt hat, als Reserve einpacken. Und deswegen habe ich einiges aus den Taschen herausgenommen. Ich dachte, der Dietrich ist ohnehin nutzlos, weil es überall diese Chipkarten gibt. »Der Dietrich liegt auf meinem Zimmer«, gestehe ich.

Gerda wirkt für einen Moment verzweifelt. Dann fragt sie mich: »Was haben Sie sonst dabei?«

Ich wühle durch meine Taschen und lege alles vor mir auf den Boden. »Mein Diktiergerät, ein Hütchen aus einem Mensch-ärgere-Dich-nicht-Spiel, meine Gabel, einige Dokumente von Walters Schreibtisch, die zufällig in meine Tasche gelangt sein müssen, eine Fotokamera, sechs unterschiedliche Würfel, drei Muscheln und meinen Glücksstein.« Den habe ich 1962 bei einem Spaziergang am Rhein entdeckt. Es ist ein hübscher grauer Rheinkiesel, den ich seitdem immer bei mir trage.

Gerda betrachtet meine Gegenstände, und ich sehe förmlich, wie es in ihrem Kopf arbeitet. Sie kaut auf ihrer Unterlippe. Dann greift sie gezielt nach Walters Unterlagen.

»Wozu brauchen Sie denn den Seminarablauf?«, frage ich.

»Ich wollte das hier.« Gerda nimmt sich die Büroklammer und gibt mir die Bögen zurück. Dann biegt sie die Klammer auseinander und steckt sie in das Schloss. Sie prockelt ein wenig darin herum, legt die Zunge zwischen die Lippen, lauscht auf den Mechanismus – es klickt, und das Schloss geht auf.

Eine Sekunde später sind wir in dem Raum. Ein Licht flammt auf, Herr von Itzenplitz hat praktischerweise einen Schalter gefunden.

»Alfred!« Gerda umschlingt unseren Kater. Doch der windet sich aus ihrer Umarmung und läuft zu Loretta. Die beiden gehen schnurrend aneinander entlang, beschnuppern sich. Loretta stößt noch einmal diesen seltsamen Laut aus, der Alfred allerdings zu gefallen scheint. Sie rollt sich auf dem Boden. Dann verschwinden die beiden mit großen Sprüngen im Flur.

Ich sehe mich um. Das kalte Licht einer Neonröhre scheint auf Stühle, Weinkisten und in Decken geschlagene Gemälde. Ich muss sagen, ich bin enttäuscht.

»Ein janz jewöhnlicher Keller. Dat hab isch doch jleich jesagt.«

»Vielleicht ist es auch ein Diebeslager«, sagt Gerda, aber sie klingt nicht sehr überzeugt.

Mein Blick geht noch einmal durch den Raum. Und dann entdecke ich etwas, das mich wirklich erstaunt. »Gerda – Sie haben recht!«, rufe ich aus. »Das ist ein

Diebeslager!« Ich halte meinen Fund hoch. Die anderen sehen mich mit großen Augen an.

»Knorke«, sagt Eddi.

»Bombe«, sagt Gerda.

»Außergewöhnlich«, findet Herr von Itzenplitz.

Und ich muss ihnen allen dreien recht geben. Denn das, was ich in den Händen halte, ist mehr als interessant.

PAULA

EIN HOTELIER VON DER TRAURIGEN GESTALT

Heino Ullmann steht in der Küche vor einem riesigen Kochtopf und rührt darin. Schweiß hat sich auf seiner Stirn gebildet. Hinter ihm brutzelt es in einer Pfanne, Fett spritzt hoch. Ullmann dreht sich um, nimmt den Topf vom Herd, wischt sich über die Stirn. Und erstarrt, als er Paula erblickt. »Was machen Sie denn hier?«

»Ich müsste mit Ihnen reden.« Der Gang zwischen den beiden Herden ist so eng, dass Paula kaum Platz zum Stehen hat.

Der Hotelier rührt wieder in dem Topf. In der Ecke piept die Mikrowelle nervtötend. »Es ist leider gerade schlecht. Ich bin dabei, Hirschgulasch für das Abendessen aufzuwärmen.« Er deutet auf einen riesigen Topf, in dem es blubbert. »Zum Glück haben wir unser Lager gut gefüllt. Der Nachtisch steht allerdings noch aus, ich werde wohl Kuchen auftauen müssen.«

Paula ahnt, dass unter diesen Umständen kein Gespräch möglich ist. Sie sieht zu Walter. »Mein Kollege kann sich um das Abendessen kümmern. Der kocht gerne.«

Walter sieht sie mit großen Augen an. »Ich *backe* gerne. Kochen ist nicht Backen, Paula.«

»Es geht doch nur noch um den Nachtisch. Oder möchtest du, dass es aufgetauten Fertigkuchen gibt?«

Wortlos nimmt Walter Ullmann die Kochschürze ab.

Der Hotelier wirkt froh, der Küche entronnen zu sein.

»Setzen Sie sich.« Paula weist auf einen Stuhl vor dem Schreibtisch. Dann schließt sie die Tür und setzt sich zu ihm. Sie sieht Ullmann aufmunternd an. »Es ist ganz schön viel los, oder?« Ein Satz, den sie in ähnlichen Situationen schon tausendmal von Walter gehört hatte. Ein lockeres Geplauder, ein Lächeln, und schon wird die Situation entspannt.

Allerdings scheint es bei Walter besser zu funktionieren. Ullmann sitzt angespannt wie ein Hund beim Silvesterböllern vor ihr. »Ausgerechnet wenn das Hotel ausgebucht ist, gibt es Sturm, und der Koch kommt nicht mehr durch. Hanna hilft mir sehr gut, aber sie kann auch nicht alles machen.« Er atmet tief durch. »Womit kann ich Ihnen helfen?«

»Herr Ullmann, Sie können sich denken, warum ich Sie sprechen will.«

Ullmann steckt seine Hände unter die Beine. »Nicht direkt.«

»Es muss sehr hart für Sie gewesen sein, damals, als Ralf Maria Kleinert Sie des Mordes verdächtigte.«

Ullmann atmet stoßartig aus und blickt auf. »Seit wann wissen Sie es?«

Paula lässt die Frage unbeantwortet und wartet.

Der Blick des Hoteliers geht zum Fenster. »Ich hätte

es vermutlich eher sagen sollen. Aber irgendwie kam nicht der richtige Zeitpunkt und dann …« Eine Fliege fliegt immer wieder brummend gegen die Scheibe. Unvermittelt steht Ullmann auf, fängt sie mit der Hand ein und lässt sie nach draußen. »Sie tun mir leid«, erklärt er sich ungefragt. »Sie wissen ja nicht, dass es eine Scheibe ist. Jedes Mal haben sie die Hoffnung, dass sie nach draußen in die Freiheit gelangen. Und immer wieder prallen sie gegen ein unsichtbares Hindernis. Trotzdem geben sie die Hoffnung nicht auf … bis sie vor Erschöpfung sterben.« Er verstummt, setzt sich auf den Stuhl, schiebt die Hände wieder unter die Beine. »Es wäre besser gewesen, ich hätte den Kripoworkshop gar nicht angenommen. Von Anfang an hatte ich ein ungutes Gefühl. Aber ich kann es mir nicht erlauben, Gäste abzuweisen. Trotzdem, wenn ich gewusst hätte, dass Kleinert dabei ist, hätte ich von vornherein abgelehnt.«

»Sie hatten keine Teilnehmerliste?«

Ullmann schüttelt den Kopf. »Das Präsidium hat eine Gruppenbuchung vorgenommen. Ich dachte, mich trifft der Schlag, als Kleinert durch die Tür kam. Ich habe ihn gleich wiedererkannt, das Gesicht vergesse ich niemals.« Er flüstert die Worte.

Paula beugt sich vor. »Wie hat er reagiert, als er Sie gesehen hat?«

Der Hotelier zuckt mit den Schultern. »Gar nicht. Es ist ja auch schon mehr als zwanzig Jahre her. Offensichtlich hat er mich völlig aus seinem Gedächtnis gestrichen. Ich war erleichtert. Es war eine schwierige Zeit damals im Dorf, und ich werde nicht gerne daran erinnert. Zu Anfang habe ich gedacht, das Misstrauen würde sich irgendwann wieder legen. Schließlich hatte unser Schützenkönig gestanden. Aber er war anerkannt im Ort, trank gern mit den Männern, war in der Freiwilligen Feuerwehr. Ich konnte nichts dergleichen vorweisen. Das Misstrauen blieb seltsamerweise. Ich habe es in ihren Augen gesehen: Sie hielten mich für einen Verbrecher. Beim Bäcker fing es an, kaum habe ich den Laden verlassen, ging das Gerede los. Sie dachten, ich höre es nicht, aber so eine Glastür ist dünn. Vielleicht wollten sie sogar, dass ich es höre. Dann im Supermarkt, selbst in der Kirche. Plötzlich sollte ich die Jugendgruppe nicht mehr allein betreuen, dann wandten sich Freunde von mir ab. Meine Verlobte konnte dem Druck nicht standhalten, sie hat unsere Beziehung beendet. Etwa anderthalb Jahre nach den Vorfällen hat sie einen anderen geheiratet, einen ohne Vorgeschichte.«

Allein die Erinnerung lässt Ullmann zusammensinken. Angstvoll blickt er auf. »Geht das jetzt alles wieder von vorne los?«

Paula fällt es schwer, die nächste Frage zu formulieren. Der Hotelier tut ihr leid. Aber sie braucht die Antwort. »Herr Ullmann, haben Sie Kleinert vom Balkon gestoßen? Aus Rache?«

Ullmanns Lippe zittert, dann schüttelt er den Kopf und blickt wieder nach unten. »Sie haben doch die Aufnahme vom Flur gesehen. Ich habe ihm den Wein gebracht und bin wieder gegangen.«

»Das Video ist aber kurz darauf abgebrochen. Wir wissen nicht, wer bei Kleinert im Raum war. Sie könnten zurückgekommen sein.«

Er schüttelt den Kopf. »Ich war hundemüde vom Tag und froh, endlich Feierabend zu machen. Direkt nachdem ich Kleinert die Flasche gebracht habe, bin ich in meine Wohnung im Nordflügel gegangen.«

Paula runzelt die Stirn. Sie erinnert sich genau, dass sie im Video gesehen hat, wie der Wirt die vordere Treppe nach unten genommen hat. Zu seinen Wohnräumen hätte er die hintere Treppe nehmen müssen.

Sie mustert den Hotelier genau. »Wir haben Schlafmittel in Kleinerts Wein gefunden.«

Ullmann schaut erschrocken auf. »Was? Aber das war ich nicht! Warum hätte ich ihm irgendwas in den Wein geben sollen?« Er schüttelt den Kopf. »Das kann doch nicht sein. Nicht schon wieder.«

Er wirkt so elend in dem Augenblick, dass er Paula leidtut. »Niemand beschuldigt Sie.«

Im gleichen Augenblick hört sie hektische Schritte draußen. Nach den Geräuschen zu urteilen, rennt ein ganzer Pulk Menschen über den Flur und bleibt vor der Bürotür stehen. Es klopft energisch. »Paula … bist du da drin? Wir haben Beweise, wer der Mörder ist. Es war der Hotelier!«

COSMA

ICH HABE EINEN PLAN

Es ist unglaublich. Da sitzt meine Tochter in aller Ruhe mit dem Mörder zusammen. Ich stelle mich vor den Schreibtisch, zwischen sie und den Killer. Wenn er unbedingt jemanden töten will, dann mich. Allerdings sieht Ullmann nicht blutrünstig aus, sondern … traurig.

»Mutter, was soll das?« Meine Tochter steht auf, die Hände in die Hüften gestemmt. Sie kommt um den Schreibtisch herum, mustert mich ausführlich, dann zupft sie mir eine Spinnwebe aus den Haaren.

»Wir haben einen Geheimkeller gefunden«, ruft Gerda.

Die Augen meiner Tochter wandern wieder zu mir. »Einen Geheimkeller?« Ihr Tonfall lässt irgendwie vermuten, dass sie uns nicht glaubt.

Ich versuche es daher mit Sachlichkeit. »Wir sind einen dunklen Gang entlang, Spinnweben versperrten uns den Weg, Ratten stürzten auf uns herab, und trotzdem haben wir uns durchgeschlagen.« Nun ja, das mit der Sachlichkeit ist nicht meine Stärke.

Meine Tochter wendet sich an Herrn von Itzenplitz. »Ihre Version bitte.«

Mein Mitbewohner räuspert sich. »Wir waren auf der

Suche nach Alfred. Dabei haben wir entdeckt, dass es ganz hinten im Keller des Ostflügels einen Gang gibt, der versteckt hinter einem Wandteppich liegt. An dessen Ende haben wir eine Art Verschlag entdeckt, gefüllt offenbar mit Diebesgut.«

Der Hotelier sieht uns mit großen Augen an. »Diebesgut? Das ist mein Lagerraum, darin lagert der Wein, die Sommermöbel von der Terrasse sind auch dort.«

»Pah!«, rufe ich aus. »Alfred ist aber heute Morgen noch bei uns gewesen, und jetzt war er im Verschlag. Eingeschlossen.«

Meine Worte führen zu einer seltsamen Reaktion bei Ullmann: Er wird bleich, und gleichzeitig bekommt er am Hals rote Flecken. »Das kann nicht sein, ich war vor dem Sturm das letzte Mal dort.«

Seine Augen sind weit aufgerissen, und schlagartig tut er mir leid. Wieder erinnert er mich an unseren traurigen Urlaubsesel. Ich atme durch, ich darf mich nicht beirren lassen, ich weiß schließlich, was wir gefunden haben. Also deute ich – wenn auch schon nicht mehr ganz so selbstsicher – auf unseren Fund, den Eddi in den Händen hält: »Und was ist damit?«

Ullmanns Augen werden groß.

Paula sieht ebenfalls überrascht aus. »Das sind ja Kleinerts Akten!«

Ich nicke stolz. »Ganz genau!«

Kurz darauf sitzen wir wieder einmal in der Hotelbar. Draußen ist es inzwischen stockduster. Hin und wieder blitzt es, gefolgt von lautem Donner. Das spiegelt meine Stimmung hervorragend wider, denn ich bin immer noch stinksauer. »Da bringen wir ihr die 1-a-Beweise, und sie wirft uns einfach raus!« Eines muss ich ganz klar feststellen: Dieses Weiterbildungsseminar hätte meine Tochter wirklich nötig gehabt, denn Teamarbeit geht ihr völlig ab. »Sie hätte sich zumindest meinen Ratschlag anhören können. Das ist ein Superplan, und damit werden wir den Mörder hundertprozentig überführen«, grummele ich.

»Wo Sie gerade davon sprechen, Frau Cosma. Dieser Plan scheint mir etwas wagemutig.« Herr von Itzenplitz sieht mich besorgt an.

Natürlich weiß ich, dass seine Bedenken nicht ganz unberechtigt sind. Aber als Detektivin muss man manchmal Risiken eingehen, auch wenn mir gerade das Herz bis zum Hals schlägt. Aber ich fürchte, wir werden bald wieder Anschluss an die Zivilisation bekommen, denn trotz des Donners höre ich schweres Gerät in der Ferne hantieren. Lange werden wir nicht mehr eingeschlossen sein. Die Zeit drängt. Deswegen wende ich mich an meine Mitbewohner. »Wir machen es wie geplant. Haben Sie alle Ihre jeweilige Mission erfüllt?«

Gerda nickt eifrig und dreht ihr Piccologlas. »Ich habe mich mit Eddi auf dem Flur lautstark über das unterhalten, was wir besprochen haben.«

Eddi nickt eifrig. »Der junge Polizist hat et janz sicher jehört, und ich jlaube, der Rest von der Kripo auch.«

»Meine Tochter?«, frage ich alarmiert. Denn ich bin mir sicher, dass sie sehr schnell eins und eins zusammenzählt und meine Bemühungen zunichtemacht.

Zu meiner Erleichterung schütteln Eddi und Gerda den Kopf. »Wir haben sorchsam darauf jeachtet, dat die nix hört.«

Ich hebe den Daumen. Dann sehe ich Herrn von Itzenplitz fragend an.

Der nickt zögerlich. »Ich habe eine Bemerkung gegenüber dem Zimmermädchen fallen lassen.«

»Wie hat sie reagiert?«

»Ich hatte nicht den Eindruck, dass sie sonderlich interessiert war.« Herr von Itzenplitz schiebt seine Teetasse von sich. »Frau Cosma, muss das wirklich sein? Es wird doch noch eine andere Lösung geben, als das Kaninchen für einen Wolf zu spielen.«

Innerlich gebe ich ihm recht. Denn mir schlottern tatsächlich die Knie. Aber jetzt gibt es kein Zurück mehr. Wir werden unseren Plan durchführen und den Mörder stellen. Koste es, was es wolle.

PAULA

AUFTRAGSMÖRDER

Paula schließt die Tür zum Seminarraum hinter sich. Sie hofft, dass Cosma nun endlich in der Bar bleibt. Sie wendet sich dem Hotelier zu, der wie erstarrt auf dem Lederstuhl sitzt. Paula lässt sich wieder auf den Schreibtischstuhl gleiten. Dann atmet sie durch und versucht, ihrer Stimme einen ruhigen Ton zu geben. »Herr Ullmann, haben Sie die Akten im Keller versteckt?«

Der Hotelier schaut aus dem Fenster, dann nickt er. »Ich weiß auch nicht, warum. Ich konnte es einfach nicht ertragen, sie dort liegen zu sehen. Das ist meine Geschichte, ich wollte nicht, dass sie im Hotel noch mal ausgebreitet wird.«

»Wie sind Sie an die Akten gekommen?«

»An dem Abend in der Bar ... Sie und der Doktor waren die letzten Gäste. Ich wollte den Tisch abräumen, an dem Kleinert mit seiner Frau gesessen hat. Und da habe ich sie liegen sehen: die Akten. Sie lagen auf der Bank, Kleinert hatte sie wohl vergessen.«

Paula denkt an den Abend zurück. Sieht Kleinert mit dem Laptop unter dem Arm, Janine, die ihn fast aus dem Raum zerrt.

Ullmann fährt sich über die Augen. »Ich habe die

Akten einfach genommen und später in den Keller gebracht. Weit weg von neugierigen Augen. Ich weiß, ich hätte es Ihnen sagen müssen, aber ich konnte nicht.« Die Stimme des Hoteliers erstirbt. Er blickt auf. »Werden Sie mich jetzt verhaften?«

»Du glaubst ihm?« Walter hat Ullmann gerade sein Reich wieder übergeben. So schnell hat Paula ihn noch nie eine Küche verlassen sehen. Normalerweise liebt er Küchen samt aller Gerätschaften. Doch jetzt ist er offenbar froh, wegzukönnen. Dabei hatte der Kuchen im Ofen gar nicht so schlecht ausgesehen.

Paula denkt über Walters Frage nach. Die Antwort ist schwierig. Ullmann hatte glaubwürdig geklungen. Der Hotelier hat etwas Verletzliches an sich, das einen Beschützerinstinkt in ihr weckt. Aber Mord ist eine Frage der Motivation, der Mittel und der Gelegenheit, genau wie Kleinert es immer gepredigt hat. Und all das weist auf Ullmann. Er hat Kleinert Jahrzehnte nicht gesehen, und dann steht plötzlich der Mann vor der Tür, der dafür gesorgt hat, dass Ullmann alles verloren hat. Es hätte nur eines winzigen Fünkchens bedurft, um Hass aufflammen zu lassen. Und trotzdem … »Ich glaube ihm. Kleinert hatte an dem Abend nur das Laptop unter dem Arm, da bin ich mir sicher.«

»Trotzdem hätte er die Akten nicht einfach im Keller verstecken dürfen. Aber zum Glück hat deine Mutter sie ja gefunden.«

Paulas Blick verdunkelt sich. »Ich kann einfach nicht fassen, dass sie immer ihre Nase überall reinstecken muss. Und dann auch noch was findet!« Paula nimmt die Chipkarte zum Seminarraum aus ihrer Tasche. »Ich hoffe, dass sie sich jetzt endlich zurückhält. Es kann doch nicht so schwer sein, sich mal ein paar Stunden aus allen Schwierigkeiten rauszuhalten. Zum Glück gibt's ja jetzt Abendessen. Essen und Trinken scheint mir das Einzige zu sein, womit man diese WG zum Stillhalten überreden kann.« Sie öffnet die Tür und geht hinein.

Walter seufzt sehnsüchtig. »Das war Wildgulasch in dem Topf. Außerdem musst du zugeben, dass deine Mutter ziemlich erfolgreich ist. Immerhin hat sie schon einige interessante Entdeckungen gemacht.« Walter folgt ihr in den Seminarraum. Dort dehnt er seine Arme nach links und nach rechts. Als er Paulas Blick bemerkt, hält er inne. »Was?«

»Wenn du das in ihrer Gegenwart wiederholst, rede ich nie wieder ein Wort mit dir.« Paula fühlt sich plötzlich schwach und lässt sich auf einen der Stühle plumpsen.

Walter setzt sich neben sie, grinst. Dann teilt er den kleinen Stapel Akten auf. »Du die eine Hälfte und ich die andere?«

Eine Stunde später hat Paula sich ein ungefähres Bild von den Akten gemacht, die Kleinert als Basis für sein Fachbuch vorgesehen hatte. Ihr Blick wandert durch das Fenster nach draußen, wo es immer wieder blitzt und donnert. Sie streckt sich müde.

Walter macht es ihr nach. »Schon halb neun. Ich wollte noch ein Bier trinken gehen, habe mich mit dem Doc verabredet. Er hat versprochen, uns was von dem

Gulasch aufzuheben.« Er gähnt. »Hast du was Interessantes gefunden?«

»Die Fälle sind gut dokumentiert, das muss ich zugeben.« Paula blättert die vor ihr liegende Akte auf und deutet auf eine Bemerkung am Rand der kopierten Blätter. »Ich habe überall solche kleinen Notizen gefunden. Meist logische Schlussfolgerungen oder Anmerkungen zu den Aussagen.«

Walter schielt zu ihrer Akte rüber. »Ach, so was gab es bei mir auch.«

»Ich habe Kleinert offenbar unterschätzt. Was er da schreibt, hat Hand und Fuß.« Sie schiebt ihm die Unterlagen rüber. »Sieh mal, das ist ein interessanter Fall. An dem haben Kleinert und Spusen-Ali zusammengearbeitet. Damals wurde die Ehefrau des sogenannten Hühnerbarons erdrosselt und in der Jauchegrube entsorgt.«

Walter gähnt nochmal. »Und?«

»Verhaftet wurde ein Arbeiter, der mit der Geflügelzüchtergattin ein Verhältnis hatte. Der Arbeiter hat gestanden, aber ich habe das Gefühl, Kleinert war beim Verhör ein wenig zu eifrig. Der beschriebene Tathergang ist so vage, dass es schon unglaubwürdig ist. Trotzdem gibt es ein unterschriebenes Schuldgeständnis.«

»Na, dann ist doch alles bene.«

»Eben nicht. Der Verdächtige hat sich noch am gleichen Abend in der Zelle erhängt. Es gab einen Abschiedsbrief, in dem er schrieb, dass er den Tod seiner Geliebten nicht verkraften würde. Kleinert hat die Zeilen als weiteres Geständnis gewertet, der Fall wurde geschlossen. Aber es gibt einige interessante Einträge in den Akten. Zum Beispiel hier.« Sie deutet auf eine mit Bleistift geschriebene Notiz am Rande. »Offenbar hat Kleinert die Fakten nach der Durchsicht neu bewertet. Nun ging er davon aus, dass der betrogene Ehemann schuldig sein könnte, vermutlich sogar einen Profi mit dem Mord betraut hat. Ich habe mir das Ganze unter dem Aspekt noch einmal durchgesehen, und es klingt sehr schlüssig. Was sagst du?« Erwartungsvoll sieht sie ihn an.

»Paula, es ist fast mitten in der Nacht. Eindeutig zu spät für Geistesblitze.« Er streckt sich müde. »Also: Worauf willst du hinaus?«

Paula rollt mit den Augen. »Nun überleg doch mal, Walter! Kleinert entscheidet, diesen Fall in sein Fachbuch aufzunehmen. Dafür nimmt er sich die Akten noch mal vor, geht sie genau durch. Und kommt dabei zu der Feststellung, dass der Arbeiter unschuldig war und in Wirklichkeit der Ehemann einen Profikiller mit dem Mord beauftragt hat.« Sie tippt auf eine Notiz am Rande der Akten. »Er forscht weiter nach, tritt damit dem Geflügelzüchter auf die Füße – und der lässt das vermeintliche Risiko aus dem Weg schaffen.«

»Du meinst jetzt aber nicht, dass der Geflügelzüchter einen Auftragsmörder engagiert hat, um Kleinert vom Balkon zu stoßen?«

Paula wiegt den Kopf. »Möglich wäre es.« Nach Durchsicht der Unterlagen ist sie sogar sicher, dass der Hühnertyp zumindest jemanden mit dem Mord an seiner Frau beauftragt hat. Warum dann nicht auch mit dem Mord an Kleinert?

»Das würde ja bedeuten, dass der Killer noch irgendwo hier ist. Schließlich ist der Zugang blockiert, und über das Moor kommt er nicht weg.«

Sie sieht ihn bedeutungsvoll an.

Mit einem Mal ist Walter wieder hellwach. »Du meinst, hier ist ein Auftragsmörder? Und will die Akten?« Er schaut auf den Tisch, als ob sich darauf eine Giftschlange räkeln würde.

»Wir sollten auf jeden Fall vorsichtig sein.«

Walter sieht sie mit großen Augen an. »Glaubst du wirklich?«

»Warum flüsterst du?«

»Wegen des Mörders. Was, wenn er hinter der Tür steht?«

»Ach, Walter, es ist …« Sie hält inne. Das Licht im Raum ist ausgegangen.

»Was ist los?« Walters Stimme ist eine Oktave höher als normal.

»Keine Ahnung. Offenbar Stromausfall.« Ihre Hand geht suchend über den Tisch, sie findet ihr Handy, tippt darauf herum, dann geht die Taschenlampe an.

Walters Gesicht ist bleich. »Ich hasse Finsternis«, stößt er hervor.

Im gleichen Moment wird die Tür aufgestoßen. »Ist bei euch alles in Ordnung?« Doc Fischgräts warme Stimme dringt durch den Raum. Der helle Strahl einer Taschenlampe trifft Paula.

Sie hält sich schützend die Hand vor die Augen. »Bei uns ist alles bestens.«

Das Licht geht zur Seite. »Der Strom scheint im ganzen Haus ausgefallen zu sein. Braucht ihr Hilfe?« Oles Blick trifft den von Paula, und augenblicklich fühlt sich ihr Magen an, als würden zwanzig kleine Mäuschen darin Fangen spielen. Sie steht auf. »Wir schauen mal in der Lobby nach, was los ist. Eine Horde ängstlicher Hotelgäste wäre nicht gerade das, was wir jetzt brauchen.«

»Ich komme mit.« Walter steht auf.

Paula schüttelt den Kopf. »Einer muss hierbleiben. Wenn es ein Ablenkungsmanöver ist, muss jemand die Akten sichern, und das geht in diesem Raum besser als in der unübersichtlichen Lobby. Ich lass dir mein Handy hier, du kannst die Taschenlampen-App benutzen. Es ist noch genug Akkulaufzeit, also keine Sorge.«

»Keine Sorge? Ich sitze hier allein im Dunkeln, ein Mörder schleicht durch das Hotel, und du sagst, ich soll mir keine Sorgen machen?« Walters Stimme schwankt zwischen Vorwurf und Panik.

»Du bist doch bewaffnet. Und wenn du willst, schließ hinter uns ab, dann bist du völlig sicher. Oder willst du lieber durch das dunkle Hotel gehen und nachschauen, was mit dem Strom ist?«

Die Antwort kommt schnell. »Nein, ist schon okay. Wenn du mich hier brauchst, bleibe ich und bewache die Akten.« Er setzt sich auf den Stuhl. Sein Blick geht von Paula zu Ole und zurück. Plötzlich tritt trotz aller Angst ein Grinsen in sein Gesicht. »Viel Spaß euch beiden.«

PAULA

WAS HINTER SIGBERT, DEM BLUTRÜNSTIGEN, VERBORGEN IST

Walters Worte klingen Paula noch in den Ohren, als sie mit Ole über die dunklen Gänge und die Treppe hinauf geht. Schon von Weitem hören sie die lauten Stimmen aus der Lobby. Der Hotelier versucht offenbar sein Bestes, die Gäste zu beruhigen. »Es tut mir leid. Vielleicht ist eine der Leitungen durch das Gewitter beschädigt worden.«

»Das kann doch nicht wahr sein. Was ist das hier für ein marodes Hotel! Erst kein Internet und nun nicht mal mehr Strom. Das ist ja wie im achtzehnten Jahrhundert!« Die schrille Stimme der Kriminaldirektorin klingt durch den Raum.

Paula sieht Taschenlampen hin und her leuchten. Offenbar hat das halbe Hotel die Taschenlampen-App angemacht. Die Lobby wirkt wie unter Flakschutzbeleuchtung, die suchend hin und her geht, um einen Flieger in der Luft zu erwischen.

»Wahrscheinlich ist nur die Sicherung rausgesprungen. Ich werde gleich nachsehen.«

»Sie wollen jetzt nicht allein in den Keller, oder?«

Doris Seiferts dünne Stimme klingt schrill. Sie hält dem Hotelier ihren Lichtstrahl direkt ins Gesicht.

»Wieso nicht?« Ullmann hält sich schützend eine Hand vor die Augen.

»Weil niemand hier allein durch die Gegend laufen sollte.«

Paulas Chef stellt sich an ihre Seite. »Ich sehe das genauso. Wenn, dann gehen mehrere.« Er wirkt bleich.

»Aber ich muss wirklich nur kurz in den Keller. Das ist keine große Sache.«

»Sie gehen auf keinen Fall allein!« Kriminalrat Lorenz schiebt sich nach vorne. »Ich muss meiner Kollegin recht geben. Niemand wandert allein durch das Hotel. Wir wissen nicht, warum das Licht ausgefallen ist.«

»Sigfried, was soll das?« Die Kriminaldirektorin stemmt die Arme in die Seite.

Doch Paulas Chef weicht nicht zurück. »Ein Mörder ist hier im Haus. Ein Mitglied meiner Truppe ist bereits ermordet worden. Ich werde verhindern, dass es ein weiteres Opfer gibt.«

Dr. Riedel lacht auf. »Du glaubst doch nicht im Ernst, dass der Täter dafür gesorgt hat, dass wir im Dunkeln stehen. Es liegt an diesen maroden Leitungen, mehr nicht.«

»Keiner geht allein. Basta.«

»Ich werde nachschauen.« Paula betritt den Raum. Die Anwesenden drehen sich überrascht zu ihr um.

»Ich begleite dich.« Doc Fischgrät stellt sich neben sie.

»Musst du nicht, ich kann ganz gut allein auf mich aufpassen.«

Er grinst, und Paula sieht, wie ihm eine Erwiderung auf der Zunge liegt. Doch ihr Chef kommt ihm zuvor. »Also gut, Sie beide überprüfen den Sicherungskasten.« KR Lorenz nickt zufrieden. Wenn Paula es nicht besser wüsste, würde sie glatt glauben, ein Lächeln auf dem Gesicht ihres Chefs zu sehen, als sein Blick von ihr zu Ole huscht.

»Schon ein wenig gruselig, oder?« Paula hört Doc Fischgräts Stimme direkt neben sich.

»Das ist ein ganz normaler Stromausfall. Mehr nicht.«

»Trotzdem. Was, wenn der Mörder hinter uns her ist?«

»Erstens wissen wir gar nicht, ob es Mord oder Totschlag war, zweitens ist es unwahrscheinlich, dass uns jemand verfolgt, und drittens komme ich gut allein zurecht.«

»Pass auf, die Treppe. Und da …«

»Hab ich gesehen, ich … aua!« Paula reibt sich die Stirn.

Ole hebt die Hände. »Ich wollte dir sagen, dass du auf das Abflussrohr aufpassen musst.«

»Welcher Idiot installiert in einem Keller ein Abflussrohr direkt über der Treppe?«

»Lass mal sehen.« Ole steht plötzlich direkt vor ihr, streicht vorsichtig über ihre Stirn. Sie spürt seinen warmen Körper. Statt zur Seite zu treten, bleibt Paula zu ihrer eigenen Überraschung stehen. Sie sieht in Oles Augen, bemerkt im grellen Licht der App einen dunklen Ton darin, der ihr bislang nicht aufgefallen war. Er streicht noch mal sanft über ihre Haut. Seine Finger hinterlassen ein angenehmes Prickeln. Kurz darauf spürt sie seine Lippen auf ihren. Sie lässt es geschehen, schiebt alle Vorbehalte beiseite, genießt den Augenblick. Doch dann rückt sie von ihm ab. »Ich denke, das ist keine gute Idee.«

Er bleibt beharrlich vor ihr stehen. »Penelope Aurora Undine Ludowika Agatha Pongs. Warum machst du es uns so schwer?« Seine Stimme klingt rau.

Paula spürt ihr Herz schlagen. Es wäre so einfach, wenn ... Seine Lippen sind direkt vor ihr. Sie bräuchte bloß ihren Kopf ein bisschen zu drehen. Stattdessen sagt sie: »Ich denke, es ist besser, Beruf und Privatleben zu trennen.« Gott, ausgesprochen klingt es noch blöder als gedacht. Aber was, wenn an der Sache mit Hamburg was dran war? Außerdem: Wenn Cosma den Doc gut findet, sollte Paula das mehr als eine Warnung sein. Ein Verbot quasi. Paula zieht ihren Kopf unmerklich zurück. »Das gestern war ein netter Abend mit dir. Aber mehr nicht.«

»Ich glaube dir kein Wort.«

Sie hält seinem Blick stand. »Wollen wir hier ewig rumstehen oder endlich nach dem Sicherungskasten sehen?«

Er betrachtet sie, und für einen Augenblick glaubt sie, er zieht sie wieder an sich. Dann tritt er leider zur Seite. »Okay.«

Schweigend gehen sie weiter. Sie folgen dem Gang unter das Nebengebäude. Ohne die Beschreibung des Hoteliers, hätten sie den Raum niemals gefunden. Sie sind in diesem finsteren Labyrinth mehrmals abgebogen, haben eine verborgene Treppe benutzt, die in früheren Zeiten für die Dienstboten vorgesehen war, und stehen nun vor dem ehemaligen Aufenthaltsraum. »Es muss irgendwo hier sein.« Sie leuchtet mit der Taschenlampe die Wand entlang. »Der Hotelier hat gesagt, der Sicherungskasten ist hinter dem Porträt von diesem Sigbert, dem Blutrünstigen.« Der Lichtkegel gleitet über ein Ölbild mit einem finster dreinschauenden Mann, dessen Augen überaus lebendig wirken. Sie schüttelt sich. »Das muss er sein.« Sie hört, dass sie flüstert.

»Leuchte mal dorthin, ich schaue, ob ich das Bild zur Seite rücken kann.« Oles Stimme klingt sachlich, als hätte es ihr Gespräch auf der Treppe gar nicht gegeben. »Hier ist ein Hebel, genau wie Ullmann gesagt hat.« Ole schiebt ihn runter, Sigbert, der Blutrünstige, schwingt zur Seite. Vor ihnen liegt der Sicherungskasten. »Das Ding scheint aus dem Erbauungsjahr des Hauses zu stammen. So alte Leitungen habe ich noch nie gesehen. Kein Wunder, wenn da was nicht funktioniert.« Er hält inne. »Das glaube ich jetzt aber nicht.«

»Was ist denn los?« Sie tritt zu ihm und leuchtet in den Kasten. Ein Schauer läuft ihr über den Rücken. Sie sieht Ole an. »Irgendjemand hat alle Sicherungen rausgedreht und mitgenommen.«

COSMA

EIN DETEKTIV MUSS SICH HIN UND WIEDER IN GEFAHR BEGEBEN

Glauben Sie wirklich, das funktioniert?« Herr von Itzenplitz zwirbelt sein Bärtchen und linst besorgt von hinter dem Vorhang zu mir her. Ich stecke im Wandschrank und schaue durch einen Spalt nach draußen.

»Natürlich funktioniert es. Glauben Sie, die Queen of Crime wusste nicht, was sie schreibt?« Von der habe ich nämlich diese famose Idee einer Falle für den Mörder, denn auch Miss Marple bedient sich hin und wieder solcher Listen. Ich habe es detailliert ausgearbeitet: Der Mörder hört zufällig von meinen Mitbewohnern, dass ich etwas habe, das ihn überführen könnte. Im Schutze der Dunkelheit kommt er in mein Zimmer, um es zu stehlen. Wir stellen ihn, er gesteht reumütig. Ich sage: ein guter Plan.

»Die Idee erscheint mir viel zu wagemutig«, flüstert mein Zimmergenosse. »Und musste nicht Inspektor Craddock Miss Marple retten?«

»Herr von Itzenplitz, wir sollten die literarische Diskussion auf ein andermal verlegen. Wir warten hier schließlich auf einen Mörder.«

»Genau das ist es, was mir Sorge macht. Wir sollten Frau Paula Bescheid geben und ihr den Fall überlassen.« Ich sehe eine Bewegung hinter dem Vorhang und bin mir sicher, dass er sein Bärtchen erneut zwirbelt.

Natürlich würde ich meine Tochter sofort informieren, wenn wir etwas ermittelt hätten. Aber ich muss auch sagen, Paula hat unsere Zusammenarbeit bislang boykottiert. Deswegen gibt es jetzt nur eine Möglichkeit: »Wir werden den Täter stellen, auch wenn es uns das Leben kostet.«

Er erwidert nichts. Aber ich sehe, wie er sorgenvoll hinter dem Vorhang hervorschaut.

Wir warten eine Weile. Mehr als einmal glaube ich, Geräusche auf dem Flur zu hören, doch es passiert nichts.

»Möglicherweise schmeckt der Maus der Käse nicht«, flüstert Herr von Itzenplitz, und ich höre die unausgesprochene Hoffnung in diesem Satz.

»Das würde mich wundern. Denn kaum hatten wir den Köder ausgeworfen, fiel das Licht aus. Wer, wenn nicht unser Täter, sollte dahinterstecken? Und außerdem ... psssst, ich höre etwas.« Endlich! Schritte auf dem Flur. Sehr leise Schritte. Sie nähern sich, bleiben stehen. Meine Nerven sind zum Zerreißen gespannt. Ich wische meine Handflächen an meinem Cape ab, nehme meine Gabel aus einer der versteckten Taschen und halte sie griffbereit. Ich sehe, wie sich die Klinke langsam senkt, dann quietschen die jahrhundertealten Türangeln. Durch den Türspalt des Schranks kann ich den kalten Lichtstrahl einer Taschenlampe sehen. Eine Gestalt huscht herein. Sieht sich um. Der Lichtstrahl gleitet durch den Raum, kommt zum Schrank, bleibt darauf liegen. Atemlos erstarre ich. Wieder höre ich Schritte. Sie nähern sich. Der Mörder muss nun direkt vor mir stehen. Ich spüre, wie mein Herz in meiner Brust rasend schnell schlägt. Jemand ist an der Schranktür. Sie geht auf. Ich springe vor und reiße den Verdächtigen zu Boden.

PAULA

EIN GEFÄHRLICHES SPIEL

Paula starrt auf die Kerze vor sich. Eine Zeit lang widersteht sie dem Drang, mit dem Wachs zu spielen, dann gibt sie ihm nach. Sie glättet die Spitze, fühlt das heiße Wachs an ihren Fingerkuppen. In Gedanken ist sie nicht in der dunklen Bar, sondern steht mit Doc Fischgrät auf der Treppe. Es war richtig, dass sie ihn abgewiesen hat. Es wird alles leichter machen. Schließlich arbeiten sie eng zusammen, da funktioniert keine Beziehung. Und überhaupt: Alex, ihr Exfreund, war das glatte Gegenteil vom Doc. Ein ruhender Pol, der sie erdete. Es hätte mit Sicherheit gehalten, wenn er nur ein kleines bisschen weniger langweilig gewesen wäre. Aber irgendwann war Paula es leid gewesen, abends auf dem Sofa sitzend Händchen zu halten und über Steuerersparnisse zu reden. Andererseits war Alex verlässlich gewesen. Der Doc dagegen: neugierig, eigensinnig. Einfach mehr wie … Paula selbst. Sie ist überrascht über die Erkenntnis. Das heiße Wachs läuft ihr auf die Finger, doch sie spürt es nicht. Ist das das Problem? Dass der Doc ihr zu ähnlich ist? Hat sie Angst, sich an jemanden zu binden, der Abgründe hat, Ecken und Kanten wie sie selbst? Paula ist es gewohnt, die Kontrolle über alles zu haben. Ole hat einen eigenen Willen, er wird sich nicht lenken lassen. Er ist mehr wie sie … und wie Cosma.

»Ist das nicht zu heiß?« Ole steht plötzlich vor ihr, den Blick auf das Kerzenwachs gerichtet, das ihr über die Finger gelaufen ist. Sie zieht die Hand vom Tisch, versucht, das erkaltete Wachs von der Haut zu lösen, und schüttelt den Kopf.

»Kann ich mich setzen? Ich werde mich auch zurückhalten. Die Frage ist, ob du es kannst.« Lachfalten umspielen seine Augen, und sie spürt, dass es ihm Spaß macht, sie herauszufordern. *Er gibt nicht auf,* fährt es ihr durch den Kopf. Und im gleichen Moment wird ihr klar, was sie so anziehend an ihm findet. Genau das.

Sie legt den Kopf schief. »Da ist nichts, was mich in Unruhe versetzen könnte. Setz dich her.«

Er lächelt und lässt sich neben sie fallen. »Und, was machst du so? Denkst du über Mörder nach? Oder über was anderes?« Sein Blick ist ziemlich eindeutig.

Für einen Moment wähnt sie sich mit dem Doc im Keller, ihre Hand fährt unter sein T-Shirt, über die warme Haut … Das hätte er wohl gerne. Sie sieht ihn herausfordernd an. »Woran sollte ich denn sonst denken, außer an den Fall? Hier ist absolut nichts Interessantes.« Sie gähnt demonstrativ. Ihre Augen treffen sich, liefern sich ein Blickduell. Sie wird auf keinen Fall zuerst wegschauen. Bestimmt nicht.

»Hier, Paula, ich habe uns ein Pils gezapft.« Walter steht plötzlich vor dem Tisch. Die Akten ragen aus seiner Ledertasche, die er um die Schulter trägt. Er deutet darauf. »Schau mal, gute Idee, oder? So habe ich die Akten sicher bei mir, und vom Wildgulasch konnte ich mir auch noch eine Portion aus der Küche holen. War zwar schon etwas kalt, aber trotzdem lecker.« Freudestrahlend stellt er ihr ein Glas Bier hin. Sein Blick fällt auf Ole. »Ach, Doc, dir hole ich auch gleich ein Bier, bin in einer Sekunde wieder da.«

Mist, jetzt hat sie doch weggeschaut. Sie sieht Walter hinterher und ärgert sich über sich selbst. Kann sie sich nicht normal benehmen, wenn Ole dabei ist? Kontrolliert? Sie gibt sich selbst die Antwort: offensichtlich nicht.

Walter wuselt an der Theke herum, aber der Moment zwischen Paula und dem Doc ist vorbei. Ein paar Minuten später kommt Walter wieder und stellt dem Doc ebenfalls ein Bier hin. Dann lässt er sich neben Paula fallen, zieht die Tasche mit den Akten an sich und sieht sich um. »Ganz schön einsam hier heute Abend.«

Paula braucht einige Sekunden, bis seine Bemerkung in ihr Bewusstsein fließt. Dann nimmt sie zum ersten Mal bewusst ihre Umgebung wahr. Der gestern immer mit Menschen gefüllte Raum ist leer. Sind alle Gäste angesichts des Stromausfalls in ihre Zimmer verschwunden? Eigentlich hätte sie gedacht, dass gerade an einem Abend wie diesem sich die meisten hier aufhalten würden.

»Stimmt, das ist merkwürdig.« Sie sieht sich noch mal um. Dann fällt ihr auf, wer insbesondere fehlt. Sofort spürt sie Misstrauen in sich aufsteigen. »Walter, bist du zufällig meiner Mutter begegnet?«

Walter schüttelt den Kopf. »Du hast doch gesagt, dass sie sich aus allem raushalten soll. Sieht so aus, als hätte sie es kapiert und ist auf ihrem Zimmer.«

»Es sieht ihr aber, wie du weißt, gar nicht ähnlich, sich aus etwas rauszuhalten. Normalerweise heckt sie immer irgendwas aus, das ich dann ausbaden darf.«

»Glaube ich nicht. Vorhin waren sie und ihre Mitbewohner in der Lobby. Ich bin mit den Akten irgendwann rübergegangen, es war mir doch zu gruselig allein in dem Seminarraum. Ich hatte das Gefühl, als würde in der Lobby eine ziemlich angespannte Stimmung herrschen. Gerda und Eddi haben sich darüber unterhalten, dass sie die Akten gefunden haben.« Walter nimmt einen Schluck Bier. »Cosma hat gar nichts gesagt. Sie hat nur die ganze Zeit still mit einer Pillendose gespielt. Also wenn du mich fragst: Du hast Miss Marple erfolgreich zur Ordnung gerufen.«

In Paulas Hirn schrillt plötzlich ein Alarm auf. Sie braucht einige Sekunden, bis sie weiß, was sie beunruhigt. »*16:50 Uhr ab Paddington Station.* Ich fasse es nicht!«

Walter sieht sie fragend an. »Hä?«

Paula steht auf. »Mein Gott, Walter. Sie stellt es nach. *16:50 ab Paddington Station,* der Film, nicht das Buch. Miss Marple will den Täter überführen, indem sie den Mörder in eine Falle lockt. Sie verbreitet, dass sie ein wichtiges Indiz gefunden hat. Dann wartet sie in ihrem Zimmer, bis der Mörder kommt. Und der legt ihr die Hände um den Hals.« Ihr läuft ein kalter Schauer über den Rücken. Im nächsten Moment hört sie einen Schrei. Er kommt von oben. Paula zieht ihre Waffe und rennt los.

PAULA

KURZ VOR MITTERNACHT

Schon von Weitem hört Paula aufgeregte Stimmen. Sie stürmt den Flur der ersten Etage entlang, reißt die Tür zu Cosmas Zimmer auf. Und braucht eine Sekunde, um die Szenerie zu verstehen. Cosma liegt auf dem Boden und hat unter sich eine Person begraben, die schmaler ist als sie und deshalb nicht gleich zu identifizieren ist. Herr von Itzenplitz steht kreidebleich daneben. Er hält Cosma seine Hand hin und hilft ihr auf.

»Was hat das alles zu bedeuten?«, herrscht Paula Cosma an.

Die richtet sich auf, streicht über ihr gelbes Cape und pustet eine graue Strähne aus ihrem Gesicht. »Wir haben den Täter überführt. Das ist er. Beziehungsweise sie.« Cosma weist auf den Boden. Dort liegt, ziemlich zerzaust, Janine Kleinert, die Ehefrau des Toten.

Paula hilft ihr hoch. Dann sieht sie ihre Mutter an. »Hast du hier einen *Paddington 16:50* abgezogen?«

Cosma blinzelt stolz. »Exakt. Und er hat funktioniert.«

»Mutter, das ist …« Paula fehlen die Worte. Wütend funkelt sie ihre Mutter an.

Eddi Mei-Zu kommt herein, einen Elektroschocker

in der Hand. Offenbar hat er im Nebenzimmer gewartet. »Wow! Isch hätt nie jedacht, dat es klappt.« Gerda ist ihm gefolgt, ihre Wangen gerötet. Sie blickt von Cosma zu Paula, die die Ehefrau noch immer an der Hand hält. »Fantastisch!« Sie reckt den Daumen in die Höhe.

Janine Kleinert sieht in die Runde, Tränen bilden sich in ihren Augen. »Was ist hier eigentlich los?«

Paula atmet tief durch, nimmt Eddi den Elektroschocker ab und wendet sich an Janine. »Frau Kleinert, Sie kommen jetzt mit, und wir unterhalten uns.« Mit Blick auf ihre Mutter ergänzt sie: »Allein.«

»Was? Ich habe sie gestellt, ich befrage sie.«

Paula dreht sich langsam zu Cosma um. »*Du* bleibst hier auf deinem Zimmer, bis ich wiederkomme!« Sie schreit die letzten Worte, dreht sich um und schiebt die verdutzte Janine an Cosma, Eddi, Herrn von Itzenplitz und Gerda vorbei.

»Ich verstehe wirklich nicht, was die ganze Aufregung soll. Ich habe mich anscheinend im Stockwerk geirrt und bin in das falsche Zimmer gegangen, dann sind plötzlich alle über mich hergefallen.« Janine Kleinert schnieft und sieht Walter mit ihren großen, tränenblinden Augen an. Der Schein der Kerze spiegelt sich in dem Rehblick.

Paula reicht es. Sie zieht einen Stuhl heran, setzt sich rittlings vor Janine. »Frau Kleinert. Wir lassen jetzt mal das Geplänkel. Es ist fast Mitternacht, und ich bin müde. Sie sagen mir jetzt auf der Stelle, was Sie im Zimmer meiner Mutter gesucht haben. Und sparen Sie sich weitere Tränen, die Masche zieht bei mir nicht. Ihr Zimmer liegt nicht über dem von meiner Mutter. Sie haben da also gar nichts verwechselt. Ich will wissen, was Sie da wollten.«

Janine schnieft, Hilfe suchend blickt sie zu Walter. Der wirft Paula einen vorwurfsvollen Blick zu.

Paula bleibt unbeeindruckt. »Ich höre.«

Janine schluchzt noch einmal, scheint aber einzusehen, dass es nichts nützt. Ganz undamenhaft wischt sie sich über die Nase. »Also gut. Ich gebe es zu. Ich bin absichtlich in das Zimmer Ihrer Mutter gegangen.« Sie klingt trotzig wie ein achtjähriges Kind, das morgens zur Schule ein T-Shirt anziehen will, obwohl es schneit.

Paula fixiert sie. »Und weshalb?« Sie gibt sich keine Mühe, den genervten Unterton zu unterdrücken. Nur zu gern würde sie sehen, wie diese Frau die Fassung verliert.

Und tatsächlich: Janine starrt nun wütend auf Paula. Sie stößt hervor: »Ihre Mutter hat etwas, das mir gehört.«

»Und was wäre das?«

Janine presst die Lippen aufeinander. Dann sagt sie: »Die Pillendose. Ihre Mutter hatte meine Pillendose. Dabei hatte ich sie ins Moor geworfen. Ich wollte nur mein Eigentum zurück.« Sie wischt sich trotzig eine Träne aus dem Gesicht. Atmet durch. »Ich habe nichts gemacht. Ich wollte einfach nur, dass er Ruhe gibt und schläft. Mehr nicht! Das ist vielleicht nicht nett gewesen, aber das ist mir egal. Scheißegal, wenn Sie es genau wissen wollen. Glauben Sie, es macht

Spaß, wenn er total besoffen auf mir liegt? Deswegen habe ich ihm die Tabletten in den Wein getan. Er hat es noch nicht mal herausgeschmeckt. Hat er nie. Dabei hat er sich für den großen Weinkenner gehalten, immer auf das Beste vom Besten gepocht. Ha! Ich hätte ihm einen Portugieser Weißherbst vom Aldi vor die Nase stellen können, und er hätte ihn gesoffen. Ich habe ihm oft genug gesagt, dass ich es nicht mag, wenn er trinkt. Ich wollte einfach nur ein bisschen Ruhe!«

Paula sortiert das Gehörte in ihrem Kopf. Es ist, als würde sie Puzzleteile zusammenschieben, und plötzlich ergibt sich aus den eben noch zusammenhanglosen Stückchen das Foto einer lieblichen Blumenwiese. Nur dass die Aussage von Janine Kleinert alles andere als lieblich ist. »Sie haben die Pillendose im Moor versenkt. Meine Mutter hat sie wieder herausgeholt, und nun wollten Sie die Dose an sich bringen, um zu vertuschen, dass *Sie* Ihrem Mann die Schlaftabletten untergeschoben haben?«

Janine nickt. Dann blickt sie auf. »Aber ich habe ihn nicht getötet. Ich war wirklich duschen.« Sie lässt den Kopf hängen, und Paula ist versucht, ihr zu glauben. »Es ist ja nicht so, dass ich ihn nicht mehr geliebt habe. Aber wenn er getrunken hatte, war er wirklich widerlich.«

»Sie könnten später zurückgekehrt sein. Vielleicht, um ihn zu bewegen, die Versicherungspolice zu unterschreiben. Er war betrunken, Sie hätten ihn überreden können.« Paula hört ein Geräusch draußen auf dem Flur. Ein leises Husten.

Janine lacht auf. »Da kennen Sie Ralf aber schlecht. Der hat sich zu gar nichts überreden lassen. Außerdem hatte er die Police schon längst unterschrieben, das hatte ich Ihnen doch gesagt.« Janine lehnt sich zurück. Offensichtlich hat sie sich wieder unter Kontrolle. »Gibt es sonst noch was? Ansonsten würde ich jetzt nämlich gerne auf mein Zimmer gehen. Das waren aufregende Tage, ich brauche meinen Schlaf.«

Paula nickt langsam. Eine Idee formiert sich in ihrem Kopf. Entschlossen steht sie auf. »Frau Kleinert, ich möchte Sie nicht aufhalten. Sie können auf Ihr Zimmer zurückgehen und dort bleiben. Wenn ich weitere Fragen habe, werde ich Sie holen.«

Walter schaut mit offenem Mund zu Paula.

Selbst Janine scheint überrascht. »Sie glauben mir?«

Paula räuspert sich und antwortet laut: »Ich denke, der Tod Ihres Mannes hat etwas mit den Akten zu tun. Und genau die werde ich morgen früh durchsehen. Ich bin mir sicher, ich kann den Mörder überführen.« Während sie spricht, ist sie mit leisen Schritten zur Tür gegangen. Sie reißt die Tür auf. Cosma, Eddi und Gerda purzeln herein. Herr von Itzenplitz steht im Flur, neben ihm die Kriminaldirektorin, Paulas Chef, der junge Polizist, der Hotelier und selbst das Zimmermädchen. Alle mit einer Kerze in der Hand und einem überaus neugierigen Blick in den Augen.

Paula blickt zurück. »Einen schönen guten Abend allerseits. Ich empfehle Ihnen, zu Bett zu gehen. Ich sehe mir morgen früh die Akten an und danach will ich Sie alle einzeln sprechen.« Dann nimmt sie sich Walters Tasche mit den Akten und geht hinaus.

COSMA

ÜBERLEGUNGEN VOR DEM SCHLAFENGEHEN

Mal wieder bin ich enttäuscht von meiner Tochter. Wie so oft will sie keine Zusammenarbeit, es ist ein Skandal. Ich würde ja mit der Kriminaldirektorin darüber sprechen, aber irgendwie habe ich das Gefühl, der ist nicht zu trauen. Ich strecke mich müde und schlüpfe in mein Bett. Normalerweise meditiere ich abends immer noch etwas, aber tatsächlich scheinen mich die Ereignisse des Tages erschöpft zu haben. Ich kuschele mich unter das dicke Federbett und hänge noch eine Weile meinen Gedanken nach. Ich verstehe einfach nicht, wie Paula die Ehefrau des Toten laufen lassen konnte. Dabei zeigt deren Einbruchsversuch mehr als deutlich, dass sie in der Sache drinhängt. Paula hätte mehr Druck aufbauen müssen. Diese Janine scheint mir eine zu sein, die sich gut verstellen kann, anders hätte sie niemals mit diesem Ekel so lange zusammenleben können. Wenn Paula meine Hilfe doch nur angenommen hätte. Gemeinsam hätten wir aus Janine bestimmt etwas herausbekommen.

Paula sollte sich wirklich mal entspannen. Der Doc hat sie heute mehr als einmal ziemlich eindeutig angesehen. Der Mann hat einen Blick … Mannomann! Ich an Paulas Stelle hätte alles stehen und liegen lassen und ihn auf mein Zimmer geschleift. Aber stattdessen will sie die Nacht allein mit Akten verbringen.

Langsam fühle ich, wie mir die Gedanken entgleiten und mein Körper schwer wird. Ich räkele mich wohlig. Nebenan vor Paulas Zimmer höre ich ein leises Geräusch. Offenbar ist jemand an ihrer Tür. Vielleicht der Doc. Ich lächle, denn ich freue mich für Paula.

Ich will mich schon umdrehen und einschlafen, als ein Gedanke mich aufschreckt. Ich sehe Paula ganz deutlich vor mir, wie sie vor versammelter Mannschaft sagt: *Und morgen früh, nachdem ich die Akten durchgesehen habe, will ich Sie alle einzeln sprechen.* Und wieder dieses kratzende Geräusch. Was, wenn Janine nicht die gesuchte Mörderin ist? Was, wenn der Täter auf der Suche nach den Akten ist? Was, wenn … Ich springe aus dem Bett. Ich muss zu meiner Tochter! Die Falle schnappt zu, und das Kaninchen weiß nicht, dass es die Beute ist!

Obwohl meine Beine zittern, bemühe ich mich, leise zu sein. Das Letzte, was jetzt passieren darf, ist, dass der Täter mich hört. Ich öffne meine Zimmertür, linse hinüber. Und was ich da sehe, lässt mir das Blut in den Adern gefrieren. Jemand steht an Paulas Tür. Ich blinzele. Ist das da eine Waffe?

PAULA

WENN PLÄNE NICHT FUNKTIONIEREN

Paula hält die Luft an. Sie hört das Quietschen der Türangeln. In der Dunkelheit ahnt sie mehr, als sie sieht, dass sich ihre Zimmertür langsam öffnet. Ihr Plan funktioniert, tatsächlich kommt jemand, um die Akten an sich zu bringen. Paula drückt sich weiter in den Schatten des Schrankes direkt neben der Tür. Der Schein einer Kerze taucht auf. Jetzt oder nie. Paula springt vor, greift nach dem Arm der Gestalt. Die Kerze fällt zu Boden und erlischt. Paula ringt im Dunkeln mit der Person, sie spürt Atem auf ihrer Wange. Und dann geht plötzlich alles ganz schnell. Jemand Drittes schreit plötzlich sehr laut auf. Der Täter nutzt Paulas Überraschung, macht sich los. Paula spürt einen heftigen Schlag gegen ihre Schläfe. Ihr Kopf stößt gegen etwas Hartes, dann schwinden ihre Sinne.

Ihr Kopf dröhnt. Paula öffnet langsam die Augen, versucht, sich zu orientieren. Sie liegt auf ihrem Bett, Doc Fischgrät sitzt neben ihr und sieht sie besorgt an. »Was ist los?«, fragt sie.

»Du bist mit dem Kopf gegen den Schrank gestoßen,

als du versucht hast, den Täter zu stellen.« Ole streicht ihr sanft über die Stirn. Walter steht direkt neben ihm und ist leichenblass.

Nur langsam kehrt die Erinnerung zurück. Sie sieht, wie jemand hereinkommt, sie mit ihm ringt und dann … »Mutter! Warum hast du dich eingemischt!« Paula richtet sich wütend auf und schließt sofort die Augen, so sehr schwankt das Zimmer.

Ole drückt sie wieder auf das Bett. »Du musst liegen bleiben, Paula. Du könntest eine Gehirnerschütterung haben.«

»Die hätte ich nicht, wenn sie sich nicht eingemischt hätte. Ich hatte den Täter gerade fest im Griff, und nun ist er weg.«

»Ich habe gedacht, du bist in Gefahr!« Cosma steht am Fußende des Bettes. Sie sieht Paula mit einer Mischung aus Wut und Sorge an. »Wie konntest du nur so leichtsinnig sein. Einen *Paddington 16:50 Uhr,* ganz allein. Und jetzt bist du verletzt.«

»Ich wollte den Täter aus der Reserve locken, und es hat funktioniert. Bis du gekommen bist.«

»Soll ich etwa seelenruhig zusehen, wie dich jemand überfällt?« Cosma stemmt die Arme in die Hüften.

»Ja, das wäre das Beste!«

Walter räuspert sich. »Ich finde auch, dass es viel zu gefährlich war.« Zitternd setzt er sich neben Paula aufs Bett. »Wenn wir wirklich einen Auftragsmörder im Haus haben … wer weiß, was alles hätte passieren können!«

»Einen Auftragsmörder?«, wiederholt Cosma überrascht.

Paula ignoriert sie. »Es war ein kalkulierbares Risiko – wenn SIE sich nicht ständig einmischen würde, hätten wir jetzt den Täter. Ich … aua!« Paula zieht ihren Kopf weg.

»Du musst still halten.« Der Doc sieht sie. »Ich kann deine Wunde nicht verarzten, wenn du dich die ganze Zeit bewegst.«

»Das ist doch nur ein Kratzer.«

Der Doc legt den Kopf schief. »Paula, ich meine es ernst. Es ist nur eine Platzwunde, aber ich muss sie reinigen. Außerdem solltest du einige Stunden still liegen bleiben.« Seine Stimme ist ruhig. Er hält ihr zwei Finger vor die Augen. »Wie viele Finger siehst du?«

»Zwei. Was meinst du mit Liegenbleiben? Ich muss den Täter suchen.«

»Du suchst niemanden. Du warst kurz bewusstlos. Ich will ausschließen, dass du eine ernsthafte Verletzung hast.«

Paula will etwas entgegnen, doch dann fällt ihr auf, wie besorgt der Doc, Walter und auch Cosma sie ansehen. »Okay«, sagt sie kleinlaut.

Ole steht vom Bett auf, nimmt ein Spray aus seiner Ledertasche und setzt sich wieder zu ihr. Er sprüht etwas Flüssigkeit auf eine sterile Kompresse und beginnt, die Wunde vorsichtig damit abzutupfen.

Paulas Stirn brennt, doch der stechende Schmerz ist besser zu ertragen als das dumpfe Dröhnen in ihrem Kopf. Eine Gehirnerschütterung, das fehlte ihr gerade noch.

Cosma sieht zum Fenster, als könne sie in dem Schwarz draußen im Moor etwas entdecken, und scheint ebenfalls tief durchzuatmen. »Wir sollten eine Suchmannschaft zusammenstellen, die sich auf die Spur des Täters setzt.«

Paula presst noch einmal die Lippen aufeinander, als Ole erneut an ihrer Wunde tupft. Dann lässt der Schmerz langsam nach. »Ich denke nicht, dass der Täter versucht, zu fliehen. Er wird sich wieder unter die anderen Gäste mischen und seinen bisherigen Platz einnehmen.«

Erleichtert beobachtet sie, wie Ole den Tupfer beiseitelegt. »Du solltest in Zukunft auf solche Pläne verzichten, Paula. Es war ein mieser Plan, und du wurdest verletzt.«

»Siehst du, Doc Fischgrät ist meiner Meinung. Ein mieser Plan.« Cosma sieht tatsächlich beunruhigt aus. Sie wendet sich an den Arzt: »Ist auch wirklich alles in Ordnung?« Sie klingt so besorgt wie damals, als Paula zum ersten Mal versuchte, freihändig Rad zu fahren. Paula ist plötzlich von Rührung durchflutet.

Der Doc nickt. »Es sieht nicht sehr schlimm aus. Trotzdem ist Vorsicht geboten. Hast du Kopfschmerzen, Paula?«

»Etwas.«

Ole streicht ihr ein paar Haare aus dem Gesicht. »Du solltest vorsichtiger sein.« Seine Stimme klingt rau. Er steht auf, sieht sich um. »Okay, wo soll ich schlafen?«

Paula sieht überrascht auf. »Was meinst du?«

»Du glaubst doch nicht im Ernst, dass ich dich hier allein lasse. Ich will sichergehen, dass du wirklich keine ernsthafte Verletzung hast. Und außerdem könnte der Täter zurückkehren.«

»Ich bleibe auch.« Walter verschränkt seine Arme vor der Brust. »Und wenn es das Letzte ist, was ich tue.«

Cosma sieht von Paula zum Doc und lächelt leise. »Walter, ich denke, es reicht, wenn der Doc hierbleibt. Ich bin ja auch noch nebenan. Wenn etwas ist, brauchst du nur Bescheid zu geben, Paula. Aber laut, denn ich werde die Ohrstöpsel reintun.« Sie zwinkert dem Doc zu.

Paula spürt ihren Puls wieder jagen, was ihrem Kopf gar nicht gut tut. »Ich kann sehr gut auf mich allein aufpassen!« Sie will sich aufsetzen, doch wieder flimmert es vor ihren Augen.

Ole räumt seine Utensilien in seine altmodische Doktortasche, die auf dem Boden steht. »Keine Diskussion. Ich bleibe hier.«

Paula will etwas entgegnen, doch dann fällt ihr auf, dass neben der Tasche des Doc etwas auf dem Holzfußboden liegt. Etwas, das dort auf keinen Fall hingehört. Etwas, das sie schon mal gesehen hat. Und mit einem Mal wird ihr klar, wer heute Nacht versucht hat, in ihr Zimmer zu gelangen.

Lächelnd blickt sie auf.

COSMA

FRÜHSTÜCK

»Das war ganz schön viel Aufregung gestern Nacht«, Gerda gähnt verstohlen und reibt ihre roten Augen. Eddi Mei-Zu sitzt neben ihr und starrt auf die Ritterrüstung am Buffet, offenbar noch in Träumen verfangen. Nur Herr von Itzenplitz sitzt munter am Frühstückstisch. Er hat gestern Nacht sein Hörgerät ausgestellt und deswegen von der Aufregung nichts mitbekommen. Er nimmt einen Schluck Earl Grey und sieht dann wieder zu mir her. »Und Sie können sich an keine Einzelheit erinnern?«

Ich gebe einen guten Schuss Sahne in meinen Kaffee. »Leider nein. Es ist so ärgerlich, dass er mir entwischt ist. Ich habe zugegriffen, aber er hat sich hin und her gewunden, und schon war er weg. Wie ein glitschiger Aal. Außerdem war er maskiert. Es war aber sowieso zu dunkel, um etwas zu erkennen.«

»Ob dat der Mörder war, der versucht hat, die Akten zu stehlen?« Eddi scheint aus seinen Träumen erwacht zu sein.

Ich nicke. »Davon ist auszugehen«, antworte ich. »Der Profiler wollte aus den Akten ein Buch erstellen. Allerdings …«, ich komme mir ein wenig vor wie Sherlock Holmes, und ich muss sagen, ich genieße es, »… allerdings scheint einer dieser Fälle nicht zur Gänze aufgeklärt worden zu sein. Vielleicht ist der falsche Täter verhaftet worden, oder ein Mittäter wurde übersehen. Der Profiler nimmt sich die Akten noch mal vor, stößt auf eine Ungereimtheit, schreckt den eigentlichen Täter auf und besiegelt damit sein Todesurteil.« Zufrieden schaue ich in die Runde.

»Das ist eine interessante These«, lobt Herr von Itzenplitz.

Ich lächle stolz. Gleich nachher werde ich meine Überlegungen mit Paula teilen. Die sitzt zwei Tische weiter beim Doc. Sie ist noch etwas blass und hat eine Beule an der Stirn, aber ihre Augen leuchten so neugierig wie eh und je. Gerda muss meinem Blick gefolgt sein, denn sie fragt: »Geht es Paula gut? Immerhin ist sie verletzt worden.« Sie streichelt Alfred, der auf ihrem Schoß sitzt und ungeduldig auf Wurststückchen wartet. Alfred hat die aufregenden Ereignisse übrigens auch nicht mitbekommen, er hat die Nacht mit der Hotelkatze draußen im Moor verbracht. Gerda hat sie vorhin an der Eingangstür gefunden, wo sie einträchtig nebeneinandersaßen. Beide wirkten etwas erschöpft. Nun tippt Alfred fordernd mit der Nase an ihre Hand. Sofort nimmt Gerda ein großes Stück Fleischwurst und hält es ihm hin. »Alfred hatte ja auch schon eine schwere Verletzung erlitten bei unserem letzten Fall. Ein Fehler bei den Ermittlungen, und es kann schnell tödlich enden.«

Ich streiche gedankenverloren über meinen Arm, an dem immer noch die Narbe zu sehen ist an der Stelle, wo mich damals die Kugel traf. »Der Täter hat Paula geschlagen, und sie ist mit dem Kopf gegen den Schrank gestoßen. Zum Glück habe ich bei der Anreise dafür gesorgt, dass Doc Fischgrät das Zimmer direkt neben ihrem hat. So war er gleich zur Stelle und konnte ihr helfen.«

»Er ist wirklich ein netter Mann«, Gerda bestreut ihr Butterbrötchen mit Schokoraspeln. »Er hat so etwas Geheimnisvolles, finden Sie nicht auch?« Sie sieht hinüber zu Doc Fischgrät, der neben dem Buffet sitzt und gerade herzhaft von einem Brötchen abbeißt. Sie winkt ihm zu. Der Doc winkt lachend zurück. Doch, er hat was. Wenn meine Tochter das nur genauso sehen würde. Doch sie sitzt neben ihm und würdigt ihn keines Blickes. Stattdessen sieht sie sich ständig um, als würde sie auf jemanden warten. Dann sagt der Doc etwas und weist auf das Pflaster an ihrer Stirn. Paula zuckt mit den Schultern und tut unbeteiligt. Doch sie schaut dem Doc ein kleines bisschen zu lang in die Augen. Eine Mutter lässt sich da nicht täuschen.

Dann kommt dieser verrückte Spurenermittler herein, Spusen-Ali. Er sieht noch furchterregender aus als sonst und wedelt mit einem Blatt Papier. Sieht nach Datenanalyse aus. Ihm dicht auf den Fersen ist Walter, der über das ganze Gesicht strahlt. Ein seltener Anblick in der letzten Zeit. Die beiden setzen sich zu meiner Tochter und dem Doc. Die vier stecken die Köpfe zusammen und diskutieren angeregt. Ich würde zu gern hören, was sie zu bereden haben.

PAULA

HIMBEERFRUTI

Spusen-Ali und Walter kommen in seltener Eintracht herein. Walter lässt sich gegenüber von Paula auf den freien Stuhl fallen. »Oh, es gibt Rührei? Ich habe so einen Hunger.« Er greift sich ihr Brötchen und beißt herzhaft davon ab.

Spusen-Ali gießt sich einen Kaffee ein.

»Und?« Paula sieht die beiden erwartungsvoll an. Die Kopfschmerzen sind weg, sie spürt nur noch einen leichten Druckschmerz an der Stirn.

Walter und Spusen-Ali scheinen es spannend machen zu wollen, sie beachten sie erst einmal nicht. Als Walter auch noch nach ihrem Kaffee greift, kann Paula ihre Ungeduld kaum noch beherrschen. Sie hält die Tasse fest. »Was ist nun?«

Die beiden sehen sich an und grinsen. Spusen-Ali nickt Walter zu. »Sie zuerst.«

Walter legt das angebissene Brötchen beiseite, sieht sich im Raum um und beugt sich dann vor. Leise beginnt er, zu berichten. »Also, ich habe mir deinen Fund genau angesehen, Paula. Ein Himbeerbonbon, unter dem Namen *Himbeerfruti* überall zu erwerben. Nicht gerade höchste Qualität. Achtzig Prozent Zucker, der Rest künstliche Aromastoffe.« Walter schiebt seine

Brille auf der Nase hoch. Dann zeigt er ein Bild auf dem Handy. »Es ist ein Kaubonbon. Und das ist ein Glück für uns. Ich habe es extra für dich fotografiert. Ist zwar nicht ganz scharf, aber siehst du, hier?«

Paula folgt seinem ausgestreckten Zeigefinger und atmet scharf ein. »Ist das das, was ich denke?«

Walter nickt. »Ganz genau. Ein Zahnabdruck.«

»Wir haben hier natürlich nicht das erforderliche Material, um das Bonbon genau zu untersuchen«, ergänzt Spusen-Ali. »Aber dieser Zahnabdruck ist recht markant. Eine Ecke des Schneidezahns ist abgebrochen, hier.« Er deutet auf seinen eigenen Zahn.

Paula sieht ihn mit großen Augen an. »Aber das wäre ja der gleiche Abdruck wie …«

Spusen-Ali grinst. »Wie bei dem Bonbon, das ich vor über einem Jahr in der Güllegrube einer Hühnerfabrik gefunden habe. Beim Fall der erwürgten Ehefrau, bei dem unser lieber Verstorbener ermittelt hat.«

»Das heißt, dass derjenige, der gestern versucht hat, die Akten zu stehlen, mit dem damaligen Tatort in Verbindung gebracht werden kann.« Paula lehnt sich zurück. »Genau das habe ich mir gedacht.« Sie lächelt zufrieden. »Also hat Kleinert wirklich mit seinen nochmaligen Recherchen zu dem Fall den damaligen Täter aufgestöbert. Und der hat versucht, alle Beweise an sich zu bringen.« Sie sieht den Doc, Spusen-Ali und Walter an. »Also: Wir werden folgendermaßen vorgehen …«

PAULA

DEN TÄTER IM GRIFF

Du hast wirklich viel von deiner Mutter. Glaubst du, es klappt?« Der Doc zwinkert ihr zu. Paula spürt das Jagdfieber in sich aufsteigen, und sie weiß, dass der Doc das Gleiche fühlt. Sie lächelt zurück. Gestern Nacht hat er sich zurückgehalten wie ein Gentleman. Es hat sich seltsam angefühlt, sein Blick auf ihrem Körper, als sie aus dem Bad kam. Er hat noch einmal das Pflaster an ihrer Stirn kontrolliert und sich dann in den Sessel gesetzt. Ein Teil von ihr hat es bedauert. Der andere Teil ist in Sekundenschnelle eingeschlafen, kaum dass ihr Körper die Matratze berührte.

Paula nickt. »Wir müssen das Überraschungsmoment nutzen. Ich habe keine Lust, dass uns der Täter noch mal durch die Finger gleitet.« Paula dreht sich um, blickt prüfend durch den Raum.

Der Hotelier bemerkt sie und kommt eilig auf sie zu. »Frau Pongs, auf ein Wort bitte.« Er zieht sie zur Seite und flüstert: »Ich war vorhin in der Vorratskammer, und da ist mir etwas aufgefallen.« Er dreht sich zu allen Seiten um, vergewissert sich, dass niemand zuhört. »Letztes Jahr hatte ich eine Rattenplage, das kommt leider immer wieder vor. Wasserratten. Deswegen hatte ich etwas Gift im Vorratsraum … Ich glaube, davon fehlt etwas.«

Paula sieht ihn überrascht an. »Sind Sie sicher?«

Der Hotelier schüttelt den Kopf. »Nein, überhaupt nicht. Vorhin habe ich für Hanna ein Putzmittel herausgesucht, und dabei ist mir aufgefallen, dass das Päckchen mit dem Gift geöffnet und nur noch eine kleine Restmenge vorhanden war. Ich bin mir aber nicht sicher, wie viel von dem Gift ich überhaupt noch hatte. Wahrscheinlich ist alles okay, und meine Nerven spielen mir einen Streich.«

Paula sieht ihn nachdenklich an. Rattengift?

Der Doc zupft an ihrem Ärmel, beugt sich zu ihr. »Wir sollten loslegen.«

»Danke, dass Sie uns informiert haben, Herr Ullmann.«

Der Hotelier nickt. »Das war doch selbstverständlich.« Sein Blick gleitet zum Buffet. »Jetzt habe ich die Eier vergessen.« Und schon verschwindet er aus der Tür Richtung Küche.

Der Doc steht auf. Lauter als nötig fragt Paula: »Möchtest du auch Käse?«

Die Kriminaldirektorin, die neben dem Buffet steht, betrachtet ihn missmutig, dann nimmt sie sich Grapefruitsaft. Ihr Blick ist starr geradeaus gerichtet, was daran liegt, dass neben dem Buffet Benny Kowacz mit Doris sitzt. Benny redet auf Doris ein, die hört ihm mit roten Wangen zu. Es kommt anscheinend nicht häufig vor, dass ein junger, attraktiver Mann sich mit ihr unterhält.

»Entschuldigung?« Das Zimmermädchen schlängelt sich geschickt zwischen dem Doc und Paula hindurch und stellt einen Teller mit frischem Aufschnitt auf das

Buffet. Ullmann, der gerade mit einem Korb Eier in der Hand wiederkommt, bedeutet ihr unauffällig, eine Gabel daranzulegen. Hanna nickt eifrig und erledigt es.

Es herrscht eine angespannte Stimmung. Bis auf Benny und Doris unterhält sich niemand. Im Gegenteil: Fast überall trifft Paula auf misstrauische Blicke, als würde jeder jeden verdächtigen.

Walter und Spusen-Ali haben inzwischen ihren Posten an den Ausgängen eingenommen. Der Doc steht neben Paula und wirkt enorm lässig. Sie nickt ihm unmerklich zu, dann nimmt sie ein Glas und klopft mit ihrem Löffel daran. Sofort wird es still in dem Raum.

»Entschuldigung, dass ich Sie beim Frühstück störe. Aber Sie haben ja mitbekommen, dass wir gestern die Akten gefunden haben. Nun ... Es hat in der Nacht den Versuch gegeben, diese zu stehlen. Wir konnten in diesem Zusammenhang ein wichtiges Indiz auswerten und sind uns nun ziemlich sicher, wer den Versuch unternommen hat, die Akten zu stehlen. Das Erstaunliche: Dieser Jemand ist schon mit einer früheren Tat in Verbindung zu bringen.« Sie hält inne, lässt den anderen die Gelegenheit, die Worte sacken zu lassen. Erwartungsgemäß geht ein Raunen durch den Raum. Die Gäste sehen sich mit großen Augen an, die Blicke werden noch misstrauischer.

Paula beginnt, die Sache allmählich zu genießen. Sie geht durch die Reihen und redet weiter. »Es ist jemand, der sich nach außen hin harmlos gibt.« Sie steuert auf Ullmann zu, der sie mit angsterfüllten Augen ansieht. Doch kurz bevor sie ihn erreicht, dreht sie ab. Sie geht nun Richtung Janine Kleinert. Die sieht sich hektisch um. »Jemand, der sehr sportlich ist und über gute Reflexe verfügt.« Paula bleibt vor Janine stehen. Die steht auf, die Augen weit aufgerissen. »Ich war das aber nicht«, flüstert sie.

Paula wartet eine Sekunde, ehe sie fortfährt. »Jemand, der sich kurzfristig hier einschleichen konnte, ohne Verdacht zu erregen. Wir müssen davon ausgehen, dass diese Person gefährlich ist und versuchen wird, sich der Verhaftung zu widersetzen.« Sie dreht sich um. Sieht dem Zimmermädchen in die Augen. »Hanna Eilers, ich verhafte Sie wegen des Verdachts des Mordes an Ralf Maria Kleinert und an Margarete Mäder, die vor rund einem Jahr auf einer Hühnerfarm getötet wurde.« Hannas Augen weiten sich panisch, sie schaut sich um und reagiert schneller, als Paula erwartet hat. Mit Macht drängt sie sich behände an Paula vorbei. Dabei reißt sie den Ellenbogen hoch und stößt an Paulas Stirn, direkt auf die Wunde. Der Schmerz schießt in Paulas Kopf, sie schreit auf. Aus dem Augenwinkel sieht sie, wie Cosma aufsteht, das Gesicht vor Wut verzerrt. Im Slalom läuft Hanna zwischen den Tischen hindurch, wendig wie eine Katze. Innerhalb von Sekunden ist sie kurz vor dem Ausgang, doch im gleichen Moment springen Walter und Spusen-Ali vereint vor die Tür und versperren ihr den Weg.

Hanna stoppt abrupt, sieht sich hastig um. Für einen Moment ist es mucksmäuschenstill in dem Raum. Dann dreht sie sich um, hechtet am Buffet vorbei auf das Fenster zu. Der Doc springt nach vorne, breitet die Arme aus, als wolle er ein Schaf aufhalten. Doch Hanna ist mehr eine ganze Herde als ein einzelnes Schaf. Sie springt auf ihn zu und wirft ihn mit einem Griff auf den Rücken. Paula bemerkt, wie Eddi bewundernd nickt. Der Doc knallt auf den Boden, bleibt reglos liegen. Hanna hastet weiter, will zum Fenster. Sie läuft an Kowacz und Doris vorbei, die wie erstarrt auf ihren Plätzen sitzen. Alfred springt ihr in den Weg, faucht. Hanna steigt über ihn, ist nun kurz vor dem Ziel … und bleibt plötzlich stehen. Vor dem Fenster hat sich Cosma breitbeinig in ihren gepunkteten Gummistiefeln aufgebaut. Den Speer der Ritterrüstung quer in der Hand. Hanna weicht zurück. Doch dann bückt sich Cosma überraschend und fährt mit dem Speer sensengleich über den Boden. Hanna versucht auszuweichen, strauchelt … und fällt hin. Im gleichen Moment lässt Cosma den Speer fallen, sprintet los und schmeißt sich mit ihrem ganzen Gewicht auf Hanna. »Niemand verletzt ungestraft meine Tochter. Niemand!«

COSMA

HERR VON ITZENPLITZ DENKT NACH

Paula dreht Hanna die Hände auf den Rücken, die Handschellen schnappen zu. Hanna verzieht das Gesicht.

Herr von Itzenplitz reicht mir die Hand, um mir beim Aufstehen zu helfen. »Das haben Sie hervorragend gemacht, meine Liebe!«

»Sie waren phänomenal!« Gerda kommt zu uns, Alfred auf ihrem Arm. Der faucht das Zimmermädchen an.

»Das war doch nur eine Kleinigkeit«, wehre ich das Lob ab und klopfe mir den Staub von der Kleidung.

»Eine Kleinischkeit? Sie haben eine professionelle Mörderin jestellt. Dat war superb!« Eddi strahlt mich an. Er hat den Speer in der Hand und erinnert mich ein wenig an Sancho Panza, was ich ihm keinesfalls sagen sollte. Er deutet mit der Waffe auf Hannas bunte Körperbemalung und wendet sich an Paula. »Dat Mädchen is mit Sischerheit von einer Jeheimtriade. Sie sollten dat Tattoo nachschlajen. Und isch wette, die hat ein Schweigejelübbte abjelegt. Die lässt sisch eher einen Arm abhacken, als dat die ihren Auftragjeber verrät.«

»Paula wird sie schon zum Reden bringen.« Der Doc steht leicht gekrümmt am Buffet.

»Ist alles okay?« Paulas Stimme klingt ungewohnt sanft.

Der Doc nickt, allerdings wenig glaubhaft. »Ich habe den Eindruck, dass mein Ego mehr gelitten hat als mein Rücken. Von einem Zimmermädchen aufs Kreuz gelegt, das darf ich im Sportklub auch keinem erzählen.«

»Sie ist wirklisch unjemein schnell«, bestätigt auch Eddi. »Dat hätte jedem passieren können.« Er tätschelt dem Doc nachsichtig die Schulter, der verzieht vor Schmerzen das Gesicht.

»Ohne Frau Cosma wäre sie entwischt.« Gerda strahlt mich noch mal an.

Paula wendet sich mir zu. Ich erwarte schon, dass sie sagt, dass ich auf mein Zimmer gehen und mich nicht einmischen soll. Aber überraschenderweise nickt sie mir anerkennend zu. »Das hast du wirklich gut gemacht, Mutter.« Ich bin völlig sprachlos. Mit offenem Mund starre ich ihr hinterher, wie sie das Zimmermädchen aus dem Raum schiebt.

Wir bringen den Doc zur Lobby, wo ein gemütliches Sofa steht. Er lässt sich stöhnend darauf sinken, hält sich den Rücken. »Ich muss mich nur kurz ausruhen.«

Gerda holt ihm eine Decke, dann lassen wir ihn allein und gehen in unseren Besprechungsraum, die Hotelbar.

»Isch jlaube kaum, dat Paula dat Mädschen zum Reden bringt. Als professionelle Mörderin ist die doch mit allen Wassern jewaschen. Die sacht niemals, wat wirklich jewesen ist.« Eddi kippt den Inhalt eines Killepitsch-Fläschchens in seinen Mund. Seine Notration für harte Zeiten.

»Ich bin immer noch entsetzt, dass ich mich in dieser jungen Arbeiterin so täuschen konnte.« Herr von Itzenplitz tunkt seinen Teebeutel in das Wasser. Eddi reicht ihm ein Fläschchen von dem Kräuterschnaps, aber Herr von Itzenplitz wehrt dankend ab. »Sie hat uns alle hintergangen.«

Gerda tätschelt ihm den Arm. »Das kann jedem von uns passieren. Niemand ist dagegen gefeit, das Gute in den Menschen sehen zu wollen.« Ihr Blick geht ins Leere, und ich bin mir sicher, dass sie an Otto denkt, der ihr die große Liebe versprach und anschließend mit ihrem Erbe das Weite suchte.

»Hanna hat eiskalt gehandelt«, bekräftige ich. »Es ging ihr von Anfang an nur darum, die Akten und das Manuskript an sich zu bringen. Was mich zu der Frage bringt, was an diesen Unterlagen so interessant ist. Ich würde wirklich einiges drum geben, einen Blick darauf zu werfen. Ich kann mir allerdings nicht vorstellen, dass Paula uns die Akten überlässt.« Obwohl vorhin so etwas wie Anerkennung in ihren Worten mitschwang, mache ich mir keine Illusionen, was die Einstellung meiner Tochter zu einer vertieften Zusammenarbeit angeht. Ich seufze. Eddi reicht mir einen Killepitsch, den ich dankend ablehne, worauf er ihn selbst trinkt.

Herrn von Itzenplitz Blick geht in die Ferne. »Wie konnte ich mich nur so täuschen lassen? Es war fahrlässig. Dabei hätten wir von Anfang an hellhörig werden müssen.«

»Isch hab dat aber jleich jesagt. Dat Tatoo war von einer Jeheimtriade«, wirft Eddi wenig hilfreich ein. »Dat Mädschen hat sich nachts in dat Zimmer von dem Profiler jeschlichen und den Jung von den Balkon gestoßen.« Er ist so begeistert von seiner Überlegung, dass er einen weiteren Schnaps hinunterstürzt.

Herr von Itzenplitz nickt traurig. »Davon ist auszugehen. Hanna glaubte, das Laptop und die Akten wären in Kleinerts Hotelzimmer. Sie geht hoch, wird vom Profiler überrascht und stößt ihn vom Balkon. Sie nimmt das Laptop an sich. Die Akten kann sie allerdings nicht finden, denn die hat ja der Hotelier am gleichen Abend im Keller versteckt. Ein Umstand, der Hanna nicht bekannt ist. Sie hat also ihren Auftrag nicht beendet und muss bleiben. Von nun an durchsucht sie systematisch alle Gästezimmer, während sie vorgibt, zu putzen.« Er seufzt. »Sie erinnern sich, dass wir gehört haben, wie sie mit jemandem telefonierte? Uns hat sie gesagt, es sei der Hotelier gewesen, der sie mit der Suche nach verlorenen Eheringen betraut hat. Das war ganz offensichtlich eine Lüge. Sie hat mit ihrem Auftraggeber telefoniert, der sich nach dem Stand ihrer Suche erkundigen wollte. Sie hat uns die ganze Zeit belogen. Sie war nie eine Arbeiterin in Not.«

Er wirkt so erschüttert, dass ich ihm den Arm tätschele. »Mein lieber Itzenplitz, Sie konnten nicht wissen, dass es sich um eine professionelle Mörderin handelte.«

»Sie wirkte hilfsbedürftig.« Herr von Itzenplitz schüttelt den Kopf.

»Und wo ist nun das Laptop des Toten?«, geht Gerda die praktische Seite des Falles an.

Ich zucke mit den Schultern. »Ich habe leider keine Ahnung.«

Herr von Itzenplitz nimmt einen Schluck Earl Grey und setzt vorsichtig die Tasse ab, räuspert sich. »Ich habe mich gestern Abend vor dem Schlafengehen ein wenig in Frau Gerdas Recherchen zum Profiling vertieft. Wenn man sich einmal näher damit auseinandersetzt, zeigt die Methode viele Möglichkeiten auf. Um uns der Antwort auf Frau Gerdas Frage zu nähern, sollten wir uns zunächst in Hanna hineinversetzen. Sie hat den Profiler vom Balkon gestoßen und das Laptop an sich genommen. Sie benötigt nun schnell ein Versteck. Sie erinnern sich, was sie bei sich hatte, als wir sie auf dem Flur vor dem Zimmer des Toten getroffen haben?« In seine Augen kehrt langsam der Glanz zurück. »Einen Wäschekorb. Ich bin mir sicher, dass sie darin das Laptop zunächst versteckt hat, um sich dann in aller Ruhe nach einem sicheren Versteck umzusehen.«

»Mein lieber Itzenplitz, Sie sind genial«, staune ich.

Herr von Itzenplitz nimmt lächelnd einen weiteren Schluck Tee. »Sie wird nach einem Ort Ausschau gehalten haben, auf den sie ständig Zugriff hat, sodass sie sofort bemerken würde, wenn das Laptop angerührt wird. Gleichzeitig muss es ein Ort sein, zu dem nur sie Zugang hat, denn alles andere wäre fahrlässig. Außerdem können wir in unsere Überlegungen einbeziehen, dass sie sichergehen wollte, dass Frau Paula und ihre Kollegen dort nicht suchen würden, und wenn die

Beute dennoch zufällig gefunden wird, nichts darauf hinweist, dass nur sie das Laptop dort abgelegt haben kann.«

Jetzt bin ich wirklich baff. »Wow!«, entfährt es mir. »Und was glauben Sie, wo dieser Ort ist?« Ich sehe meinen Mitbewohner gespannt an.

Der zuckt mit den Schultern. »Das entzieht sich leider meiner Kenntnis.«

Doch seine Ausführungen haben die Kriminalistin in mir wachgerüttelt. Nachdenklich drehe ich eins von Eddis leeren Killepitsch-Fläschchen in der Hand. »Ein Raum, auf den nur Hanna zugreift. Was meinen Sie zu der Besenkammer im ersten Stock?«

Jetzt ist es Herr von Itzenplitz, der anerkennend nickt. »Ein sehr guter Gedanke, Frau Cosma. Weitere Ideen?«

Eddis Augen verengen sich, sodass er aussieht wie Dr. Fu Manchu. »Das Büro des Hoteliers. Dat Mädschen nutzt eine uralte Methode: Sie lässt das Laptop offen herumliejen, so dat et nicht auffällt.«

»Ebenfalls möglich«, überlegt Herr von Itzenplitz. »Wobei wir in Betracht ziehen müssten, dass Herr Ullmann das Laptop bemerkt hätte. Ich denke, dieses Risiko wäre Hanna nicht eingegangen.«

»Vielleicht steckt dat Mädschen mit ihm unter einer Decke«, sagt Eddi, und ich meine, ein wenig Trotz in seiner Aussage zu hören.

Herr von Itzenplitz geht nicht weiter darauf ein. Er sieht zu Gerda. »Sie haben eine Idee, meine Liebe?«

Gerdas Wangen sind gerötet. »Als ich klein war, habe ich immer alles, was mir wichtig war, im Flur auf dem Schrank mit der Winterwäsche versteckt. Meine Mutter hat dort nur einmal im Jahr hineingesehen, das war das beste Versteck überhaupt.«

Herr von Itzenplitz nickt begeistert. »Das ist eine hervorragende Idee. Der Wäscheschrank steht im Flur fast direkt gegenüber dem Zimmer des Toten. Hanna brauchte die Beute dort nur hineinzustellen und weiterzugehen.« Er steht auf, in seinen grauen Augen glitzert Abenteuerlust. »Wir sehen nach!«

COSMA

WEISSE FROTTEEHANDTÜCHER

Ich öffne die Tür und schaue in den alten Eichenschrank. Auf den ersten Blick wirkt das Innere völlig harmlos: mehrere Stapel weißer Frotteehandtücher. Vorsichtig nehmen wir jedes Handtuch einzeln heraus. Meine Enttäuschung wächst von Sekunde zu Sekunde. Nichts. Neben uns liegt ein Haufen Handtücher, und der Schrank ist leer.

»Vielleicht ist es doch in der Besenkammer«, überlege ich.

Doch dann schiebt sich Eddi Mei-Zu nach vorne und steckt seinen Kopf in den Schrank, sodass nur noch sein runder Körper herausschaut. Ich höre, dass er den Boden abklopft. Und dann ruft er triumphierend: »Ha!« Er schiebt ein Brett beiseite. Ich halte die Luft an. Und puste sie wieder aus, als Eddi aus dem Schrank hervorkommt. Er hält ein silberfarbenes Laptop in der Hand.

Ich muss sagen, ich bin ziemlich aufgeregt, als ich es aufklappe. Ein Bildschirm mit dem Konterfei des Profilers erscheint und fragt nach einem Passwort.

»Und nun?« Ich blicke fragend in die Runde.

»Vielleicht *1, 2, 3, 4, 5, 6?*«, mutmaßt Gerda.

»Ne, dat ist bestimmt wat Kompliziertes. Mit Ausrufezeichen, Zahlen und so. Versuchen Sie es mit !Bond007!«

Herr von Itzenplitz streicht nachdenklich über sein Bärtchen. »Wir müssen uns in die Denkweise des Profilers hineinversetzen. Vermutlich hat sein Passwort etwas mit dem zu tun, was ihm wichtig ist.«

Ich denke nach. »Profiling?«

Herr von Itzenplitz wiegt den Kopf.

Eddi, unser Romantiker, haucht: »Janine.«

Doch Herr von Itzenplitz sieht nicht überzeugt aus. »Er hatte eine sehr spezielle Persönlichkeit. Egoman, so hat Herr Dr. Nazik es ausgedrückt. Ich denke, sein Passwort ist *Kleinert.*«

»Was für eine superbe Idee!« Sofort gebe ich den Namen ein. Wir sind drin.

Ich gebe das Laptop an Eddi, denn er ist unser Computerspezialist. Eddi holt seine Brille aus der Tasche und studiert den Bildschirm. »Da is wat direkt aufm Desktop«, sagt er. »Dat Manuskript. *Meine spannendsten Mordfälle und ich – von Ralf Maria Kleinert.*«

Geschickt führt Eddi den Mauszeiger dorthin, eine Datei öffnet sich. Wir gruppieren uns um ihn, damit wir gemeinsam lesen können. Schon nach einer halben Seite blicke ich erstaunt auf. Das hätte ich nun wirklich nicht erwartet.

PAULA

HANNAS GESTÄNDNIS

Es tut mir wirklich sehr leid, dass ich den Doktor verletzt habe, das wollte ich nicht. Ich mache schon seit meiner Kindheit Judo, es ist mir einfach in Fleisch und Blut übergegangen. Ich war in Panik.« Das Zimmermädchen sitzt auf einem Stuhl im Besprechungsraum und schaut Paula aus großen, ängstlichen Augen an.

Paula schweigt und mustert das Mädchen. Sie ist erst zweiundzwanzig Jahre alt. Kann es wirklich sein, dass sie für den Tod von zwei Menschen verantwortlich ist? Die Fakten sprechen dafür, aber nicht immer stimmt der erste Anschein. »Frau Eilers, wir haben einen handfesten Beweis, dass Sie es waren, die versucht hat, die Akten aus meinem Zimmer zu stehlen.«

Hanna presst ihre Lippen aufeinander. Ihre Augen gehen hin und her, und Paula kann es förmlich in ihrem Kopf rattern hören. »Ich war das nicht.« Ihre Stimme zittert.

Walter sieht sie an. »Und warum sind Sie dann eben weggelaufen?«

Hanna beißt sich auf die Unterlippe, dann sagt sie: »Ich weiß auch nicht. Plötzlich hatte ich Angst und wollte nur weg. Das war alles so nicht geplant, ich habe mit der Sache wirklich nichts zu tun. Ich bin doch nur das Zimmermädchen.«

Paula greift in ihre Tasche und zieht die durchsichtige Plastiktüte mit dem Bonbon heraus. »Das hier ist Beweisstück 231A. Dieses Bonbon habe ich gestern nach dem Einbruchversuch in meinem Zimmer gefunden.«

»Ein Bonbon?«

Walter, der neben Paula sitzt, rückt auf seinem Stuhl nach vorne. »In diesem Fall ist es aber genau die Sorte, die Sie ständig essen. *Himbeerfruti.* Sehr zuckerlastig und übrigens ohne echte Himbeeren. Sie sollten mal ein selbst gemachtes Bonbon probieren, mit echten Beeren und einem Spritzer Limette. Die Herstellung ist zwar etwas aufwendig, aber es lohnt sich. Als Erstes nehmen Sie Tiefkühlhimbeeren, die müssen Sie nur …« Er bemerkt Paulas Blick und verstummt.

Hanna hat die Zeit genutzt, um fieberhaft nachzudenken. »Es kann sein, dass ich das Bonbon beim Putzen verloren habe.«

Walter ruckelt an seiner Brille. »Aus dem Mund gefallen beim Bettenmachen, oder was?«

»Putzen ist anstrengend. Da passiert so was schon mal.«

Walter schüttelt den Kopf, nimmt eine der Akten des toten Profilers, schlägt sie auf und deutet auf ein Foto. »Das ist Beweisstück 12384 B.«

Hanna schaut darauf. »Noch ein Bonbon. Und?«, fragt sie unsicher.

»Dieses Bonbon wurde in der Jauchegrube einer Hühnerfarm gefunden. Dort wurde vor ungefähr einem

Jahr die Ehefrau des Besitzers, Frau Margarete Mäder, ermordet. Sie wurde erdrosselt und dann in der Jauchegrube entsorgt. Mein Kollege Dr. Nazik hat die Grube abpumpen lassen und dieses Bonbon gefunden.«

»Sie haben es ja vorhin gesagt: Das ist kein selbst gemachtes Bonbon, die Sorte gibt es überall zu kaufen.« Ihre Augen flackern.

Walter nickt. »Interessant daran ist auch nicht das Bonbon selbst, sondern die Zahnabdrücke darauf. Ich sage ja: zu viel Zucker, und diese klebrigen Dinger sind eine Herausforderung für die Zähne. Dr. Nazik und ich haben die frühen Morgenstunden damit verbracht, die Abdrücke miteinander zu vergleichen. Sehen Sie hier, diese Stelle?« Er tippt nachdrücklich auf das Foto. »Dieser Abdruck stammt vom linken Schneidezahn, und wie Sie sehen, ist da eine Ecke abgebrochen. Ganz genau wie bei Ihnen.« Er lehnt sich zurück und verschränkt zufrieden die Arme. »So.«

Hanna starrt Walter entgeistert an. Mit der Zunge fährt sie unbewusst über ihre Zähne, bleibt an der Stelle hängen, wo ihr ein kleines Stück fehlt.

Walter hebt einen Finger. »Sie haben die Frau auf der Hühnerfarm im Auftrag des Ehemanns ermordet. Und als Sie gehört haben, dass Kleinert den Fall für sein Buch neu aufrollt, sind Sie hergekommen und haben Kleinert ebenfalls getötet. Sie sind eine Auftragskillerin.«

Hanna fängt an zu zittern. »Eine Auftragskillerin?«, wiederholt sie mit hoher Stimme.

Paula beugt sich vor. »Frau Eilers, es wäre an der Zeit, dass Sie uns die Wahrheit sagen. Sie waren heute

Nacht in meinem Zimmer, um die Akten zu stehlen. Die Akten, die Sie mit dem Mord auf dem Hühnerhof in Meerbusch in Verbindung bringen. Wir haben Spuren von Ihnen an zwei Tatorten gefunden … Was sollen wir da denken, als dass Sie mit den Taten in Verbindung stehen? Für uns stellt sich das wie folgt dar: Sie haben Frau Mäder erwürgt und anschließend die Leiche in der Jauchegrube entsorgt. Als Kleinert sich erneut für den Fall interessierte, haben Sie versucht, Ihre Spuren zu verwischen, und ihn beim Beschaffen der Akten und des Manuskriptes vom Balkon gestoßen.«

Hanna sieht Paula entsetzt an. »Das war alles ganz anders!«

»Wie denn?«

Sie zögert einen Moment, dann beginnt sie zu reden. »Es stimmt, ich war vor einem Jahr in Meerbusch auf der Hühnerfarm. Aber mit dem Mord habe ich nichts zu tun. Ich bin Privatdetektivin, und Herr Mäder hatte mich damit beauftragt, seine Frau zu überwachen. Er hatte Sorge, dass sie fremdgeht, und wollte Klarheit. Und die hat er bekommen. Ich habe seine Frau beschattet und bei einem Date mit einem der Arbeiter fotografiert. Möglicherweise ist im Rahmen dieses Auftrages mein Bonbon in die Jauchegrube geraten, die Ehefrau und ihr Geliebter haben sich im Stall getroffen, und ich habe sie dort länger beobachtet.« Sie deutet auf ihre Gesäßtasche. »Darf ich?«

Paula nickt. Hanna zieht ihr Handy hervor, ruft ihr Mailprogramm auf. »Hier können Sie alles nachlesen. Herr Mäder hat mir mehrere E-Mails geschrieben. Ich war ziemlich aufgeregt, denn er war mein erster Kunde. Ehrlich gesagt, läuft das Geschäft nicht besonders, er war nicht nur mein erster, sondern bisher auch mein einziger Kunde.«

»Als die Frau tot aufgefunden wurde – warum haben Sie sich nicht bei der Polizei gemeldet?«

Sie wird rot. »Mein Auftraggeber hat geschworen, er habe nichts damit zu tun. Und dann wurde ja ziemlich schnell ihr Liebhaber festgenommen und hat gestanden. Ich dachte, der Fall ist aufgeklärt.«

»Und was wollten Sie hier?«

»Vor ungefähr einem Monat rief Herr Mäder mich an. Er sagte, einer aus dem Ermittlungsteam wollte ein Buch schreiben und den Mord an seiner Frau darin groß rausbringen. Er aber wolle nicht, dass ihr Tod öffentlich dargestellt wird. Herr Mäder sagte, er hat versucht, mit Kleinert zu reden, aber der ist überhaupt nicht zugänglich gewesen. Kleinert hätte erwähnt, dass er den Fall auf dem Kripoworkshop vorstellen und ihn dann später in sein Buch aufnehmen würde. Es war Mäders Vorschlag, dass ich mich als Zimmermädchen einschleiche und sowohl die Akten als auch das Manuskript beschaffe.«

»Beschaffen? Stehlen!«, schnaubt Walter.

Sie lässt den Kopf hängen. »Ich habe die Akten die ganze Zeit gesucht. Ich hatte sie ja an dem Abend in der Bar gesehen, ich hätte nur zugreifen müssen. Aber es gab keine Gelegenheit. Und dann fiel Herr Kleinert vom Balkon. Herr Mäder hat ständig Druck gemacht, er wollte die Akten unbedingt. Er hat gesagt, wenn ich ihm die nicht beschaffe, kriege ich mein Geld nicht.

Dass der Kleinert tot war, hat ihm nicht gereicht. Nur deswegen bin ich in Ihr Zimmer.«

Paula beugt sich vor. »Aber Sie brauchten nicht nur die Akten, sondern auch das Manuskript. Frau Eilers, was genau ist an dem Abend von Kleinerts Tod passiert?«

Das Mädchen sinkt noch stärker in sich zusammen. »Ich habe in der Bar beobachtet, dass Kleinert ziemlich angetrunken war. Ich habe gedacht, der schläft wie ein Stein und dass es eine Supergelegenheit wäre, alles zu beschaffen.«

Walter verschränkt die Hände. »Sie warten, bis er eingeschlafen ist, und gehen in sein Zimmer. Aber er ist wach, es kommt zu einer Auseinandersetzung, und Sie stoßen ihn vom Balkon. Dass Sie Kraft haben, haben wir ja vorhin gesehen.«

Sie schüttelt vehement den Kopf. »Ich wollte zu ihm, das gebe ich zu. Aber dann ist mir im letzten Augenblick eingefallen, dass wir diese Kameras auf den Fluren haben. Deswegen bin ich noch mal runter in die Lobby und habe die Aufnahme ausgestellt. Danach bin ich wieder hoch und habe bei Kleinert geklopft. Er antwortete nicht, ich dachte, er ist eingeschlafen, und bin in den Raum. Das Zimmer war leer, die Balkontür stand offen, und es war eiskalt. Ich dachte, Kleinert ist nur mal kurz raus und kommt gleich zurück. Das war mir alles zu heikel. Also bin ich schnell wieder raus und über die hintere Treppe verschwunden.«

»Aber vorher haben Sie noch etwas mitgenommen, oder?«

Hanna schaut mit Tränen in den Augen auf. »Ich

habe nichts mit Kleinerts Tod zu tun, wirklich nicht. Und auch nicht mit dem Tod von Frau Mäder. Ich bin keine Auftragsmörderin, sondern nur Privatdetektivin.« Verzweiflung liegt in ihrem Blick.

Mit einem Mal fliegt die Tür auf. »Glaub ihr kein Wort. Sie lügt. Sie hat das hier versteckt.« Cosma steht freudestrahlend im Raum, wedelt mit Kleinerts Laptop. »Und darauf ist etwas, das du dir unbedingt ansehen musst.«

PAULA

NEUE ERKENNTNISSE

Paula weiß nicht, was sie sagen soll. Auf der einen Seite hat Cosma wieder allein ermittelt. Auf der anderen Seite ist sie mit ihrer Entdeckung direkt zu Paula gekommen. Ein erster Schritt in die richtige Richtung.

Cosma schielt zum Zimmermädchen rüber. »Es ist vielleicht besser, wenn du dir das draußen ansiehst, Paula.«

Paula wendet sich an Walter, der nickt. »Geh ruhig, ich habe hier alles im Griff.« Er klopft auf seine Waffe, was Hanna mit großen Augen bemerkt.

Im Flur warten Herr von Itzenplitz, Eddi und Gerda, die Alfred auf dem Arm trägt. Herr von Itzenplitz zwirbelt aufgeregt sein Bärtchen. »Habe ich das eben richtig gehört? Das Mädchen ist eine Auftragsmörderin?«

Paula sagt nichts dazu, sondern sieht auf das Laptop, das Cosma ihr hinhält, wobei sie aufgeregt auf eine Datei deutet. »Das hättest du nicht erwartet, oder?«

Paula überfliegt die ersten Zeilen. Runzelt dann die Stirn. Sie nimmt Cosma das Laptop ab, scrollt in dem Dokument rauf und runter. Schaut auch die anderen Dateien durch. Sieht sich das Dokument noch mal an und schüttelt den Kopf. »Das kann doch nicht sein.

Das soll das Buchmanuskript von Kleinert sein? Das ist doch höchstens eine grobe Umschreibung.«

»Die zudem völlig laienhaft geschrieben ist. Hier, siehst du: Fast in jedem zweiten Satz Passivkonstruktionen, von den Wortwiederholungen will ich mal gar nicht reden. Außerdem fehlt ein roter Faden. Wenn du mich fragst: Das hätte ein Verlag niemals genommen.«

»Vielleicht ist das eine Rohversion, und er hat den überarbeiteten Text woanders gespeichert.«

Eddi schüttelt den Kopf. »Isch hab mir das Laptop jenau anjesehen. Dat Einzige, wat da noch drauf ist, sind Spiele. Moorhuhn.«

»Aber wo ist dann das Manuskript?« Paula sieht fragend in die Runde.

Herr von Itzenplitz tritt vor. »Die gleiche Frage habe ich mir auch gestellt. Und ich habe das Gefühl, dass die Antwort darauf der Schlüssel zu diesem Fall ist. Ich würde vorschlagen, wir sprechen mit der Gattin des Verblichenen. Ich vermute, dass sie es weiß.«

»Ich soll *was* wissen?« Janine steht mit einem Mal im Flur. Sie trägt einen sehr kurzen Bademantel, ein dickes Frotteehandtuch ist über ihre Schultern gebreitet, und die Haare sind aufwendig hochgesteckt. Ihr Blick fällt auf das Laptop, das Paula in ihren Händen hält. »Aber das ist ja das Gerät von meinem Mann! Wo haben Sie das denn gefunden?«

Ein schweres Parfüm dringt in Paulas Nase, und sie niest. »Frau Kleinert, wir suchen das Manuskript, an dem Ihr Mann gearbeitet hat. Er hat doch auf diesem Laptop daran geschrieben. Wir finden aber nur eine rudimentäre Datei.«

Janine lächelt kühl. »Ralf hatte es nie besonders mit dem Schreiben.«

»Dann hat er seinen Text diktiert?«

Janine schüttelt den Kopf. »Ralf ist nie gut darin gewesen, seine Schlussfolgerungen zu formulieren. Er hat nicht geschrieben.«

»Aber er hatte doch einen Vertrag. Er muss etwas abgeliefert haben. So geht das nämlich im Verlagsgeschäft.« Cosma verschränkt ihre Arme.

Janine zuckt mit den Schultern und wendet sich zum Gehen. »Warum fragen Sie nicht die Kriminaldirektorin? Die kann dazu bestimmt was sagen. Es war doch ihr Bruder, der das Manuskript angenommen hat. Sie finden sie in der Bar, offenbar hat sie Gefallen an den Moorjitos des Hoteliers gefunden.«

Frauke Riedel sitzt tatsächlich in der Bar, vor sich einen halb leeren Moorjito mit Schirmchen. Als Paula hereinkommt, hebt sie den Cocktail an. »Immer hereinspaziert. Holen Sie sich ein Glas, ich weiß, es ist erst zwölf, aber Trinken ist das Einzige, was man hier machen kann.«

Paula setzt sich zu ihrer Vorgesetzten. »Dr. Riedel, ich muss mit Ihnen sprechen.«

»Wenn es wegen dieser kleinen Sau Kowacz ist, dann vergessen Sie es. Von wegen, ich hätte ihn gezwungen. Der war mehr als bereit, Sie hätten den mal sehen sollen. Ich meine, so alt und hässlich bin ich nun wirklich nicht. Das war für ihn doch auch ein Vergnügen.« Sie sieht Paula mit einer Mischung aus Trotz und Traurigkeit an.

Cosma und ihre WG sind Paula gefolgt und setzen sich an einen der Tische in der Nähe. Gespannt verfolgen sie jede Bewegung der Direktorin.

Paula beugt sich vor, der scharfe Alkohol, den die Riedel ausdünstet, steigt in ihre Nase. »Sie haben doch den Vertragsdeal zwischen Ihrem Bruder und Kleinert vermittelt. Haben Sie das Manuskript jemals zu Gesicht bekommen?«

KD Riedel schüttelt den Kopf. »Nein, das hat Kleinert meinem Bruder direkt geschickt.«

»Hat er ein komplettes Manuskript abgeliefert?«

Sie denkt einen Augenblick nach, die Augen halb geschlossen. »Ja, sicher hat er das. Ich habe das zwar vermittelt, aber das heißt noch lange nicht, dass mein Bruder es einfach angenommen hätte. Er bestand darauf, es wie ein normales Manuskript zu prüfen. Es war alles dabei. Ein ausführliches Exposé und das Manuskript. Das hat ihn etwas gewundert, denn bei Fachbüchern liefern die Autoren erst einmal eine Leseprobe.«

Paula sieht, wie Cosma nickt.

»War er mit den gelieferten Materialien zufrieden?«

Die Direktorin nimmt einen Schluck Moorjito. »Ja, das habe ich aber doch schon gesagt. Er fand es etwas mühselig, weil es mit der Hand geschrieben war. Aber mein Gott, Autoren eben. Die haben alle einen Hau, wenn Sie mich fragen. Und Kleinert sowieso.«

Paula schaut auf. Mit der Hand geschrieben. Aber warum hat Kleinert so getan, als würde er das Manuskript ins Laptop tippen, wenn doch schon die handschriftliche Version angenommen worden war?

Und plötzlich versteht Paula. Es ist so einfach und lag die ganze Zeit vor ihr!

Allerdings wird es nicht einfach werden, das zu beweisen. Dazu bräuchte sie das echte Manuskript und vor allem Zeit, es zu finden. Sie sieht auf und blickt in Cosmas neugieriges Gesicht. »Mutter, was hältst du von einem Poirot-Ending?«

Cosma strahlt. »Das wollte ich schon immer mal machen!«

COSMA

VERBINDUNG ZUR AUSSENWELT

Dass ich wirklich mal ein echtes Poirot-Ending machen darf, das hätte ich mir in meinen kühnsten Träumen nicht erhofft. Natürlich mache ich es nur, weil Paula mich darum gebeten hat. Trotzdem kann ich meine Vorfreude kaum bändigen. Um Punkt zwanzig Uhr geht es los. Das wird auch Zeit, die Hotelbewohner bekommen langsam einen Lagerkoller. Denn nicht anders kann ich mir erklären, dass Benny Kowacz am Nachmittag im Joggingdress immer ums Hotel herumgerannt ist und der irre Spurenermittler sich mit Paulas Chef auf den Steg im Moor gesetzt hat, um zu angeln. Wir selbst haben eine Führung vom Hotelier durch das Hotel erhalten, und es war sagenhaft. Ich habe selten so viele knarzende Dielen, schaurige Gemälde und düstere Räume auf einmal gesehen.

Inzwischen ist es draußen stockduster, der Wind peitscht um das alte Hotel. Wir sind in der Bar versammelt, alle Verdächtigen sind anwesend.

»Was hat das zu bedeuten? Warum sollten wir herkommen?« Kowacz geht aufgeregt hin und her. »Ich will nicht mit ihr in einem Raum sein.« Er deutet mit dem Kopf zur Direktorin.

Die hat statt eines Moorjito nun einen Kaffee vor

sich. Sie massiert sich die Schläfen. »Benny, tu doch nicht so. Bis vor Kurzem hat es dich nicht gestört, mit mir das Bett zu teilen.«

Kowacz will etwas entgegnen, aber Janine Kleinert kommt ihm zuvor: »Ich kann ihn gut verstehen, nach allem, was er durchmachen musste«, sagt sie in Richtung Dr. Riedel. Janine Kleinert erinnert mich mit ihren roten Wangen an ein junges Rotkehlchen. »Er musste Ihnen immer wieder zu Diensten sein, das ist widerlich.« Sie will ihm beruhigend eine Hand auf die Schulter legen, doch er zuckt unter ihrer Berührung zusammen und setzt sich zu Doris auf die Bank.

Schweigen breitet sich aus, und für einen Moment ist nur das Beatles-Klavier-Medley zu hören, das der Hotelier angestellt hat. Er summt zu der kitschigen Richard-Clayderman-Version von *Yesterday* mit, während er Sekt in auf einem Tablett bereitstehende Gläser gießt. Anschließend geht er herum und reicht jedem Gast ein Glas. »Ich habe vorhin einen Anruf bekommen«, verkündet er, nachdem die letzten Takte des Songs verklungen sind. Sein kurzer Satz beschert ihm die uneingeschränkte Aufmerksamkeit aller Gäste. Er lächelt unsicher in die Runde. »Die Leitungen sind behelfsmäßig repariert. Mir wurde gesagt, dass Hilfe unterwegs ist. Spätestens morgen früh können Sie alle nach Hause.«

Die Kriminaldirektorin winkt ab, als Ullmann ihr einen Sekt reichen will. »Das wird aber auch Zeit. Ich habe lang genug in diesem Kaff zugebracht. Ich will gar nicht dran denken, wie viele Mails inzwischen aufgelaufen sind.«

Kowacz steht auf. »Du glaubst doch nicht im Ernst,

dass du zurück ins Büro kannst, als wäre nichts gewesen!«

Sie mustert ihn über ihre Kaffeetasse hinweg. »Ich wäre an deiner Stelle nicht so vorlaut, Benny. Was meinst du, was passiert, wenn du deine Verleumdungen verbreitest? Selbst wenn ich meinen Posten räumen muss – die Gerüchte werden dir ewig anhängen. Der Junge, der mit der Kriminaldirektorin ins Bett gegangen ist, um einen Posten zu ergattern. Du wirst es nicht gerade leicht haben, egal, in welchem Team du unterkommst. Das Gerede wird dich fertigmachen, glaub mir.«

Ich bemerke, wie der Hotelier erstarrt und entrückt in die Ferne schaut.

Doris steht auf und stellt sich zu Kowacz. Sie wirft ihm einen unsicheren Blick zu. »Ich würde gerne mit ihm zusammenarbeiten. Er könnte die Stelle von Ralf übernehmen, die notwendige Qualifikation hat er. Kriminalrat Lorenz ist auch einverstanden.« Sie blickt zu ihrem Chef, der neben Spusen-Ali sitzt und ihm gerade zeigt, wie man einen Köder am Haken festmacht.

KR Lorenz schaut auf. »Na ja, irgendwie müssen wir die Stelle ja besetzen. Und Doris sagt, er ist ein ganz patentes Bürschchen.« Dann wendet er sich wieder Spusen-Ali zu.

Dr. Riedel schnaubt hörbar, erhebt aber keine Einwände. Stattdessen mustert sie Kowacz nachdenklich über ihre Kaffeetasse hinweg. In ihrem Blick liegt etwas Unergründliches.

Ich denke, es ist an der Zeit, mit der Show zu beginnen.

COSMA

KUGELSCHREIBER UND BLEISTIFTE

Ich werfe einen unauffälligen Blick zur Uhr. Paula braucht mindestens zwanzig Minuten. Zeit, die ich nutzen kann. Ich atme tief durch. Und beginne mit einem Paukenschlag. »Meine Damen und Herren, wir werden heute Abend den Mörder stellen.« Die Köpfe erheben sich. Ein Raunen geht durch die Menge. Ganz wie ich es mir vorgestellt hatte. Nun ja, fast.

KD Riedel steht auf. »Für so einen Unsinn habe ich keine Zeit. Ich muss packen. Sobald die Straße frei ist, werde ich losfahren.«

Kowacz erhebt sich ebenfalls. »Ich auch, ich will so schnell wie möglich weg.«

»Nun, das wird warten müssen. Wir haben heute einen Hinweis erhalten, der uns eindeutig sagt, wer der Mörder ist.« Ich beginne, im Raum auf und ab zu laufen, und fühle mich doch tatsächlich wie Hercule Poirot. Herrlich.

Paulas Chef bedeutet Kowacz und der Direktorin, sich wieder zu setzen, die beiden folgen seiner Aufforderung widerstrebend.

Ich wandere weiter. »Nun, ich muss sagen, der Täter

hat es uns nicht leicht gemacht. Am Tatort waren kaum Hinweise, es gab keine Zeugen. Und doch erhielten wir bereits nach kurzer Zeit erste Indizien.« Ich bleibe stehen. Schaue auf die Person vor mir. »Sie deuteten auf die Ehefrau des Toten.«

Janine streicht ihre Haare nach vorne. »Das ist lächerlich!«

Ich zucke mit den Schultern. »Sie, Madam, waren bei Weitem nicht so verliebt in Ihren Ehemann, wie Sie uns glauben machen wollten. Im Gegenteil, Sie haben versucht, ihn von sich fernzuhalten, indem Sie ihm Schlaftabletten in seinen Wein gaben.« Die anderen Gäste sehen überrascht zu Janine Kleinert. »Ein erster Hinweis war dieses Pillendöschen.« Ich halte es in die Höhe. Es ist mit Perlmutt besetzt, das Messing funkelt im Licht. »Am Tag nach dem Mord an Ihrem Ehemann haben mein Team und ich«, ich deute auf Herrn von Itzenplitz, Gerda, Alfred und Eddi Mei-Zu, »eine Gestalt dabei beobachtet, wie sie etwas in das Moor warf. Es war diese kleine Dose. Diese Dose, in der Sie die Pillen aufbewahrten, mit denen Sie Ihren Mann regelmäßig ruhig stellten.«

Janine Kleinert blickt mich mit großen Augen an, Tränen haben sich darin gebildet. Aber ich bemerke auch, dass ihre Hände zu Fäusten geballt sind. »Das heißt noch lange nicht, dass ich ihn nicht geliebt habe. Ich musste ihn vor sich selbst schützen, er konnte einfach nicht mit dem Trinken aufhören.«

Wieder durchmesse ich mit meinen Schritten den Raum, die Pillendose noch immer in der Hand. »Aber es war nicht nur diese Dose, die auf Sie hinweist: Wir haben in Ihrem Zimmer die Lebensversicherung Ihres Mannes gefunden. Im Falle seines Todes erhalten Sie eine großzügige Abfindung.« Ich werfe Herrn von Itzenplitz einen Blick zu, denn ihm ist an dem Schriftstück etwas Entscheidendes aufgefallen. Ein kleines Indiz mit einer großen Wirkung. »Ihr Mann war Linkshänder, nicht wahr?«, frage ich Janine.

»Und?« Sie zuckt mit den Schultern und tut gelangweilt. Aber ich sehe, dass in ihren Augen plötzlich Angst lauert.

»Nun, zufällig ist meine Mitbewohnerin Gerda auch Linkshänderin.« Gerda nickt bei meinen Worten. »Vielleicht ist es Ihnen aufgefallen: Sie benutzt zum Signieren ihrer Bücher immer einen Kugelschreiber, dabei wäre ein Füller für diese Gelegenheit doch viel edler. Warum? Die Antwort ist einfach: Weil sie die Tinte mit der Hand verschmieren würde. Ihr Mann hat es ähnlich gehalten. Wir konnten ihn am ersten Abend in der Bar beobachten, wie er sich Notizen machte. Er benutzte einen goldenen Montblanc-Kugelschreiber.«

»Den habe ich ihm zum Geburtstag geschenkt. Da waren wir gerade ein halbes Jahr zusammen«, flüstert Janine.

Ich hole die Versicherungspolice aus meiner Tasche. »Dann frage ich mich, warum Ihr Mann dieses Dokument mit einem Füllfederhalter unterschrieben haben soll.«

Sie zuckt gelangweilt mit den Schultern, streicht über die nach vorne gelegten Haare. »Dann hat er eben einmal nicht seinen Montblanc benutzt. Was ist daran so ungewöhnlich?«

»Wenn Sie einen Blick auf das Dokument werfen möchten: Die Unterschrift ist makellos.«

Sie sieht mich fragend an. »Dann ist doch alles wunderbar.«

»Wie gesagt: Ihr Mann war Linkshänder. Wenn er mit einem Füller unterschrieben hätte, wäre die Schrift unweigerlich verschmiert worden. Ergo: Die Unterschrift wurde gefälscht. Ich denke, Ihr Mann hatte niemals vor, dieses Dokument zu unterschreiben, egal, welche Mittel Sie eingesetzt haben, um ihn dazu zu bewegen.« Ich blicke Janine fest in die Augen. »Sie haben seine Unterschrift gefälscht. Und zwar unmittelbar nachdem Sie von der Tat erfuhren.«

Janine ballt die Hände zu Fäusten. »Das ist alles Unsinn. Er hat unterschrieben, er wollte mich absichern.« Sie klingt wie ein trotziges Kind.

»Das glaube ich nicht. Denn warum sollte er Sie begünstigen wollen, wenn Sie ein Verhältnis mit einem anderen Mann haben?« Ich habe die Hände auf meinen Rücken gelegt, wippe auf den Fußballen. Aus dem Augenwinkel sehe ich, wie Gerda mit dem Mund formt: »Phänomenal!« Alfred sitzt auf ihrem Schoß und schaut ebenfalls sehr aufmerksam zu mir herüber.

»Lächerlich.«

»Erinnern Sie sich, dass wir uns vorhin im Flur vor den Seminarräumen begegneten? Sie haben gesagt, Sie wären auf dem Weg in die Sauna.«

»Das war ich.«

»Nein, das waren Sie nicht. Sie hatten Ihre Haare aufwendig hochgesteckt und waren geschminkt. Außerdem umgab Sie der Duft eines Parfüms. Fleur de la

Castille, wenn mich nicht alles täuscht.« Es ist wirklich ein Segen, dass Eddi immer die Frauenzeitschriften liest, in denen diese Pröbchen kleben. Ich zwinkere ihm unauffällig zu. Er strahlt. Dann wende ich mich wieder an Janine. »Nein, meine Dame. Sie waren nicht auf dem Weg in die Sauna. Sie waren auf dem Weg zu einem Stelldichein.« Ich mache eine Pause. Dann flüstere ich: »Mit ihm!« Ich deute auf Benny Kowacz.

COSMA

LICHT INS DUNKEL

Der junge Polizist steht auf. »So ein Quatsch. Sie können mir glauben, von Frauen habe ich die Nase voll. Doris ist im Moment die Einzige, die ich ertragen kann. Sie hat so eine ruhige Art.« Er sieht zu ihr, Doris schaut verlegen zur Seite. Bennys Schultern hängen herunter, er lässt den Kopf hängen. Er sieht erbärmlich aus.

Doch mich kann er nicht täuschen. »Es war sehr auffällig, wie wenig Sie Janine Kleinert beachtet haben. Eine junge Frau in Ihrem Alter. Sie haben uns die ganze Zeit vorgespielt, dass Sie ein armer Junge sind, dem man übel mitgespielt hat. Jemand, den man beschützen muss. Aber in Wirklichkeit war Ihnen jedes Mittel recht, um an Ihr Ziel zu kommen.«

Die Kriminaldirektorin wirft die Hände in die Höhe. »Halleluja. Das sage ich doch die ganze Zeit. Er lügt und betrügt!« Sie geht hinüber zur Bar, nimmt sich ein Glas Sekt vom Tablett und trinkt es in einem Zug aus.

Kowaczs Blick geht in die Ferne. »Es ist furchtbar, wenn man als Opfer auch noch an den Pranger gestellt wird. Wissen Sie, wie weh das tut?«

Der Hotelier sieht ihn mitleidig an, und natürlich hat Kowacz im Grunde recht. Ein Opfer sollte sich nie für irgendetwas rechtfertigen müssen. Nur bezweifle ich, dass Kowacz in unserem Fall das Opfer ist. »Als Kleinert vom Balkon stürzte, waren Sie bei der Kriminaldirektorin, Ihren – wie Sie es ausdrückten – Dienst zu versehen, nicht wahr?«

»Daran müssen Sie mich nicht erinnern. Sie wissen ja nicht, was sie alles von mir verlangt hat. Und nun werde ich vorgeführt, als ob *ich* etwas falsch gemacht hätte. Das ist so demütigend.«

Er ist ein wirklich guter Schauspieler. Aber zum Glück hat mich meine Tochter genau instruiert. »Als Kleinert vom Balkon stürzte, waren Sie also im Zimmer von Frau Dr. Riedel. Aber auf dem Hotelflur, auf dem Weg zu ihr, haben Sie jemanden gesehen, der in das Zimmer von Kleinert ging? Sie sind ein schlauer Bursche und haben sich zusammengereimt, dass diese Person für den Tod Kleinerts verantwortlich ist. Sie haben versucht, Ihr Wissen zu nutzen, und haben den Täter erpresst. Hatten Sie keine Angst, dass unser Mörder ein zweites Mal zuschlagen würde? Ich an Ihrer Stelle wäre da nämlich nicht ganz so sicher.« Ich nehme ihm die Flasche Bier aus der Hand und halte sie gegen das Licht. Das Getränk schäumt ungewöhnlich stark. »Sie sollten das besser nicht trinken. Möglicherweise ist es vergiftet. Rattengift.« Eigentlich kann ich es selbst kaum glauben. Aber Paula war fest davon überzeugt, als sie mich für meinen Auftritt mit Informationen ausgestattet hat.

Kowacz sieht mich überrascht an. »Bitte *was*?« Er lässt sich wieder auf seinen Stuhl fallen.

Ich stelle die Flasche außerhalb seiner Reichweite

auf den Tresen. Mein Blick huscht wieder zur Uhr. Paula sollte bald kommen, denn ich nähere mich langsam, aber sicher dem Täter.

Ich atme tief durch. »Es ist ein Wunder, dass bei dem Betrieb auf dem Hotelflur der Täter unerkannt entkommen konnte. Schauen wir uns den Tatablauf an: Wir alle haben gesehen, dass Kleinert an dem Abend in der Bar getrunken hat. Allerdings war er nicht allein vom Alkohol berauscht, sondern auch von den Schlaftabletten, die ihm Janine untermischte, damit er müde und gefügig wurde. Ich nehme an, Janine hoffte, ihn an diesem Abend zum Unterzeichnen der Versicherungspolice zu bewegen. Sie zerrt ihren Mann vom Tisch weg, um ihn nach oben zu bringen, der greift sich das Laptop. Die Akten bleiben allerdings auf der Bank in der Bar liegen. Dort entdeckt der Hotelier sie und lagert sie in seinem Keller. Janine bringt ihren Mann zu Bett, doch er weigert sich nach wie vor, zu unterschreiben. Wütend verlässt sie den Raum. Kleinert hat dann bei Herrn Ullmann eine weitere Flasche Wein geordert, die ihm dieser aufs Zimmer bringt. Kaum ist Ullmann verschwunden, taucht Hanna Eilers auf, in der Hand einen großen Wäschekorb. Sie will zu Kleinert, um das Laptop und die Akten an sich zu bringen. Doch dann fällt ihr ein, dass Kameras alles aufzeichnen. Sie geht hinunter, um die Aufnahme zu stoppen. In der Zwischenzeit geht unser Mörder zu Kleinert. Der lässt ihn arglos ein. Die beiden treten auf den Balkon, wo Kleinert eine Zigarre raucht. Der Mörder schlägt Kleinert auf den Hinterkopf, der stürzt hinunter, vor meine und Herrn von Itzenplitz Füße.

Der Täter sieht hinunter und ist sich sofort bewusst, dass er verschwinden muss. Hastig verlässt er den Raum und bemerkt dabei nicht, wie er von Kowacz beobachtet wird, der gerade in das Zimmer der Kriminaldirektorin schlüpft. Kurz darauf kommt Hanna wieder hoch, geht in das Zimmer des Profilers, von dem sie annimmt, dass er in tiefem Schlaf liegt. Hanna Eilers hat ausgesagt, dass das Zimmer leer gewesen sei und die Balkontür aufstand. Sie musste annehmen, dass Kleinert jeden Augenblick zurückkehren und sie ertappen kann. Deswegen schnappt sie sich das Laptop, das auf dem Schreibtisch liegt, packt es zwischen die Wäsche in ihrem Korb und huscht hinaus. Ist Ihnen nicht aufgefallen, dass sie nachher die ganze Zeit den Wäschekorb in den Händen hielt, als müsste sie einen Schatz bewachen?«

Hanna wird rot.

»Nun, es lässt sich nicht leugnen, sie ist eine geschickte Diebin. Aber ist sie auch eine Mörderin? Immerhin ist sie schon mit dem Jauchegrubenmord in Meerbusch in Verbindung zu bringen.« Ich wandere weiter, bis ich vor dem Zimmermädchen stehe. Hanna lässt den Kopf hängen. Dazu hat sie auch allen Grund, denn Walter hat sie mit einer Handschelle an seinem Arm befestigt. »Damals war der Geliebte der Ermordeten ins Visier der Polizei geraten. Hat der bis dahin unbescholtene Arbeiter die Frau erwürgt, als sie ihn verlassen und zu ihrem Mann zurückkehren wollte? Zumindest Kleinert ging davon aus. Er hat den Mann stundenlang verhört, und tatsächlich gestand dieser schließlich die Tat. Kurz darauf brachte er sich in der Gefängniszelle um. Meine Tochter und ihr Team haben sich die Tatumstände noch einmal genau angesehen, und bei genauerer Betrachtung zeigt sich ein ganz anderes Bild: Der Ehemann wusste durch Hannas Ermittlungen als Privatdetektivin von dem Verhältnis seiner Frau. Er lässt seine Frau umbringen und schiebt die Schuld dem Geliebten zu. Aber warum hatte der gestanden? Kleinert hat ihn zwölf Stunden ohne Pause verhört. Allein. Wir können nur mutmaßen, was passiert ist. Aber es wäre nicht das erste Mal gewesen, dass Kleinert Grenzen überschreitet und ein Geständnis aus einem Unschuldigen herauspresst. Bereits in seinem ersten Fall, dem Mord an einem Schützenbruder in der Eifel, hat er gezeigt, dass er beim Verhör keine Grenzen kennt. Nicht wahr, Herr Ullmann?«

Der Hotelier erstarrt. Ich wende mich ihm zu. »Kleinert hat damals Ihre Zukunft zerstört. Er hat Sie eines Verbrechens beschuldigt, das Sie nicht begangen haben. Sie verloren dadurch Ihre Verlobte, Ihre Familie, Ihre Heimat. Haben Sie ihn nicht gehasst?«

Ullmann sieht aus dem Fenster, hinter dem es finster ist. »Es war nicht leicht damals. Aber ich habe mich damit abgefunden. Ich bin ganz glücklich hier, ich mag die Landschaft.«

»Trotzdem war es ein Schock, Kleinert plötzlich wieder gegenüberzustehen.«

Der Hotelier nickt kaum merklich.

»Was wollten Sie an dem Abend wirklich von ihm? Hat er Sie wirklich angerufen und einen Wein bestellt?«

Ullmann schüttelt den Kopf. »Nein, es war nur ein

Vorwand, um mit ihm zu reden. Aber dann stand er vor mir, und ich habe keinen Ton herausgebracht. Er hat sich den Wein geschnappt und mir die Tür vor der Nase zugeschlagen. Irgendwie war ich erleichtert. Dann bin ich gegangen.«

»Genau das ist es, was wir auf der Aufnahme vom Hotelflur sehen konnten. Wie Sie sich abwenden und wieder gehen. Das Zimmermädchen war zu dem Zeitpunkt des Sturzes in der Lobby, um die Aufnahmen zu stoppen, Kowacz war bei Dr. Riedel. Doris Seifert, Sie waren in Ihrem Zimmer und haben Herrn von Itzenplitz und mich aus dem Moor kommen sehen. Sie haben sehr treffend beschrieben, wie niedergeschlagen ich an diesem Abend war. Sie scheiden also auch aus. Aber wer hat Kleinert dann auf dem Gewissen?«

Ich bleibe stehen. Es ist so still in dem Raum, dass ich das Tosen des Windes draußen höre. Äste schlagen gegen die Mauern, und Regentropfen prasseln an die Fenster. Ich streiche mit meinem Finger über meine Oberlippe, als würde ich nachdenken. »Tatsächlich sieht es so aus, als ob nur Hanna Eilers oder Heino Ullmann als Täter in Betracht kommen. Denn nur die beiden haben kein Alibi für den Mordzeitpunkt. Also wer von beiden war es?«

Sowohl Ullmann als auch Hanna werden blass. Sie sehen sich schweigend an.

Ich fahre fort. »Hanna hat angegeben, dass sie ihren ersten Versuch, in das Zimmer zu gelangen, abbrach. Durch die Aufnahme haben wir die genaue Uhrzeit: 23:51 Uhr. Herr von Itzenplitz und ich waren so frei, nachzumessen, wie lange sie für den Weg in die Lobby und zurück gebraucht hat. Natürlich ist Hanna deutlich jünger als wir. Trotzdem hat sie mindestens dreizehn Minuten benötigt, um in die Lobby zu gehen, die Bürotür aufzuschließen, den Rechner hochzufahren, das Programm zu öffnen, die Aufnahme zu stoppen und zurückzukehren. Das heißt, sie wäre frühestens um 00:06 Uhr wieder zurückgewesen. Zu diesem Zeitpunkt war Kleinert jedoch bereits tot, er starb um exakt 00:01 Uhr. Das heißt, jemand anders muss unser Täter sein.«

»Aber ich war das nicht.« Ullmanns Stimme ist so leise, dass ich ihn kaum höre.

Ich gehe nicht darauf ein. »Nun, dem Täter ist ein entscheidender Fehler unterlaufen. Ich denke, dass er über seine eigene Tat völlig entsetzt war. Es war kein Mord im eigentlichen Sinne, eher eine Affekthandlung. Trotzdem war der Täter beherrscht genug, um die nächsten Schritte zu planen.« Ich glaube, Schritte auf dem Flur zu hören. Das muss Paula sein. Zeit, die Katze aus dem Sack zu lassen.

Ich wende mich an Doris. »Es war ein Fehler, anzugeben, dass Sie uns aus dem Moor haben kommen sehen.«

Doris Seifert sieht mich überrascht an. »Aber ich habe Sie gesehen. Ich konnte doch genau beschreiben, wie Sie und Herr von Itzenplitz den Weg entlanggingen.«

»Wir haben den Ausblick von Ihrem Zimmer überprüft. Sie können von dort aus den Weg vom Moor nicht überblicken. Eine Eiche verdeckt die Sicht.« Ich sehe Doris Seifert an. »Sie haben uns gesehen, keine

Frage. Aber nicht von Ihrem Zimmer aus … sondern vom Balkon Ihres Kollegen. *Sie* waren mit Ralf Maria Kleinert auf seinem Balkon, und *Sie* stießen ihn in den Tod.«

PAULA

OPFER UND TÄTER

Motiv, Mittel, Gelegenheit. Die drei Pfeiler der Ermittlung, Kleinert hat sie wie ein Mantra immer wieder vor sich hergebetet. Und jetzt passt alles zusammen. Paula betritt die Hotelbar und sieht die Augen ihrer Mutter glitzern. Offenbar hatte sie viel Spaß bei ihrem Auftritt. Doch nun geht sie einen Schritt beiseite. »Paula, wie schön, dass du kommst, genau passend. Es ist dein Fall – also bitte.« Sie setzt sich auf die Bank zu ihren Mitbewohnern, die ihr anerkennend auf die Schulter klopfen.

Doris Seifert hat sich erhoben und steht mit hängenden Schultern in der Mitte des Raumes. »Das sind falsche Anschuldigungen. Ich weiß nicht, was das soll.«

Paula sieht die Augen der Anwesenden auf sich ruhen, es herrscht eine gespannte Erwartung. Draußen klart es langsam auf, es hat endlich aufgehört zu stürmen, und der peitschende Regen hat sich in einen harmlosen Nieselregen verwandelt.

Paula atmet durch und tritt in die Mitte des Raumes. »Die Indizien in diesem Fall wiesen von Anfang an dahin, dass Kleinerts Tod mit seiner Arbeit an dem Manuskript zu tun hatte. Wir vermuteten, Kleinert könnte durch seine Recherchen jemanden aufgestört haben.

Und tatsächlich hat Hanna Eilers das Laptop gestohlen, um das Manuskript zu löschen. Denn wo anders sollte das Manuskript sein als auf dem Laptop? Aber wir haben uns den Computer heute Nachmittag sehr genau angesehen. Darauf ist kein Manuskript.« Paula macht eine kleine Kunstpause. »Kleinert hat nie an einem Manuskript gearbeitet.«

Doris sieht Paula mit großen Augen an. »Aber er hat doch ständig daran geschrieben. Sie haben es selbst gesehen, an dem Abend in der Bar.«

»Wir haben gesehen, was wir sehen sollten. Er hat immer nur so getan, als würde er an seinem Manuskript arbeiten. Es gehörte zu seinem Auftritt, so wie sein ganzes Leben ein Auftritt gewesen zu sein scheint. In Wirklichkeit hat er nie eine Zeile geschrieben. Das brauchte er auch nicht. Denn das Manuskript war bereits fertig. In mühsamer Kleinarbeit gefertigt, aber nicht von Kleinert, sondern von Ihnen.« Doris steht wie erstarrt da und sieht Paula entsetzt an. »Sie haben schon immer hinter Kleinerts Erfolg gesteckt. Bevor Kleinert mit Ihnen ein Team bildete, kriegte er nichts zustande. Sein erster Fall zeigt es nur zu deutlich: Er verhaftet einen Unschuldigen und hält auch dann noch an dessen Täterschaft fest, als längst klar ist, dass jemand anders der Mörder ist. Und seitdem er mit Ihnen zusammenarbeitet: Er überführt den Düssel-Würger und den Kölner Giftmischer. Fälle, die Einzug in die Lehrbücher gehalten haben. Warum? Weil sie zeigen, wie akribisch Detail für Detail zusammengelegt wurde, bis sich ein Gesamtbild entwickelte. Die Sache hat nur einen Haken: Kleinert ist nicht derjenige, der sich in Ruhe die Indizien ansieht, um dann verschiedene Theorien zu entwickeln. Nein, er handelt aus dem Affekt, Kollateralschäden inbegriffen. Aber er hat eine wichtige Gabe. Er kann Menschen für sich einnehmen, sie von seinem Erfolg überzeugen. Plötzlich gibt es Anerkennung für die Fallanalyse, Lob von höchster Stelle. Doch die eigentliche Arbeit hat jemand anders erledigt. Nämlich Sie. Im Gegensatz zu Kleinert sind Sie in der Lage, akribisch zu arbeiten und in Ruhe verschiedene Theorien zu entwickeln.« Paulas Stimme nimmt einen sanften Ton an. »Ich denke, Frau Dr. Riedel wusste sehr genau, was sie tat, als sie Sie beide in einer Abteilung zusammenbrachte. Sie wusste, dass Sie fleißig und intelligent sind, und Kleinert sollte das Aushängeschild sein. Er hatte das Charisma und die Auftritte, Sie übernahmen die Ermittlungsarbeit.«

Doris nickt langsam, als würde sie die Bewegung gegen ihren Willen ausüben. »Wir waren ein Team.«

Paula schüttelt den Kopf. »Nein, Sie waren niemals ein Team. Kleinert hat Sie ausgenutzt und sich als genialen Profiler dargestellt.«

Doris Seifert zuckt mit den Schultern. »Mir war es egal.« Sie wendet den Blick ab, doch Paula hat dennoch das Flackern darin wahrgenommen. Hinter Doris Seiferts ruhigem Auftreten brodelt es gewaltig, auch wenn sie es noch zu verbergen weiß.

»Eine Weile haben Sie es hingenommen. Aber Sie sind intelligent, und mit der Zeit wollten Sie mehr sein als das fleißige Bienchen im Hintergrund. Sie wollten die Rolle, die Ihnen zustand. Warum sonst hätten Sie den Versetzungsantrag gestellt? Doch dann kam Kleinert mit dem Angebot, gemeinsam ein Fachbuch zu schreiben, und Sie zogen Ihren Antrag zurück.«

Paula sieht, wie Doris Seifert die Lippen fest aufeinanderpresst, so als wollte sie verhindern, dass ein Wort ihrem Mund entschlüpft. Es war an der Zeit, Doris' Mauern einzureißen.

»Frau Seifert, während meine Mutter ihren bestimmt sehr interessanten Auftritt hatte, habe ich mit dem Verleger gesprochen. Er hat mir die Datei mit dem Originalmanuskript geschickt. Das war sehr aufschlussreich.«

Doris Seiferts Blick geht in die Ferne. Ihre Unterlippe beginnt zu zittern. »Ich weiß nicht, worauf Sie hinauswollen.«

»Sie haben uns doch ein Profil des Täters erarbeitet. *Die Tat war eine Überreaktion im Affekt. Der Täter hat nicht absichtlich getötet. Dennoch war er überlegt genug, um seine Spuren zu verwischen und anschließend zu fliehen. Dieses Verhalten weist darauf hin, dass er intelligent ist und gelernt hat, sich selbst in schwierigen Situationen zu beherrschen.* Das waren Ihre Worte.«

»Und?«

»Kann ich Ihr Täterprofil vielleicht noch einmal sehen?«

Doris erstarrt, schüttelt dann den Kopf. »Ich habe es oben in meinem Zimmer.«

»Zufällig habe ich Ihre Aufzeichnung gerade geholt. Das ist doch Ihr Notizblock, oder?« Paula hält die Kladde hoch. »Ich habe die Schrift in Ihrem Notizblock mit der Schrift des Manuskripts verglichen, das Kleinert an den Verlag geschickt hat. Es war Ihre Schrift. *Sie* haben das Manuskript verfasst. Was hat er Ihnen dafür versprochen, dass Sie es schreiben?«

Doris krümmt sich, als hätte man ihr einen Schlag versetzt. Atmet durch. Als sie aufschaut, wirkt sie vollkommen gefasst. »Wir beide sollten als Autoren erscheinen. Gleichwertig. Er war gut darin, Fälle auszusuchen, die Leser interessieren könnten. Ich habe den Text geschrieben.«

»Aber trotzdem waren Sie vorsichtig. Ein gebranntes Kind. Wie oft hatte er Ihnen schon partnerschaftliches Arbeiten vorgeschlagen und es nicht eingehalten. Deswegen haben Sie ihm nicht das vollständige Manuskript gegeben, oder?«

Sie schüttelt den Kopf. »Zwei Kapitel. Mehr nicht. Er sollte es an den Verleger schicken.«

»Der Verleger hat aber ein Gesamtmanuskript erhalten.«

Doris Seifert nickt. Ihr Blick ist in weite Ferne gerichtet. »Ralf muss heimlich meine Kladde fotografiert haben. Ich habe gedacht, er hätte sich wenigstens die Mühe gemacht, alles abzutippen. Aber er hat einfach die Fotos weitergeschickt.« Sie schüttelt den Kopf. »Wie konnte ich das nur so lange hinnehmen? Seine Faulheit, gepaart mit Narzissmus.«

»Wie haben Sie herausgefunden, dass er Sie betrogen hat?«

»Frauke hat ihm am ersten Abend in der Hotelbar zum Verlagsvertrag gratuliert. Ich konnte es nicht glauben. Er hat mich wieder hintergangen. Im ersten Moment war ich wie vor den Kopf geschlagen und wollte nur noch weg. Aber als ich auf meinem Zimmer war, bin ich immer wütender geworden. All die Jahre habe ich gearbeitet, und er hat das Lob eingestrichen. Und jetzt das. Das war einfach zu viel.« Sie spricht so ruhig, als würde sie über jemand anderen reden. »Ich habe gehört, dass Janine ihn auf sein Zimmer gebracht hat. Er war betrunken, wie so oft. Wissen Sie, warum er trank? Es passte einfach nicht zu seinem Weltbild, dass ich – die kleine, stille Doris, der niemand etwas zutraute – Dinge konnte, zu denen er nicht in der Lage war. Er hat nicht ertragen, dass ich Lösungen präsentierte, während er, der große Meister, im Dunkeln tappte. Jedes Mal, wenn ich einen Fall für uns löste, hat er sich betrunken. Immer habe ich ihn gedeckt. Warum habe ich das nur so lange mitgemacht? Wie oft habe ich mir eingeredet, es würde besser werden, habe versucht, das Gute in ihm zu sehen. Aber es ist nicht besser geworden, und es würde niemals besser werden, das habe ich an diesem Abend erkannt. Er hat sofort alles zugegeben, als ich ihn auf seinem Zimmer mit der Wahrheit konfrontiert habe. Aber glauben Sie, er hat sich entschuldigt? Im Gegenteil: Ralf hat mir erzählt, wie begeistert der Verleger war – ganz so, als hätte er das Manuskript tatsächlich geschrieben.« Sie steht beim Fenster, in dem sich die Lichter des Raums spiegeln, und scheint die Menschen um sich herum völlig vergessen zu haben. »Er stand auf dem Balkon vor mir, zwischen den Fingern eine dicke Zigarre, und hat mit leuchtenden Augen von *seinem* Buch erzählt. Wissen Sie, was er gesagt hat? Dass er mich in seinem Vorwort erwähnen würde. In seinem Vorwort! Ich habe ihn angestarrt und es nicht glauben können. Er schaute hinaus in das Moor, zog an der Zigarre und wirkte so selbstzufrieden. Mir war schon vorher aufgefallen, wie niedrig die Brüstung ist. Ich habe einfach ausgeholt und fest zugeschlagen. Zuerst hat er nur geschwankt. Dann habe ich noch mal zugeschlagen, und er ist vornübergekippt.«

Die Direktorin ist aufgestanden. »Es war eine Tat im Affekt, sie konnte nicht wissen, dass er fällt.«

Doris Seiferts Blick geht noch immer in die Ferne. »Es war kein Unfall. Ich wollte ihn töten.« Sie sagt es ruhig, wie eine Feststellung, die nicht sie betrifft. »Es war nicht schwer, ihn auf den Balkon zu locken. Er ist einfach hinter mir hergedackelt, um mir zu erzählen, wie großartig er ist. Ich wusste genau, was ich tat.«

In diesem Moment steht Cosma auf. »Was ist mit Kowacz? Haben Sie ihm wirklich Gift ins Bier gegeben?« Sie weist auf die Flasche, die auf dem Tresen steht.

Doris wendet ihren Blick mühsam, als müsse sie sich zwingen, Cosmas Finger zu folgen. Dann nickt sie. »Er hat mich erpresst, genau wie Sie es beschrieben haben. Er wollte Kleinerts Stelle und meine Unterstützung. Es wäre alles genauso geblieben wie vorher, nur dass er statt Kleinert die Lorbeeren eingestrichen hätte. Benny war schon immer scharf auf den Posten. Diese Posse mit Frauke … Benny hätte alles gemacht, um Kleinerts Position einzunehmen. Janine hatte er auch schon um den Finger gewickelt, jetzt wollte er alles. Er verdient den Tod.« Sie sagt es leichthin, wie eine Selbstverständlichkeit. »An dem Abend mit Kleinert habe ich mir geschworen, nie wieder Opfer zu sein. Endlich die Zügel in die Hand nehmen. Ich bereue nichts. Kleinert hat es verdient, und ich bedauere, dass Sie Benny davon abgehalten haben, sein Bier zu trinken. Er ist fast noch schlimmer als Ralf. Ich sollte ihm helfen, die Stelle zu bekommen. Wieder sollte ich Opfer sein. Aber diesmal habe ich mich gewehrt. Und ich kann nicht zulassen, dass Sie mich verhaften.« Sie greift nach vorn und zieht eine Pistole hinter der Gardine hervor.

PAULA

TEAMARBEIT

Doris Seifert lächelt müde, während sie die Waffe entsichert. »Ich habe mir gedacht, dass Sie früher oder später herausfinden, wer Kleinert vom Balkon gestoßen hat. Sie sind schlau, Frau Pongs. Deswegen fand ich es besser, vorbereitet zu sein. So war ich schon immer.« Sie lächelt zaghaft, dann wird sie wieder ernst. »Sie gehen bitte alle in die Ecke.« Mit der Waffe deutet sie in Richtung Tresen. »Und die Hände nach oben. Ich habe keine Skrupel, jemanden von Ihnen zu töten. Ich habe es schon gesagt, ich nehme ab jetzt mein Leben selbst in die Hand. Und wenn mich jemand daran hindern will, ist das seine Entscheidung. Dann muss er oder sie die Konsequenzen tragen. Also, bitte dort hinüber.«

Paula schätzt den Abstand zwischen sich und Doris ab. Ob sie springen sollte, um ihr die Waffe aus der Hand zu schlagen? Doch Doris Seifert lächelt. »Versuchen Sie es ruhig. Es macht mir nichts aus, Sie zu töten.«

Paula hebt langsam die Hände, weicht wie die anderen zurück. Nur die Direktorin bleibt stehen. »Doris, wo willst du denn hin? Das hat doch alles keinen Sinn! Du kannst ja noch nicht mal von hier weg.«

Ein irres Glitzern tritt in Doris Seiferts Augen. »Frauke, ich muss mich doch sehr wundern. Das klingt ja fast so, als würdest du dir Sorgen um mich machen. Das wäre aber das erste Mal, seit wir uns kennen. Du hast die ganze Zeit gewusst, dass es meine Arbeit war, die die Abteilung vorangebracht hat. Und was hast du getan? Nichts. Im Gegenteil, du hast auf mich heruntergesehen. Also tu jetzt nicht so, als ginge es dir um mein Wohlergehen. Du bist nur um das Ansehen der Abteilung besorgt, was sollen die Leute denken, wenn euch die Mörderin entwischt. Aber ich fürchte, damit musst du leben, denn ich werde weg sein, bevor die Rettungsmannschaften eintreffen. Du kennst mich doch, ich habe alles vorbereitet.« Schritt für Schritt geht sie rückwärts Richtung Tür, lässt die Gruppe am Tresen aber nicht aus den Augen. Paula hat keinen Zweifel daran, dass sie schießen wird, sobald auch nur einer sich in ihre Richtung bewegt. »Wie schön ihr jetzt nach meiner Pfeife tanzt. Das hättet ihr eher machen müssen, dann wäre das alles nicht passiert. Ein wenig Entgegenkommen hätte gereicht, mehr wollte ich ja gar nicht.« Sie wirft einen Blick zurück über ihre Schulter. Paula nutzt die Gelegenheit und macht einen Schritt vor, aber im gleichen Augenblick dreht Doris Seifert sich wieder um. »Herr Ullmann, den Schlüssel für die Haustür bitte. Ich nehme an, Frau Pongs hat Sie gebeten, abzuschließen.«

Der Hotelier wird blass. »Es ist offen.«

Doris Seifert schüttelt den Kopf. »Ich dachte, ich hätte mich klar ausgedrückt. Den Schlüssel. Sofort!« Ihre Stimme ist immer noch völlig ruhig.

Ullmann greift in seine Tasche, holt ein Schlüsselbund heraus. Er zögert, dann lässt er es über dem gekachelten Boden hinüber zu Doris Seifert gleiten. Die stoppt es mit ihrem Fuß.

Paula bemerkt, wie Cosma zu dem Holzpikser in Gerdas Altbierbowle starrt, die vor ihr auf dem Tisch steht.

Doch sie ist nicht die Einzige, die es bemerkt hat. »Frau Cosma, Sie sollten vom Tisch wegbleiben.«

Cosma macht einen Schritt rückwärts, hebt die Hände. »Ich wollte gar nichts machen.«

Doris Seifert lacht bitter. In ihrem Blick liegt etwas Trauriges. Sie betrachtet jeden Einzelnen, dann geht sie langsam in die Hocke, ohne den Blick von der Gruppe zu nehmen. Sie greift nach dem Schlüssel, will sich aufrichten …

In diesem Moment geht die Tür mit Schwung auf, versetzt ihr einen Stoß. Doris Seifert stolpert nach vorne.

Doc Fischgrät steht in der Tür. »Oh, hoppla!« Er will ihr aufhelfen, doch Paula und Cosma sind schon losgesprungen. Paula greift nach Doris Seiferts Arm, entwendet ihr mit einem gezielten Schlag die Waffe, drückt den Arm nach hinten. Cosma schnappt sich den anderen Arm, und Sekunden später lässt Paula die Handschellen klicken.

Der Doc schaut von einer zur anderen. »Was ist denn hier los? Habe ich irgendwas verpasst?«

Cosma und Paula stehen auf, grinsen sich an, die völlig in sich zusammengesunkene Doris zwischen ihnen. »Das kann man wohl sagen.«

PAULA

AUFBRUCHSSTIMMUNG

Am Frühstückstisch am nächsten Morgen lässt ein lautes Geräusch alle zusammenfahren. Paula läuft nach draußen. Ein Panzer rumpelt durch den Wald, zieht Bäume beiseite, räumt den Weg frei.

Eddi ist ihr wie alle anderen gefolgt und steht auf der Treppe, die Augen weit aufgerissen. »Ein Pionierpanzer 2A1 Dachs. Jehört zur Jruppe der Kampfunterstützungsfahrzeuge. Zehn-Zylinder-Vielstoffmotor, achthundertdreißisch PS, Höchstgeschwindigkeit zweiundsechzisch Kilometer pro Stunde. Geschweißter Panzerstahl in der Wanne, Panzerungsstärke fünfunddreißisch Millimeter. Besatzung: drei Mann.«

Wie um Eddis Angaben zu bestätigen, streckt einer dieser drei Männer seinen Kopf oben aus dem Panzer heraus. »Guten Morgen! Wir hoffen, bei Ihnen ist alles in Ordnung?«

Paula nickt. »Alles bestens. Ist der Weg wieder frei?«

Der Soldat nickt. »Wir haben die Bäume weggeräumt und die Brücke behelfsmäßig stabilisiert. Ein Mannschaftswagen Ihrer Kollegen folgt uns, Sie können sofort abreisen.« Offenbar freut es ihn, gute Nachrichten zu überbringen.

Tatsächlich rollt nur wenige Minuten später ein Mannschaftswagen heran, ein uniformierter Kollege springt heraus, tippt sich an die Schläfe. »Frau Hauptkommissarin Pongs? Sie haben jemanden für die U-Haft?«

Paula nickt. »Außerdem einen Leichtverletzten und eine Leiche. Können Sie uns bis nach Düsseldorf bringen?«

Der Polizist tippt sich an die Schläfe. »Der Leichenwagen für den Toten kommt gleich, der Rest kann bei uns mitfahren.«

»Ich kann immer noch nicht glauben, dass wir endlich nach Hause dürfen.« Cosma steht in ihren Gummistiefeln in der Hotellobby und strahlt über das ganze Gesicht. Neben ihr liegen drei Seesäcke, daneben ein rosa Rollkoffer und eine Tasche mit roten Punkten. Cosma sieht sich um, als wolle sie das Ambiente des Hotels noch einmal in sich aufsaugen. »Wir sollten unseren nächsten Schreiburlaub wieder hier verbringen. Eine Leiche und zwei Verhaftungen, das nenne ich ein gelungenes Wochenende. Ich bin inspiriert bis unter die Haarwurzeln.« Ihr Blick fällt auf Paula, die etwas abseits steht. »Paula, du wolltest mir doch noch die Telefonnummer vom Innenminister geben.«

Paula lacht. »Träum weiter.«

»Aber wie soll ich ihm dann meine Idee näherbringen, dass wir als externe Berater fungieren?«

»Gar nicht.«

»Wir beide sind ein Dream-Team. Ohne mich hättest du die Täterin niemals überführen können. Schließlich habe ich wesentliche Indizien zu dem Fall zusammengetragen.«

»Wenn du nicht ständig Beweise unterschlagen hättest, hätten wir den Fall viel schneller lösen können.«

»Und was hätten wir dann die restliche Zeit hier machen sollen? So hatten wir ein wunderbares Wochenende!« Cosma strahlt sie an. »Außerdem brauche ich die Telefonnummer gar nicht mehr, dein Chef hat sie mir schon gegeben. Der ist draußen mit dem verrückten Spurenermittler, die beiden wollen noch zwei Tage bleiben, um zu angeln.«

»Es war wirklich wunderbar, nicht wahr, Alfilein?« Gerda kommt in ihrem hellgelben Kostüm die Treppe heruntergetrippelt. Alfred läuft neben ihr. Unten angekommen, setzt er sich hin und leckt seine Pfoten, schaut dann aber auf, als die dreifarbige Glückskatze des Hoteliers auf den Tresen an der Rezeption springt. Loretta setzt sich aufrecht hin und betrachtet Alfred aufmerksam, als wolle sie sich ihn genau einprägen, bevor er das Hotel verlässt.

Herr von Itzenplitz stellt seinen braunen Lederkoffer zu dem Gepäck seiner Mitbewohner und zieht seinen Anzug gerade. »Es war in der Tat ein sehr inspirierendes Wochenende.«

In dem Moment kommt Eddi herein, er strahlt über das ganze Gesicht. »Der Panzer is der Hammer! Der Kommandant hat mir allet jezeicht. Isch durfte sojar ganz kurz fahren. Dat war ein formidables Wochenende!«

Die Kriminaldirektorin, die gerade ihren schwarzen Rollkoffer die Treppe herunterhievt, sieht bei Weitem nicht so glücklich aus wie die WG. »Dass es hier nicht mal einen Gepäckservice gibt. Was bin ich froh, dass wir bald wieder in der Zivilisation sind.«

»Es tut mir wirklich leid, meine Dame«, Ullmann ringt die Hände, »aber das Zimmermädchen ist ja leider verhindert.«

KD Riedel schenkt ihm einen eiskalten Blick. Paula, die die Szene aus der Entfernung beobachtet, ist sich ziemlich sicher, dass die schlechte Laune der Direktorin nicht auf den Service im Hotel zurückzuführen ist, sondern vielmehr auf das Gespräch mit dem Innenminister, das ihr wegen der Affäre mit Kowacz bevorsteht. Paulas Chef hat ihr gegenüber geäußert, er gehe davon aus, dass KD Riedel in den nächsten Tagen in den Vorruhestand geht.

Benny Kowacz kommt leichtfüßig die Treppe herunter, die blaue Reisetasche locker über der Schulter. Er schlängelt sich an der Direktorin vorbei. Sie schaut ihm grimmig hinterher. Janine Kleinert folgt ihm, sie trägt ihren Hartschalenkoffer. Kowacz lässt seine Tasche fallen und streckt sich selbstzufrieden, legt seinen Arm um Janine. »Jetzt fahren wir nach Hause, Kleines.«

»Ich mag es nicht, wenn du mich *Kleines* nennst.«

Kowacz geht auf ihren Einwand nicht ein. »Vielleicht kochst du uns heute Abend was Schönes, und dann sehen wir weiter. Ich habe das gute Gefühl, dass ich demnächst die freie Stelle in der operativen Spurenermittlung übernehme. Wer soll es denn sonst machen?«

Janine windet sich aus seiner Umarmung. »Ich habe eine Beerdigung zu organisieren, und dann brauche ich

Zeit für mich, um herauszufinden, was ich will. Aber ich weiß immerhin schon, was ich nicht will: einen neuen Ralf Maria Kleinert an meiner Seite.« Sie nimmt ihren Koffer, ruckelt das Gestell heraus und zieht ihn hocherhobenen Hauptes hinter sich her und zur Tür hinaus. Kowacz sieht ihr mit offenem Mund hinterher.

»Sie ist eine Nummer zu groß für dich, mein Lieber.« Die Kriminaldirektorin sieht ihn schadenfroh an. »Die macht ihren Weg. Das mit der Nachfolge von Kleinert kannst du übrigens in doppelter Hinsicht vergessen. Der Minister will die Stelle einsparen, das hat er mir schon vor Wochen gesagt. Wird also nichts.« Sie nimmt ihren Koffer und geht hinaus.

Kowaczs Gesicht fällt zusammen, er schnappt sich seine Reisetasche und ruft: »Frauke, Liebes, jetzt warte doch auf mich. Wir können doch über alles reden.«

Kaum ist er verschwunden, öffnet sich die Tür zum Küchenbereich, Walter trägt mit beiden Händen eine große Torte heraus. Er strahlt. »Schau mal, Paula! Ich hatte eine Eingebung. *Back to the roots* – Kuchen, wie er in den Fifties geliebt wurde. Ich habe eine Schwarzwälder-Kirsch-Grundlage genommen. Knetteig aus Mehl, Kakaopulver, Vanillezucker und Butter. Der Biskuitteig aus Eigelb, Zucker, mit einer Messerspitze Zimt, Muskat und Nelken und einer Spur Bittermandelöl mit dem Eischnee vermischt. Dazu natürlich Mehl und Kakaopulver. Anschließend wird geschichtet, zwischendurch eine Schicht mit Schattenmorellen. Außenrum Kakao und Schokolade. Und nicht zu vergessen, eine schöne Dekoration.« Er sieht sie erwartungsvoll an. »Was sagst du?«

Paula lässt ihren Blick über die gezuckerte Nachbildung der Düsseldorfer Altstadt gleiten. Der Schlossturm, das Rheinufer, Menschen, die in der Sonne sitzen und Altbier trinken. »Walter, das ist wunderschön!«

»Formidabel!«, bestätigt auch Herr von Itzenplitz, der wie der Rest der WG um Walter herumsteht.

»Absolut knorke«, bestätigt Eddi Mei-Zu. »Also wenn isch die Jury wäre: Isch würde dat auf den ersten Platz wählen.«

»Wirklich sehr gelungen, Walter«, lobt auch Cosma.

»Ich will es probieren!« Gerda starrt auf den Zuckerbelag wie ein Jaguar auf eine Antilope.

Walter stellt den Kuchen vorsichtig auf einem Seitentisch ab, nimmt eine große Tupperdose aus seiner Umhängetasche. Er schiebt sich die Brille auf der Nase hoch. »Ich habe mir schon gedacht, dass Sie probieren möchten. Deswegen habe ich für Sie eine Miniaturversion gebacken. Es wäre mir also eine Ehre, wenn Sie die Torte testen und mir Ihr Urteil mitteilen würden.«

Gerda nimmt die Tupperdose und strahlt. Dann dreht sie sich zu ihrer WG um. »Wir fahren los!«

Eine halbe Stunde später ist die Kolonne abfahrbereit. Walter fährt Paulas Mini, sie selbst sitzt mit Doris, Hanna und dem verletzten Doc Fischer im Mannschaftswagen.

Das Zimmermädchen wirft einen Blick nach draußen. Sie sitzt neben Doris, die seit ihrer Verhaftung nichts mehr gesagt hat. »Glauben Sie, ich muss lange in Haft bleiben?«, fragt Hanna Paula.

Die schüttelt den Kopf. »Es waren ja nur Diebstähle.

Sie werden mit Bewährung davonkommen. Vor allem, da Sie sich als Kronzeugin gegen den Hühnerzüchter zur Verfügung gestellt haben. Das wirkt sich mit Sicherheit positiv aus. Sie sollten sich allerdings ernsthaft überlegen, die Arbeit als Privatdetektivin an den Nagel zu hängen.«

Hanna nickt. »Der Job im Hotel hat mir gefallen. Herr Ullmann hat mir angeboten, bei ihm eine Ausbildung als Hotelfachfrau zu machen. Er ist ein toller Chef. Ich glaube, ich würde mich wohlfühlen.« Sie lehnt sich zurück.

Doris Seiferts Blick ist während des Gesprächs starr geblieben. Im Gegensatz zu Hanna hat sie die Hände in Handschellen. Schweigend blickt sie aus dem Fenster und scheint fast erleichtert, als sich die Türen endlich schließen.

Als sie über die huckelige Piste starten, die der Panzer für sie geschlagen hat, stöhnt der Doc leicht auf. Er liegt auf der Seitenbank, den Kopf auf Paulas Schoß. »Alles okay?«, fragt sie ihn besorgt.

Er nickt. »Wird schon. Ich bin ja in guten Händen.« Sie streicht ihm über die Haare. Draußen sieht sie Ullmann am Eingangstor stehen. Verloren winkt er ihnen hinterher, Wehmut liegt in seinem Blick. Ullmann musste sein Dorf verlassen, weil Kleinert ihn des Mordes bezichtigte und niemand ihm mehr über den Weg traute. Sie sieht auf den Doc, der die Augen geschlossen hat. Gerüchte sind eine heimtückische Waffe, erst einmal in die Welt gesetzt, sind sie kaum zu bändigen. Es ist doch egal, was in Hamburg passiert ist und warum er nach Düsseldorf gewechselt ist. Sanft streicht sie durch seine Haare. Sie betrachtet seinen Körper, sein blauer Wollpullover ist hochgerutscht, lässt den Blick auf sein Tattoo frei. Ein Anker. Glaube, Liebe, Hoffnung. Ein schöner Grundsatz. Sie streicht mit der Fingerkuppe darüber. Ihr Finger bleibt bei der Liebe hängen, umkreist das Herz. Dann bemerkt sie die Initialen an der Seite. K+E. Wofür steht K und E?

Der Doc hat die Augen wieder geöffnet, lächelt. »Paula Pongs, du bist wirklich die neugierigste Person der Welt.« Er zieht ihren Kopf herunter zu sich und küsst sie.

COSMA

ENDLICH ZU HAUSE

Ich bin so froh, dass wir endlich wieder in Düsseldorf sind. Ich erinnere mich noch an das unglaublich gute Gefühl, als wir über den Rhein fuhren und auf unsere schöne Altstadt schauten. Und genau da sitze ich im Moment: vor einem der Restaurants in den Kasematten am Rhein. Das Wasser unseres Flusses glitzert verführerisch in der Sonne und schert sich nicht darum, dass demnächst Weihnachten vor der Tür steht. Ich mummele mich tiefer in die rot-weiße Fleecedecke, lehne mich zurück und lasse mir die Sonne auf das Gesicht scheinen. Der Heizstrahler hinter mir vertreibt die Kälte. Gerade als ich kurz davor bin einzunicken, schreckt mich ein lautes Niesen hoch.

»Isch hab jleich jesacht, dat dat hier viel zu kalt ist.« Eddi sitzt mit geröteter Nase neben mir und nippt an einem heißen Grog. »Dat is überhaupt nix für meine Jrippe. Wenn dat man keine Lungenentzündung ist.«

»Sie hätten eben nicht im T-Shirt drei Runden auf dem Panzer fahren sollen, lieber Eddi«, sage ich.

Eddi übergeht meinen Einwand, stattdessen hustet er demonstrativ.

Herr von Itzenplitz schaut von seinem Notizblock

auf, in den er den ganzen Vormittag eifrig geschrieben hat. »Sagten Sie etwas, mein Lieber?«, schreit er.

Ich deute auf sein Ohr.

Herr von Itzenplitz versteht und dreht an seinem Hörgerät. »Entschuldigung, ich hatte es ausgestellt, um mich ganz meinem Manuskript widmen zu können.«

»Haben Sie schon einen Titel?«, frage ich. Entgegen seiner üblichen Arbeitsweise hat Herr von Itzenplitz diesmal keinen Plan entwickelt, sondern einfach drauflosgeschrieben. Seit Stunden hat er fast ohne Unterlass gearbeitet. Mein Mitbewohner nickt. »*Zimmermädchenkillerin.*«

Wir alle sehen ihn erstaunt an, was er offenbar als Kritik wertet. Zweifelnd blickt er auf seinen Text. »Halten Sie es für zu gewagt?«

Ich schüttle den Kopf. »Es klingt nur so anders als Ihre üblichen Titel.«

»Zuerst habe ich überlegt, es *Proletarische Machtergreifung im Hotel- und Gaststättengewerbe als Gegenentwurf zur bourgeoisen Ausbeutung* zu nennen. Aber ich habe den Eindruck, dass die Leser kürzere Titel bevorzugen.«

Eddi niest lautstark. Dann sagt er: »Isch finde, dat dat ein sehr juter Titel ist.«

Ich nicke. »Unbedingt! Ganz hervorragend sogar.«

Herr von Itzenplitz lächelt zurückhaltend. »Es geht um eine Auftragskillerin, die sich als Zimmermädchen verdingt, dann mit den dortigen ausbeuterischen Arbeitsverhältnissen in Kontakt kommt und beschließt, ihre Fähigkeiten zum Wohle der Arbeiterinnen einzusetzen.«

»Gerda hätte sich keinen schöneren Plot ausdenken können, mein lieber Itzenplitz«, sage ich.

»Wo ist unsere liebe Mitbewohnerin eigentlich?« Herr von Itzenplitz sieht sich um.

Wie aufs Stichwort sehe ich Gerda mit geröteten Wangen am Rhein auf uns zueilen. Sie hat einen dicken Schal um ihren Hals gewickelt und eine Pudelmütze auf dem Kopf, deren Bommel bei jedem ihrer Schritte wippt. »Sie glauben nicht, wer uns geschrieben hat!« Sie wedelt mit einem Brief. Dann lässt sie sich neben mich fallen und inspiziert unsere Getränke. Sie winkt dem Kellner und gibt ihre Bestellung auf. Kurz darauf steht das dampfende Getränk vor ihr. Sie pustet vorsichtig in die Tasse und nimmt dann einen Schluck. »Ach herrlich, der erste Glühwein des Jahres ist immer der beste.«

»Wer hat denn nun geschrieben?«, frage ich sie. Nicht, dass ich neugierig wäre, aber ich mag es nicht, wenn Fragen unbeantwortet bleiben.

Gerda setzt ihre Tasse ab, holt den Brief hervor. »Heino!«

Jetzt sind wir doch überrascht. »Heino hat *uns* geschrieben?«

»Ja, ist das nicht nett von ihm?«

»Es ist erstaunlich, meine Liebe. Was möchte Herr Heino denn von uns?«

»Er wollte uns mitteilen, wie es ihm geht.« Gerda sieht uns vielsagend an.

So langsam dämmert mir, dass dies ein Missverständnis ist. »Von welchem Heino reden Sie?«

»Heino Ullmann, der Chef vom Hotel *Zum toten Winkel.* Welchen Heino sollte ich denn sonst meinen?«

Ich sehe Herrn von Itzenplitz und Eddi an, zucke mit den Schultern. Gerda scheint unsere Irritation jedoch nicht zu bemerken. »Er hat ein Bild geschickt.« Sie holt es aus dem Briefumschlag und legt es auf den Tisch. »Und, was sagen Sie?«

Ich erkenne die Hotelkatze mit den grünen Augen und den Hotelier, der den ausgestreckten Daumen in die Höhe hält. Nichts, was mir die Hochstimmung Gerdas erklären würde. Herrn von Itzenplitz geht es offenbar ähnlich. »Sehr schön, meine Liebe«, murmelt er und blickt dann wieder auf seine Notizen. Für jeden Autor ist es schwer, sich von seinem Text zu lösen und gedanklich zurück in das Hier und Jetzt zu kommen.

Eddi nimmt einen Schluck Grog, schaut dann aber auf Gerdas Glühwein. »Vielleischt sollte isch auch wat anderes trinken. Ich hab dat Jefühl, dat der Jrog überhaupt nix jejen die Jrippe hilft.«

Gerda sieht enttäuscht in die Runde. »Aber fällt Ihnen denn gar nichts auf?«

Wir betrachten also noch mal das Foto, diesmal intensiver. Es zeigt Heino Ullmann vor seinem Hotel, Loretta an sein Bein geschmiegt. Im Hintergrund sehen wir einige Wanderer, die gerade das Gebäude betreten.

»Erstaunlich!«, sagt Herr von Itzenplitz dann. »Haben Sie es ihm schon gesagt?«

Gerda schüttelt den Kopf. »Das wollte ich gleich mit Ihnen zusammen machen.«

Ich blicke Gerda fragend an. »Wem wollen Sie was sagen?«

Gerda deutet wieder auf das Foto. »Alfred. Er wird

Vater.« Ihre Stimme geht in die Höhe. »Loretta ist in anderen Umständen! Ist das nicht mega?«

Tatsächlich fällt mir jetzt auf, dass der Bauch der Hotelkatze viel dicker ist, als ich ihn in Erinnerung hatte. »Phänomenal!«

»Absolut knorke!«, entfährt es Eddi.

»Herr Ober, bitte eine Runde Champagner für uns!«, ruft Herr von Itzenplitz dem Kellner zu. Einige Touristen drehen sich nach uns um. Herr von Itzenplitz wird rot und wendet sich an uns. »Halten Sie das für zu dekadent?«

»Unsinn, mein Lieber. Bei diesem Anlass.«

»Alfred wird sich so was von freuen«, sagt Gerda, nachdem wir angestoßen haben. »Vielleicht können wir ja eines der Katzenbabys bei uns aufnehmen, dann hätte er einen direkten Nachkommen immer bei sich.«

Ich persönlich vermute ja, dass Alfred längst einige Nachkommen um sich geschart hat. Denn seitdem er bei uns eingezogen ist, ist die Anzahl der roten Jungkatzen in unserer Gegend auffällig gestiegen. Aber andererseits wäre es schön, eine kleine Agatha in unserm Haus begrüßen zu können. Ich sehe sie schon auf meinem Schreibtisch sitzen, aufmerksam verfolgend, wie ich meinen Roman schreibe. Kurz erwäge ich, einen Katzenkrimi zu schreiben, verwerfe diesen Gedanken dann aber. Schließlich habe ich mich wie einst Truman Capote mit *Kaltblütig* der Tatsachenerzählung im Thrillerstil zugewendet und bin dabei, unseren letzten Fall niederzuschreiben.

Gerda nimmt hastig einen weiteren Schluck und

sieht uns wieder mit diesem Blick an, der mich an meinen Onkel Wolfgang erinnert, wenn er uns mit dem neuesten Klatsch aus seinem Altenheim versorgt. »Sie werden es nicht glauben, aber das ist noch nicht alles an superben Neuigkeiten. Seitdem sich die Sache mit dem Mord im Hotel rumgesprochen hat, ist Heinos Unterkunft ständig ausgebucht, schreibt er. Das Mordzimmer ist immer als Erstes weg. Die Gäste sind schlichtweg begeistert von dem morbiden Ambiente! Außerdem soll die Wanderroute bis zu ihm erweitert werden, um den Wanderern einen Blick auf diese lokale Sehenswürdigkeit zu ermöglichen. Heino schreibt, das Landratssamt hätte die Pläne zur Erweiterung des Wanderwegs bereits genehmigt. Offenbar ist der Landrat ein Krimifan und hat eine volle Woche im Mordzimmer gebucht. Heino will das Ganze nun zu einem Konzept ausweiten und Krimilesungen anbieten. Er fragt, ob wir dafür zur Verfügung stünden.«

»Aber selbstverständlich!«, rufe ich.

Auch Herr von Itzenplitz unterstützt die Idee. »Das ist wirklich wunderbar, meine Liebe! Dem Mann steht wirklich eine gehörige Portion Glück im Leben zu.«

Da die Nachrichten so hervorragend sind, ordern wir eine weitere Flasche Sekt. Die nächste Stunde verbringen wir mit aufgeregtem Geplapper. Es ist aber auch zu schön, einen Nachmittag mit Sekt und dem Blick auf den Rhein zu verbringen. Apropos: Am Rheinufer beobachte ich einen Mann, der sich schon eine ganze Weile sehr auffällig an dem Geländer herumdrückt. Er trägt teure Lederschuhe, einen Maßanzug und hat seinen 1.-FC-Köln-Schal weit ins Gesicht gezogen. »Finden Sie nicht auch, dass der Mann da vorne verdächtig aussieht?«, sage ich.

Meine WG schaut sich den Mann an. »Absolut«, stimmt mir Herr von Itzenplitz zu. »Ich könnte mir vorstellen, dass es sich um einen Großgrundbesitzer handelt, der seine Mieter aus ihren Wohnungen vertreiben will.«

»Vielleicht ist es auch ein Serientäter, der sich darauf spezialisiert hat, harmlose Touristinnen für sich zu interessieren, und der sie dann ermordet«, überlegt Gerda.

»Isch denke, dat dat der Chef von einer Jeheimorganisation ist. Der will die Stadt als Faustpfand nehmen und die Regierung erpressen«, schlägt Eddi vor.

Ich persönlich halte den Mann für einen Kunstdieb, der es auf Beuys' schöne Fettecke abgesehen hat. »Wie dem auch sei. Ich finde, wir sollten ihn beschatten«, sage ich.

Die anderen nicken. Wir stoßen noch einmal an und trinken in einem Zug aus. Dann stehen wir gemeinsam auf. Denn eins ist klar: Wir sind ein Team. Und als Team sind wir unschlagbar.

Luis Sellano

Sonne, Mord und Portugal

978-3-641-17854-3

978-3-641-17852-9